KiWi 233

Über das Buch

Die Haiduken – wer sind sie?

»Ein Haiduk«, sagt Groza, einer ihrer Anführer, »das ist der Mensch, der weder Unterdrückung noch Knechtsgesinnung duldet, der im Wald lebt, grausame Gospodare tötet und die Armen beschützt«.

Panaït Istrati, der große rumänische Dichter, erzählt die Geschichten dieser Freiheitskämpfer und Briganten, dieser Robin-Hood-Banden des Balkans, in einer unvergleichlichen Sprache, roh, fast grobschlächtig, aber mit einem brennenden Herz.

Floricica, der Anführerin einer Haidukengruppe, gelingt es, die verstreuten Banden zusammenzuschließen und ihnen eine politische Zielsetzung zu geben. In den Wirren des Krimkrieges und der politischen Machtkämpfe innerhalb des Landes gelingt es ihr, Einfluß und Macht zu gewinnen, bis durch Verrat eine Tragödie ihren Lauf nimmt.

Sofort nach Erscheinen Mitte der 20er Jahre wurde auch dieses Buch, das die Romantrilogie »Die Erzählungen des Adrian Zograffi« abschließt, begeistert aufgenommen. Istrati wurde von seinem Entdecker Romain Rolland als »Gorki des Balkan« gefeiert, seine Bücher erschienen in 25 Ländern.

Der Autor

Panaït Istrati, 1884–1934, Sohn eines griechischen Schmugglers und einer rumänischen Bäuerin, zuerst Hafenarbeiter, Handwerker, Sekretär der Hafenarbeitergewerkschaft, Redakteur einer Arbeiterzeitung, 1923–1931 als Vagant durch alle Länder des Mittelmeeres und des Nahen Ostens, unzählige Berufe. Nach einem Selbstmordversuch in Nizza 1921 begann er zu schreiben.

Weitere Titel bei K & W

Kyra Kyralina, KiWi 192, 1990.

Onkel Anghel, KiWi 226, 1990.

Panaït Istrati

Die Haiduken

Aus dem Französischen von
Heike Boldt

Kiepenheuer & Witsch

Titel der Originalausgabe *Les Haïdoucs*
Aus dem Französischen von Heike Boldt

Veröffentlicht im Verlag Kiepenheuer & Witsch, Köln 1991

Umschlag Manfred Schulz, Köln
Gesamtherstellung Clausen & Bosse, Leck
ISBN 3 462 02084 6

Inhaltsverzeichnis

PANAÏT
ISTRATI

Die Haiduken erzählen, wer sie sind

Zuflucht im Dunklen Tal

»Das, Adrian, sind die Haiduken«, sagte Irimio. »Da ist unsere Anführerin Floricica, die ihren Kosenamen ablegte und sich, um ihre weibliche Würde zu betonen, *Floarea Codrilor,*[1] *Haidukenführerin,* nannte.«

»Ihr wollt auf meine Frauenschultern die Last der Verantwortung legen und mich mit meinem Kopf bezahlen lassen. Ich akzeptiere das eine wie das andere ... Dafür müssen wir uns kennenlernen. Ihr werdet mir sagen, wer ihr seid. Ich sage euch zuerst, wer ich bin ...«

Sehr lang blieb sie stumm und ging nachdenklich vor uns auf und ab.

Es war ein nebliger Morgen Mitte Oktober, sechs Wochen nach Cosmas Tod, am Tag nach unserer Ankunft im *Dunklen Tal.* Die Worte der Anführerin fielen schwer wie Cosmas Sturz, schwer wie das Abtrünnigwerden der Hälfte ihrer Bande, allen voran des *vătaf*[2], schwer vor allem wie unsere Einsamkeit im Herzen dieser hohen, wenig bekannten und nie begangenen Berge.

Die vierzehn Männer, die sich für das *neue Leben* entschieden hatten, lagen in ihre gefütterten *cojocs* gehüllt, inmitten der Waffen und des um sie verstreuten Gepäcks, während die Pferde ungestört weideten – glückliche See-

[1] Waldblume

[2] nächster Führer unter dem Bandenchef

lenruhe der Tiere! Der Stab, bestehend aus Spilca, dem geheimnisvollen Mönch, Movila, dem neuen *vătaf*, Ilie und mir, mußte über dieses »neue Leben« beschließen. Aber die brüsken und unerwarteten Anforderungen unserer Anführerin hatten uns ein wenig überrascht. Achtzehn Augenpaare hefteten sich auf die Frau mit dem festen Herzen, der reichen Erfahrung und den schnellen Entschlüssen.

Auf dem Kopf einen Kaschmirturban, die Fuchspelz*şuba* über die Schultern geworfen, sehr beweglich in ihrer weiten Hose, dem *şalvar*, durchmaß sie unruhig das Innere der *Bärengrotte*, die wir am Vorabend in Besitz genommen hatten, unser Winterquartier. Der *vătaf* erhob sich und setzte den *ceaun* auf, um türkischen Kaffee zu bereiten – ein Luxus, den Floarea eingeführt hatte. Sie sah ihn als unerläßlich an in ihrem Leben, auch in der Wildnis.

Und um ihre Gedanken zu sammeln oder um auch uns Zeit dafür zu lassen, schwieg sie, ging umher und ließ ihre Blicke mal über ihre kleine Bande, mal über die vom Nebel verschlungenen Talseiten schweifen. Ihr schmales Gesicht war etwas bleich, die Augen umrändert, und ihre Lippen, die sonst einem Paar Erdbeeren glichen, waren aufgesprungen und brannten. Die Männer folgten ihr mit unruhigen und doch respektvollen Blicken. Dieses von Cosma hinterlassene Erbe schien ihnen voller Geheimnisse und, mehr noch, voll innerer Größe. Sie wußten, daß sie viel durchgemacht hatte und das Land sehr gut kannte, dessen Henkern sie einen unversöhnlichen und gerechten Krieg erklärt hatte.

So etwas gefällt den tapferen Männern. Aber: *eine Frau.* Zwar eine Frau mit *şalvar,* doch *eine Frau.* Und außerordentlich hübsch dazu. Was wird aus ihrer Schönheit in diesen Bärenbergen?

Zudem entsprach es den Tatsachen, daß nach Cosmas Tod niemand sein Reitpferd so wie sie beherrscht hatte, niemand besser Erschöpfung und Entbehrungen ertragen und niemand sich entscheidungskräftiger gezeigt hatte. An der Leiche ihres *einzigen* Geliebten hatte sie erklärt: »Von nun an bin ich *Floarea Codrilor,* Geliebte des Waldes, Freundin des freien Menschen, Rächerin der Ungerechtigkeit – mit eurer Hilfe.«

Movila, der *vătaf,* reichte ihr den *feligean* mit dampfendem Kaffee und ihre Tabakbüchse, bei deren Anblick die schwarzen Augäpfel erglühten. Sie richteten ihr einen Sitzplatz her. Sie trank und rauchte. Und griff ihren letzten Satz wieder auf:

Floarea Codrilors Geschichte

»Ich werde euch zuerst sagen, wer ich bin.
Ich bin eine Frau, die falsch ist. Die aufrichtig sein kann, wenn sie will und der Partner es wert ist. Ich habe keinen Vater gehabt, was man im Volksmund *von den Blumen kommen* nennt.
Meine Mutter, die von der Kindheit bis zum Tod Schäferin war, hatte ihr Leben lang nur mit den Feldern, dem Wind, ihrer Flöte, ihren Hunden, den Schafen, die sie hütete und deren Räude sie verjagte, zu tun. Außer der Räude, die sie manchmal an ihren eigenen Händen behandeln mußte, war alles andere ihr angenehm. Aber leider besteht das Leben nicht nur aus angenehmen Dingen. Die arme Frau hatte auch eine Probe zu bestehen, eine einzige, die aber ihr ganzes Leben belastete. Als kleines Mädchen stach sie sich beim Spielen ein Auge aus. Gewöhnlich vergessen wir unsere Gebrechen, besonders die, die uns in der Kindheit zustoßen. Meine Mutter verbrachte keinen Tag, ohne sich an diesen Unfall zu erinnern.
Sie weinte überhaupt nicht, aber lachte danach nie mehr von ganzem Herzen. Sie vergaß die Welt, jene Welt, die von ihrem Kummer und von der Rechnung, die sie mit dem Leben zu begleichen hatte, nichts wußte. Sie suchte und fand Trost in den Lebewesen, die ich erwähnt habe.
Bis zu ihrem dreißigsten Lebensjahr lebte sie in Frieden. Und doch beunruhigten und verwirrten sie fliegende Hit-

zen. Um sich zu erfrischen genügte es meiner Mutter, sich im Winter den Körper mit Schnee abzureiben. Im Sommer rollte sie sich wie ein Baumstamm den grünen Hang hinunter. Aber das alles machte sie in ihrem Unglück nur noch toller – bis sie eines Tages beim Herunterrollen auf einen Schäfer stieß. Das war die Rettung.
Die Rettung, aber nicht die Ruhe. Denn dieser Teufel von einem Schäfer ›mit dem Kopf eines astrachanischen Hammels‹ hatte wie meine Mutter einen Kummer. Nicht, daß er einäugig oder einarmig war, ganz im Gegenteil, er war nur zu vollständig. Er brauchte es, Herr eines Harems zu sein, er, der nur Wächter eines Schafstalls war. Und mehr noch, sein Problem verschlimmerte sich deshalb, weil er so schwierig, hochmütig und herabsetzend in seiner Auswahl war. Meine Mutter, die auf niemanden angewiesen war, lebte in guter Freundschaft mit dem Tunichtgut – bis zu einem Apriltag. Der hitzige Frühling war schuld, daß er sich bei der ›Einäugigen‹ über sein unfreiwilliges Asketendasein beklagte. Die ›Einäugige‹ fragte ihn beim Stricken, ganz gute Freundin, die über die Liebschaften ihres Gefährten auf dem laufenden ist: ›Du hast also Sultana nicht mehr, die Tochter des Stellmachers?‹
›Doch, aber sie hat Bauchschmerzen . . .‹
›Und Marie, nach der du verrückt warst?‹
›Sie kann nicht mehr laufen . . .‹
›Dann versuch es doch mit Katharina, die dich mit den Augen verschlingt!‹
›Sie verschlingt mich mit den Augen, aber sie läßt sich nicht verschlingen. Sie hat Angst . . .‹

›Aber du kennst doch dieses fremde Lied:

Die Frau ist eine Hündin, immer bereit zur Liebe,
der Mann ein leicht erregbares Tier …

… Demnach mußt du doch genauso viele finden, wie dir der Sinn danach steht.‹

Der Schäfer geriet in Wut: ›Warum bin ich »ein Tier«? Weil ich *das* gern mag? Und was soll man denn sonst lieben? Ein Fischmaul? Eine Igelhaut? Möchtest du vielleicht, daß ich nackt bis zum Kinn in den hohen Brennesseln herumspaziere? Oder daß ich mich wie du mit Schnee abreibe? Oder etwa, daß ich riskiere, mir einen Pfahl in den Bauch zu spießen, wenn ich mich wie du – für dich ist das ja ungefährlich – die Hügel hinunterrolle?‹

Und so verlief nach der Erzählung meiner Mutter jene bewegende Stunde, die dem Wutanfall des Schäfers ›mit dem Kopf eines astrachanischen Hammels‹ folgte, denn gerade damals schlug die himmlische Stunde meines Eintritts ins Leben: ›Ich war beinahe dreißig Jahre alt. Zwei Wochen vor Sankt Georg, dessen Festtag immer auf denselben Tag fällt, war ich zur Welt gekommen, und wir waren gerade in der ersten Aprilwoche. Akim hatte sich von seinem Zorn erholt, fing an, sich meinen Knöchel eingehend zu betrachten und bemerkte schließlich: »Rada, mir fällt auf, daß du einen Ziegenknöchel hast, der, weiß Gott, ausgesprochen hübsch ist. Willst du mir nicht mal dein Knie zeigen? Wenn es ebenso hübsch ist wie dein Knöchel, dann, Rada, will ich dich heiraten! …«

Als Akim mir das sagte, saß ich auf der Erde und strickte, während er auf seinen Stock gestützt stand. Ich hatte ihm in fünf Jahren kaum dreimal ins Gesicht gesehen, weder ihm noch den anderen Menschenwesen, seitdem ich nur noch ein Auge hatte. Aber als ich ihn sagen hörte, daß er mich heiraten würde, wenn ich ein schönes Knie hätte, ja, da habe ich den Kopf gehoben, denn ich glaubte, er sei verrückt geworden. Da sah ich, daß Akim einen hübschen schwarzen Schnurrbart und schöne Augen wie ein erregter Hengst hatte. Ich habe ihn nur einen Augenblick lang angesehen. Das kann man nicht lange mitansehen. Aber dieses bißchen reichte, um mich zu bewegen, ihm mein Knie zu zeigen, und ich sagte mir: »Nun, Rada, mein Mädchen, ist es vorbei mit dem Schnee und dem Herunterrollen. Jetzt wird es etwas anderes geben.« Ich sagte jedoch, um ihn in Rage zu bringen und weil ich mich durch mein Leiden herabgesetzt fühlte: »Oh, armer Akim ... Müßtest du alle die heiraten, die dir ihr Knie gezeigt haben, dann brauchtest du eine ganze Kaserne.«
»Rada, ich schwöre dir, daß ich dich heirate! ... Die Wölfe sollen meine Schafe fressen, wenn ich dich nicht heirate! ...«
»Ach, laß das Schwören, Akim. Der Mann muß alles versprechen, weil die Frau das Blaue vom Himmel verlangt, sobald sie ihr Knie zeigt. Aber so eine bin ich nicht. Da, mein Knie, Akim.«
Und ich zeigte es ihm, ohne Akim dabei ins Gesicht zu sehen, und strickte weiter. Da nahm Akim seine schwere Mütze und schlug sie mit solcher Wucht zur Erde, daß die

arme Mütze, aufgebläht vom Wind, wie eine Schweinsblase platzte. Im selben Augenblick fühlte ich mich hochgehoben, die Taille von einem Arm so hart wie Holz umfaßt. Ich ließ mich tragen; sobald er mich aber absetzte, ergriff ich die Flucht, nicht, um ihm davonzulaufen, sondern um ihn nur noch mehr in Wut zu bringen und ihn meine Einäugigkeit vergessen zu lassen. Er vergaß es so gut, daß er mir, nachdem er über Felder und Hügel gelaufen war, ohne mich zu fangen, seinen Stock zwischen die Beine warf und mich zu Fall brachte. Es war seine Schuld. Der Mann muß letztendlich immer schuld sein, denn hätte er zu einem Arm so hart wie Holz auch noch Verstand, was würde dann aus uns Frauen? Wäre Akim an jenem Abend nicht schuld gewesen, in dem kleinen Ulmenwald, während die Schafe blökten wie in der Wüste und die Esel sich über unsere lange Abwesenheit zu wundern schienen, was wäre dann aus mir geworden, aus mir, der armen Rada, die im Winter danach meine Floricica auf dem Arm hatte, Bauchschmerzen hatte wie Sultana, die Tochter des Stellmachers, und auch nicht mehr gehen konnte – wie Marie, nach der Akim verrückt war?

Dazu mußte er sich fast ganz allein um die zwei Schafherden unserer Herren kümmern, den Käse machen, trokkenes Holz holen, die *mamăliga* und den Fischborsch zubereiten, und sogar die Wäsche in *zer*[1] waschen, um sie vor Läusen zu schützen.

Aber bald stand es dem armen Akim bis zum Hals, die

[1] Molke

Arbeit und dazu noch eine kranke Frau. Ich meinerseits hatte auch genug von meinem Bett und einem zu gesunden Mann. Deshalb sagte er mir eines Tages nach zwei Jahren gemeinsamen Haushalts, was ich ihm selber hatte sagen wollen: »Hör mal, Rada, wir haben ein schlechtes Geschäft gemacht. Ich habe dich krank gemacht, und du hast mich zum Sklaven gemacht, so daß wir noch vor zwei Jahren besser dran waren als heute. Wir werden das wieder in Ordnung bringen. Hier, ich habe zwanzig Schafe, mein ganzes Vermögen. Du hast fast ebensoviel. Ich gebe sie dir als Mitgift für unser Kind, aber laß mich »mit Gott« gehen. Wenn wir es so machen, dann hat die kleine Floricica bald eine kräftige Mutter, die sich um sie kümmern wird. Ich gehe in die Welt hinaus und suche mir einen anderen Herrn. Und ich schwöre dir, Rada, daß ich die Frauen nicht mehr bitte, mir ihr Knie zu zeigen, und auch nicht denen, die vor mir weglaufen, meinen Stock zwischen die Beine werfe.«
So redete mein armer Akim. Und küßte mich. Noch länger küßte er sein Kind, das ihm mit seinen Händchen in die Mähne packte und ihn zum erstenmal in seinem Leben zum Weinen brachte. Worauf er »mit Gott« ging und ich nie wieder von ihm hörte.‹

Floarea Codrilor hielt einen Augnblick inne, um ihre Bewegtheit zu verbergen. Am Anfang ihrer Geschichte, wie auch im folgenden, belohnte sie jeden ihrer Zuhörer mit einem Blick, selbst den einfachsten der Haiduken. Mehr noch aber richtete sie sich an mich, als wollten ihre

Augen sagen: Du, Irimio, Sohn des Waldes und mein Sohn, du bist mein Leben ... Um deinetwillen bin ich hier ... Die Haiduken achteten diese Offenheit und hörten schweigend zu. Spilca verschlang Floricica mit gespannter Aufmerksamkeit, trank ihre Worte, während Ilie, wie stets von unerschütterlicher Ruhe, ihr sein Apostelgesicht gerührt und unbeweglich zuwandte. Weniger verständig, weil von einfacherem Gemüt, aber ebenso begierig wie wir folgte Movila, der *vătaf*, ihr mit Interesse, wobei er ein kleines Reisigfeuer in Gang hielt.

»Als ich dem Leben gegenüber die Augen öffnete, war meine erste Leidenschaft, wonnevoll im Laufen dem Wind die Brust darzubieten. Zwei Wesen nur begeistern sich für diesen Freund meiner Kindheit: der freie Mensch und der Hund. Mein freier Mensch war ein Junge vom Dorf, drei Jahre älter als ich, widerspenstig und wild und mein Lehrmeister bei der Einführung in die Geheimnisse der Freiheit. Ihr werdet vor Erstaunen umfallen, wenn ich euch sage, daß er in diesem Augenblick Anführer der Haiduken ist, in den Bergen von Buzău, zehn Meilen von uns, das Sagen hat und unter den Feiglingen, die die Gesetze machen, Angst und Schrecken verbreitet. Sein Name ist: *Groza!*«

»Groza!« schrien die Haiduken.

»Groza der Hartherzige?« fragte der *vătaf*.

»Warum der ›Hartherzige‹? Weil er einem Mann seiner Bande und einem Gospodaren[1] das Fell bei lebendigem

[1] Grundbesitzer

Leibe über die Ohren gezogen hat? Der Haiduk, der auf diese Weise den Tod fand, war ein Verräter, eines Verbrechens überführt, das Groza beinahe das Leben gekostet hätte. Was den Gospodaren angeht, mein Gott, er hat es nicht besser verdient. Geht nur hin und redet mit den Leuten, die von diesem Blutsauger terrorisiert wurden. Ihr werdet sehen, wie die Frauen Kerzen anzünden und für das Seelenheil des großen Haiduken beten.

Ich habe ihn als Kind und als Heranwachsenden gekannt. Er war wild, aber er hatte ein weiches Herz. Ich war neun, er zwölf, da holte er mich eines Tages ein, als ich, den Hund an meiner Seite, dem Wind entgegenlief. Er nahm meine Hand und trieb mich zu noch schnellerem Laufen an. Oben auf der Höhe, als wir atemlos anhielten, lüftete der Wind so indiskret meinen Rock, daß ich mich vor diesem schönen Jungen schämte. Aber anders als die anderen schielte er nicht nach meinen nackten Beinen. Er beschäftigte sich mit meinem Hund, und es war mir nicht mehr peinlich.

Ich kannte ihn nicht. Bis zu diesem Tag hatte ich ihn nie gesehen, und ich bemerkte, daß er sauber war, ebenso sauber wie ich. Das gefiel mir, denn ich habe Dreck nie ertragen können. Barfuß, mit nackten Beinen wie ich, aber reinlich, nur staubbedeckt, Hände, Hals und Gesicht frisch gewaschen. Hose und Hemd genauso ordentlich, obwohl zusammengestückelt. Das alles mochte ich, auch seine offenen blauen Augen. Nur die fuchsrote Farbe der Haare, Wimpern und Augenbrauen war nicht nach meinem Geschmack. Er schien gleichfalls zufrieden mit meinem Aufzug, der dem seinen glich, wenn er sich davon auch nur mit einem kurzen Blick überzeugte. Ich war neugierig zu erfahren, woher er kam, und ich fragte ihn danach.

›Aus Ortscheit‹, sagte er mit fast männlicher Stimme, ohne mich anzusehen, und streichelte dabei den Kopf meines Hundes.

Ortscheit war der Name für die etwa dreißig verstreut liegenden Häuser, zwei Kilometer von uns entfernt, auf der Hauptstraße von Râmnic nach Buzău, die sich dort mit einer Nebenstraße kreuzt. Ich war nie nach Ortscheit gegangen, weil es hieß, daß die Jungen dort den Vorbeikommenden Steine hinterherwarfen.

›Und wie heißt du? Mich nennt man Floricica.‹

›Dein Name ist schön‹, sagte er, richtete sich auf und sah mir ins Gesicht. ›Aber du bist ebenso schön wie dein Name. Meiner ist Groza ... Und eines Tages werde ich Haiduk sein.‹

›Was ist das, Haiduk?‹

›Das weißt du nicht? Na gut. Das ist der Mensch, der weder Unterdrückung noch Knechtsgesinnung duldet, der im Wald lebt, grausame Gospodare tötet und die Armen beschützt.‹

›Ich habe sie nie gesehen, deine Haiduken.‹

›Du kannst sie gar nicht sehen ... sie werden von den Banden der *Potera* verfolgt.‹

›Und *Potera*, was ist das?‹

›*Poteraşi* sind die Feinde der Haiduken und der Freiheit. Die Armee, die die Gospodare für einen Judaslohn vertei-

digt. Vor drei Jahren war ich bei einem Kampf zwischen Haiduken und Poteraşi dabei, ganz in unserer Nähe im Hirschwald. Die Haiduken wurden geschlagen. Ich werde nie geschlagen werden, wenn ich Haiduk bin. Aber du sagst niemandem, nicht einmal deiner Mutter, daß ich zu den Haiduken halte. Ich habe es meinen Eltern auch nicht gesagt. Und verdammt noch mal, so muß es sein. Eltern sind alle Schwätzer, und »die Wände haben Ohren«‹.
Darauf machte Groza eine für Wände und Eltern bestimmte Geste der Verachtung. Dabei sah ich, daß in seinem Hemdsärmel eine Flöte steckte. Ich fragte: ›Du spielst Flöte?‹
›Und ob ich Flöte spiele! ... Aber auch das sagst du niemandem!‹
›Warum? Es ist doch keine Sünde, Flöte zu spielen!‹
Groza betrachtete mich einen Augenblick lang erzürnt.
›Nein. Spielen ist kein Frevel, aber es alle wissen lassen, das ist einer, und zwar ein dicker ... für den, der die Flöte liebt.‹
›Jeder liebt sie ...‹
›Du bist dumm, Floricica. Alle lieben die Flöte, wie sie den Hund lieben, um ihn an die Leine zu legen, wie die Nachtigall, um sie in einen Käfig zu sperren, die Blume, um sie da auszureißen, wo Gott sie wachsen ließ und die Freiheit, um sie zur Sklaverei zu machen. Wenn alle die Freiheit liebten wie ich, dann gäbe es weder Haiduken noch Poteraşi noch Gospodare, sondern nur Brüder. Und Brüder gibt es nirgends ...‹
›Woher weißt du das alles, Groza?‹

›Ach, du bist viel zu neugierig ... ich werde es dir sagen, denn seitdem ich dich beobachte, ist mir klar, daß in den acht Dörfern, die ich kenne, nur du so bist wie ich. Aber du brauchst einen *dascal*[1], und ich werde dein *dascal* sein. Willst du, daß Groza dein *dascal* ist, Groza, der einmal Haiduk sein wird?‹

›Ja, Groza, ich will es. Sei mein *dascal.* Sag mir, wie du all das gelernt hast.‹

›Das war so. Ich habe einen älteren Bruder, der im heiratsfähigen Alter, aber dick und dumm ist. Er spielt im Dorf auf der *hora* Flöte und bringt die Dummen zum Tanzen. Er hatte einen Hund, den er an die Leine legte, eine Nachtigall, die er in einen Käfig sperrte, und die beiden armen Tiere sind vor Kummer gestorben. Also habe ich meinem älteren Bruder gesagt, daß er ein Esel ist, ein flötespielender Esel. Und weil ich ihm das sagte, bekam ich eine so wenig brüderliche Ohrfeige, daß meine Backe aussah wie ein Aubergine. Er aber spielte weiter Flöte, um die Dummen tanzen zu lassen, sperrte eine andere Nachtigall in den Käfig, kettete einen anderen Hund an, aber ich zerbrach den Käfig und warf die Kette in den Brunnen. Darauf wurde ich fast erschlagen, er war kein Esel mehr, sondern ein richtiger Poteraş, und so einer wird er, ganz bestimmt. Ich aber werde Haiduk und dafür sorgen, daß er die Milch, die er von seiner Mutter gesaugt hat, wieder auskotzt. So.‹

[1] Lehrmeister

Bis zu dem Tag, an dem ich Groza kennenlernte, war ich allein. Meine Mutter zwang mich, meine Kindheit mit Stikken zu verbringen, die Augen über einem Stück Stramin. Ein phantastischer und elender Lappen, der die schönsten Jahre eines jungen Mädchens verschlingt und seinerseits von den Motten vertilgt wird, nachdem er zwei Generationen von Dummköpfen begeistert hat. Ich stand mit meiner Mutter und dem Dorf auf Kriegsfuß und galt als faul. Na und? Sollte ich den Sonnenstrahl verachten, der Silberflecken auf den Waldweg malt? Niemals wissen, wie eine Nachtigall ihr Nest baut? Das Streicheln des Windes entbehren, der das Hemd bläht? Auf das Murmeln des Baches verzichten, der völlig zufrieden dem Fluß entgegenrennt? Und am Ende auch noch vor den Rufen des Frühlings die Ohren verschließen, die das neue Leben ankünden, taub sein gegenüber dem Sommer, der unter der Last des Überflusses ächzt, den Herbst voller Melancholie vergessen und leben, ohne mich von der weißen Trauer des Winters berauschen zu lassen? Und warum auf all dies verzichten? Um lange Handtücher aus *borangic*[1] zu fertigen, bestimmt für die Pfoten eines Ehemanns, der dich ohrfeigt, oder schöne Bettdecken, ganz aus Leinen und Spitzen, damit er sich betrunken mit seinen kotigen Stiefeln darauf wirft? Oder etwa handdicke Wollteppiche für den ›Erwählten deines Herzens‹, der seinen Rotwein und seine *pastrama*[2] auf das Jahr deiner Jugend kotzt, das

[1] ungezwirnte Rohseide
[2] Pökelfleisch

du damit verbracht hast, dieses lebensfrohe Geschenk zu sticken und diesem Tag erwartungsvoll entgegenzuträumen? O, du verführerische Hoffnung jedes armen Bauernkindes, ich bin glücklich, daß ich dich nicht hatte! Ich habe mich geweigert, meine Augen auf den Stoff zu richten, und mich gefreut an einem Traum, der anders war als das Leben um mich.

Meine Augen, die eigentlich über einem *gherghef*[1] hätten tränen müssen, haben das Licht der Felder getrunken, auf die ich meine Schafe führte. Ich ließ sie das Blau des Himmels durchforschen, die Tiefe der Schluchten und die Spitzen der Tannen, und wenn Tränen in sie traten, so war es die Gewaltsamkeit meines ersten Geliebten, *des Windes!*

Wind! Wind!
Mächtiger Freund des freien Menschen!
Bote, der die Welten durchmißt
mit seinem reinigenden Strom.
Ob du als Zephir das Gesicht mir streichelst,
als Böe meine Wangen peitschst
oder im Sturmwind bläst,
dein Freundesherz uns zu beweisen,
du bleibst immer der mächtige Freund des freien
Menschen
und vereinst die Herzen!

[1] Stickrahmen

Wind! Wind!
Freund des Menschen
Ob du zärtlich vorbeigehst,
Blütenblätter als Küsse verstreust,
ob deine Wucht den Trompetenklang
aller Wut und aller Freude hat:
Du allein trägst meine Sehnsucht weiter,
mein leidenschaftliches Seufzen um den fernen Freund!
Du trägst meinen verzweifelten Schrei mit dir fort,
die heißen Tränen, das schallende Lachen!
Du bist der mächtige Freund des freien Menschen,
du Wind, Wind!

›Weißt du, sagte Groza eines Tages nach einem tollen Lauf über die Felder zu mir, weißt du, daß der Wind einmal beinahe der Schwiegervater der Ratte geworden wäre?‹
›Nein, das weiß ich nicht!‹
›Ja, der Wind hätte um ein Haar seine hübsche Tochter an das feigste Tier der Erde verheiratet und konnte sich nur durch ein schlaues Argument aus der Affäre ziehen.
Die Ratte sucht eines Tages die Sonne auf und hält ihr folgende Rede: »Hör mal, gewaltiger Stern! Ich bin das unglücklichste Wesen auf der Erde, ewig verfolgt von den Menschen, den Hunden und Katzen, Tag und Nacht auf der Hut, jeden Augenblick darauf gefaßt, in eine Falle zu tappen. Ich vergehe ja vor Angst. Und was ist mein Verbrechen? Von Zeit zu Zeit auf eigene Gefahr an einer Maisähre oder einem Käse zu knabbern!«

»Das, mein Freund, ist unmoralisch«, bemerkte die Sonne, die die Ratten nicht leiden kann.
»Auch das noch!« schreit die Bittstellerin auf. »Weißt du nicht, daß die Herren der Welt es genauso machen? Und dazu ohne jedes Risiko. Nur, es ist mir eben aufgefallen, daß sie, um sich vor jeglicher Gefahr zu schützen, immer die Tochter eines Mächtigen der Erde heiraten und sich von ihren Schwiegereltern beschützen lassen. Nun gut, ich habe mich entschlossen, es ihnen gleich zu tun, und habe dich ausgesucht, die Mächtigste von allen: Gib mir deine Tochter zur Gemahlin und beschütze mich. Ich habe die Nase voll von diesem Leben!«
Die in Panik geratene Sonne weicht sofort aus: »Du irrst dich! Ich bin nicht die Mächtigste im Universum!«
»Wer dann?«
»Die Wolke. Du hast es doch gesehen. In der schönen Mittagsstunde, wenn ich mir wünsche, die Erde zu braten, bedeckt die Wolke mein Gesicht, und ich bin erledigt. Geh zur Wolke, mein Freund. Bitte sie um ihre Tochter, denn sie ist am mächtigsten.«
Die Ratte stellt den Schwanz hoch, saust zur Wolke und berichtet von ihrem Kummer: »Du bist am mächtigsten! Gib mir also deine Tochter.«
»Ich? Ich am mächtigsten? Du willst dich über mich lustig machen!«
»Ganz und gar nicht. Die Sonne hat es mir bewiesen, und es stimmt, du verdunkelst sie, wenn du willst!«
»Ich verdunkele sie? Aber wie lange? Der geringste Wind, und es ist nichts mehr von mir übrig. Ja, der Wind ist am

mächtigsten, das kannst du mir glauben. Und überhaupt, sobald du ihm davon erzählst, wird er zufrieden sein, denn er ist sehr eitel. Aber ich warne dich, was seine Gefühle angeht, so ist er sehr wankelmütig. Ein Spaßvogel.«

»Spaßvogel hin, Spaßvogel her, er muß mir jedenfalls seine Tochter geben!«

Und schon ist die Ratte beim Wind, der sich gerade damit amüsiert, seine Tochter in einer Hängematte zu wiegen. Die Ratte unterrichtet den Wind von ihrem Kummer und setzt ihm das Ziel ihres Besuchs auseinander: »Halte mich nicht für einen Parvenu«, schließt sie. »Ich will gerne weiter umherlaufen, um mein Brot zu verdienen, aber ich sehe, daß meine Existenz ohne den Schutz eines Mächtigen unmöglich wird. Der ganze Mais, der ganze Käse wird von den Starken vereinnahmt, die Schwachen dagegen müssen ihren Gürtel enger schnallen.«

»Aber du bist doch überhaupt kein Schwacher! ruft der Wind aus. Ganz im Gegenteil, du bist viel stärker als ich.«

»Was?« sagt die Ratte sehr geschmeichelt.

»Siehst du die Klippe im Meer? Bevor sie da war, wo du sie jetzt siehst, hing sie an jenem Berg, der wie ein Kap vorspringt. Vor einigen tausend Jahren begannen dort oben starke, aber dumme Herren mit dem Bau eines Schlosses, so dumm und stark wie seine Herren. Der schöne Berg aber wurde seines Wildes beraubt, das Meer durch diese Räuberhöhle verödet und die schöne Landschaft durch hohe Mauern entstellt. Du weißt, ich liebe es nicht, wenn die Freiheit gefesselt wird. Ich liebe es, zu laufen und alles mit mir laufen zu lassen. Ich habe mich

daran begeben, mit aller Macht auf dieses Raubvogelnest zu blasen. Sie hatten sich gut festgekrallt! Ach! Tausende von Jahren vergeudete ich meine Kraft damit, dieses Gewürm auseinandertreiben zu wollen. Von Jahrhundert zu Jahrhundert wurden sie immer mehr und immer arroganter! Nichts zu machen. Der Felsen rührte sich nicht, kaum, daß sich manchmal ein Mauerstück löste, war es auch schon wieder an Ort und Stelle. Gescheitert, völlig außer Atem, ruhte ich mich eines Morgens auf der anderen Seite der Meerenge aus, als mich plötzlich ein phantastischer Krach aus dem Schlaf schreckte. Das Meer hob sich wie eine Mauer und hätte mich beinahe verschlungen! Der Felsen, der das Piratennest stützte, war von selbst heruntergestürzt! Von selbst? Ganz und gar nicht! Ich sauste hin, schnüffelte herum und mußte verärgert feststellen, daß das, was ich innerhalb von einigen tausend Jahren nicht imstande war zu vollbringen, ihr, die Ratten, in einigen Generationen geschafft habt. Du verstehst, diese Herren hatten in ihren Kellern allen Überfluß dieser Erde gestapelt, und wer von *Überfluß und Herren* spricht, der spricht von Ratten. Das ist ein und dieselbe Sippe. Und die Sippe der Ratten-Ratten hatte ihre Arbeit gut getan, um den Herren-Ratten ihren Überfluß streitig zu machen: Der Felsen, von den einen ausgehöhlt, um ein Nest zu bauen, von den anderen unterhöhlt, um es wieder auszuheben, brach endlich zusammen!
Darum also sagte ich dir eben, daß du stärker bist als ich! Gib also diese Idee auf, mein Freund, und heirate ein Mädchen deiner Sippe. Und nimm zur Kenntnis, daß Gott

die Macht unter seinen Lebewesen so gut verteilt hat, daß mit ein wenig Bescheidenheit jeder damit zufrieden sein kann!«‹

Groza wurde bald die Seele meiner Tage, und ich stellte voller Freude fest, daß ich seine einzige Freundin war. Denn uns wurde etwas klar, was kein anderes Kind dieser Gegend bemerkte und sogar den Älteren nicht bewußt wurde: die Niedrigkeit dieses Bauernlebens, das ausschließlich aus Sklavenarbeit und kleinlichen Freuden bestand. In der Zeit der großen Sommerarbeiten krümmen die Bauern sich vom Morgengrauen bis in die Nacht auf einem Feld, dessen Ernteertrag zu drei Fünfteln die Scheunen unseres Herrn füllt. Vom Herbst bis in den Frühling weben sie mühselig an einem nie endenwollenden Stoff, der für sie zur verbotenen Frucht wird, die es ständig für die Zukunft aufzubewahren gilt. Oder sie verbringen endlose öde Abende damit, bei den *clacas*[1] zu schwatzen, während sie den Mais entkörnen, die Bohnen enthülsen, die Wolle bei einem Nachbarn krempeln, die Aussteuer einer dummen Freundin zusammenstellen, die auch noch stolz auf ihre Fetzen ist. Als einziges Vergnügen haben sie die blöde *hora* am Sonntag, wo man sich nach einer Viertelstunde monotonen Tanzes bereits langweilt, oder auch das Gespräch mit einem Verliebten am Brunnen, der unklare Dinge sagt, aber ein bestimmtes Ziel vor Augen hat.

Eine angeborene Abneigung entfernte uns, Groza und

[1] Fronarbeiten, die besonders winters zu Hause verrichtet werden

mich, von diesen Arbeiten und den Freuden, die für sie entschädigen sollten. Aber nicht ungestraft kehrt man dem von der Mittelmäßigkeit aufgezwungenen Leben den Rücken zu. Sobald unser Einvernehmen auffiel, wurden wir zur Zielscheibe des allgemeinen Gespötts, der Gegenstand aller denkbaren Gehässigkeiten. Man kann sich noch so bemühen, die Mittelmäßigkeit nicht zu stören und ihr nach Möglichkeit aus dem Weg gehen, sie kann die nicht dulden, die sich von ihr unterscheiden. Sie arrangiert sich nur mit ihresgleichen, erträgt nur gleiches Blut.

Ach, mein Gott! Wir haben keinem geraten, unser Leben zu führen, wir baten niemanden, für uns *claca*-Abende zu veranstalten. Mit siebzehn hatte Groza sich seinen Karren und sein Pferd im Schweiße seines Angesichts erarbeitet. Zu jener Zeit war dies das Werkzeug, das den Menschen von der Söldnerarbeit befreite und seinem Leben einen Anstrich von Freiheit verlieh. Zweimal in der Woche trug mein Freund den Ertrag unserer gemeinsamen Arbeit auf den Markt von Buzău: Wolle, Käse, Lämmer, Weizen, Gemüse, Eier, Obst, Geflügel, je nach Jahreszeit.

Diese zärtliche Solidarität zweier Kinder, die sich weigerten, die Hand eines Popen zu küssen, der mit dem Bojar unter einer Decke steckte, oder die *căciula* vor irgendeinem Diener des ›Hofes‹ zu ziehen, wurde nicht nur von den Betroffenen als verbrecherisch angesehen, sondern sogar von denen, die unserem Beispiel hätten Folge leisten müssen, waren sie doch selbst Leibeigene. Man nannte uns frühreif und klagte uns an, in wilder Ehe zu leben. Für meine fünfzehn Jahre war ich zwar bereits gut entwickelt, jedoch nichts anderes als eine wilde Göre, und Groza war von wahrhaft kindlicher Reinheit. Unsere Streifzüge durch die Wälder, unser langes Fernbleiben vom Dorf waren in den Augen der Boshaften lediglich Ausreden für ebensoviele zügellose Ausschweifungen.

Dieses schöne Leben war bis ins letzte unser eigenes Werk. Eine sonnenüberflutete Insel inmitten eines Ozeans aus Finsternis. In diesen Jahren brachte mir Groza bei, Flöte zu spielen und die wilde Natur mit meinem Verstand zu erfassen, die ich bis dahin nur mit dem Herzen gespürt hatte.

Als seine Hände sich in diesem Dickicht aus Birken und Kiefern zum erstenmal bereit fanden, vor mir unseren Zauberflöten, unseren *doïnas*, Leben einzuhauchen, kam er mir vor wie ein *făt-frumos*[1] aus dem Märchen. Ich vergaß sein reizloses Rotblond, ich vergaß meinen Stolz, ich schmiegte mich an seine Füße und umschlang sie.

> Doï-na, Doï-na, süßes Lied!
> Wer könnte sich davon lösen,
> Deiner Harmonie zu lauschen?
> Doï-na, Doï-na, Feuerhymne!
> Dich in unseren Ebenen zu hören,
> versteinert unser Herz vor Liebe!

Allmächtiger Herr! Ich bin sicher, daß du dein Werk damit begonnen und vollendet hast, den leblosen Elementen die

[1] Märchenprinz

Flöte zu spielen. Sofern die rätselhafte Finsternis auch nur einen kleinen Teil deines unübertrefflichen Genies versteckt hält, so muß das aus deinen Händen entstandene Universum unweigerlich einem Zaubergesang gleichkommen, dem magischen Fluß der Melodie.
In diesen Jahren lernte ich auch Griechisch schreiben und lesen. Und wiederum war es Groza, dem ich diese Kenntnisse verdankte.
Er hatte diese Sprache ohne Wissen des Dorfes bei seinen Fahrten nach Buzău gelernt.
›Willst du‹, fragte er mich eines Tages, ›Griechisch lernen? Unsere Sprache hat keine eigene Schrift. Um lesen und schreiben zu können, muß man zwischen Slawisch und Griechisch wählen. Ich habe Griechisch gelernt, und jetzt sehe ich »mit vier Augen«. Mach es so wie ich. Du wirst unglaubliche Dinge kennenlernen!‹
›Ich will schon, aber wo? Und wie?‹
›Bei dem berühmten Kantor Joakim von der *Einbaumkirche* in Buzău. Er ist mein Freund, auch wenn böse Zungen behaupten, daß er ein Lüstling sei. Daran glaube ich nicht, und auch du wirst nicht daran glauben. Es stimmt, daß der Kantor Joakim einem mit seinem Aussehen und seinen Sprüchen Angst einjagt. Aber nur die Dummköpfe haben nichts, was Angst machen kann. Im übrigen steht er darüber und wird trotz der Verleumdungen bewundert. Seit langem erzähle ich ihm von dir. Er hat begeistert zugestimmt, er wird sich freuen, eine Freundin zu bekommen, denn so wie wir hat er niemanden.‹
Am nächsten Sonntag, einem schönen Frühlingstag, stieg

ich auf Grozas Karren. Er war stolz auf sein Pferd, wahrhaftig ein schönes Tier, und ich stolz auf Groza, der wie ein Herr kutschierte und aufrecht saß wie ein Alter.
Wir waren beide im Sonntagsstaat, er mit Lackstiefeln, einem Hemd aus *borangic*, geblümtem *cojoc*, und einer *căciula turcană*[1], ich in einem weißen Kleid mit handgestickten *fotas*[2], in einem *ilic*[3] und Samtpantoffeln in bunten Farben ohne Kopfbedeckung. Wir waren so schön wie Jungverheiratete.
Die Natur, die sich auf dieser sieben Meilen langen Fahrt vor meinen Augen auftat, erschien mir ebenso schön wie wir, auch sie im Sonntagskleid. Es war meine erste lange Reise, und ich begeisterte mich unaufhörlich über die mit Weinfeldern geschmückten Hänge, die verschlungenen Straßen, und sogar über die Vögel und Tiere, die Gegenstände und Lebewesen, die nacheinander vor uns auftauchten, wie von unsichtbarer Hand hervorgeholt, kaum daß wir uns näherten.
Ich saß auf einem Kissen neben meinem schweigenden Freund. Als er schließlich am Hang eines verlassenen Hügels das Schweigen brach, geschah es, um auch in meine Seele den Geist der Revolte einzupflanzen, der in seinem Inneren bereits kräftig gereift war.
›Alles, was du siehst und was dir so gefällt‹, sagte er und ließ seine Peitsche über unseren Köpfen wirbeln, ›diese

[1] Fellmütze
[2] Schürzen
[3] Mieder

ganze Welt, groß und weit, muß uns allen gehören, denn wir kommen nackt auf die Erde, und sie bietet sich uns dar, damit wir sie bearbeiten und ihre Früchte genießen. Sie gehört uns nicht. Aber sie muß. Wir müssen sie den Händen derjenigen entreißen, die sie besitzen, ohne sie zu bearbeiten. *So muß es sein!*‹
Das ist alles, was Groza mir jemals von der Knechtung der Erde durch die Gospodaren erzählte. Da habe ich verstanden, daß daß er eines Tages Haiduk sein würde, denn die Haiduken waren die einzigen, die nicht wie der Rest der Welt dachten. Glaubte man, was alle anderen sagten, so wollte Gott, daß es Leibeigene und Gospodare gab, Arme und Reiche, Gefolterte und Folterer. Die Haiduken kümmerten sich aber nicht um den Willen Gottes, gingen nicht mehr in seine Kirchen und zogen sich zurück in die Wälder, die sie nur verließen, um in tödlich verheerender Weise über die Besitztümer der Tyrannen und sogar der Kirche herzufallen, raubend, mordend und hilfreich zugleich.
Buzău, die Kreishauptstadt, kam mir vor wie ein Mädchen, das stets die Sonntagskleider trägt. Es gab zwei Straßen, kokett wie getuschte Augenbrauen. Schlamm und Staub waren sorgfältig beiseitegeräumt, die Erde war überall mit Holz bedeckt. Geschäfte in einer langen Reihe nebeneinander mit großen Schaufenstern, hinter denen man die Auslagen bewundern konnte. Hier die Produkte heimischer Herkunft, da fremdländische Luxusseidenstoffe, weiter noch eine Ausstellung mit prunkvollen Ziselierungen, und anderswo Tabak in langen Fäden wie vergoldete

Seide zwischen *cibucs* und *nargilehs* aus Stambul. Geschäfte voller Teppiche. Andere, die Ikonen, Räuchergefäße aus massivem Silber, Stolen, Priesterhüte und heilige Bücher zur Schau stellten. In unendlich vielen Läden wurde man mit Essen und Trinken bedient. *Cafanas* übervoll mit Menschen, die aromatischen Kaffee kosteten, *cibucs* rauchten und sich in verschiedenen Sprachen unterhielten.

Alle diese Lokale trugen Schilder mit unterschiedlichen und treffenden Namen, wie zum Beispiel *Zur Bäuerin von Buzău, Zum Goldkaschmir, Zur Damaszener Büchse, Zum Teppich von Isfahan, Zum Cibuc des Wesirs, Herberge zur Guten Einkehr, Zum Silbernen Räucherfaß, Cafana des Kleinen Bey* und viele andere mehr.

Groza ließ den Karren am Stadtrand im Stall einer Bauernherberge. Den armseligen Karren war das Befahren der mit Holz verkleideten Wege untersagt, nur Karossen durften passieren. Eingeschüchtert von diesen Reichtümern und mit einem beklommenen Gefühl bewunderten wir die selbstgefälligen Spaziergänger, die kamen und gingen, sich unterhielten, dicke Rosenkränze aus Bernstein durch die Finger gleiten ließen und uns anstarrten, als seien wir zweiköpfige Kälber. Die meisten dieser Bojaren trugen einen Kaftan und einen *işlic*[1] in den schönsten Mustern. Andere wiederum waren gekleidet, wie es in den Ländern der untergehenden Sonne üblich ist. Diese letzteren waren wohl junge Bojarensöhne, von Universitäten

[1] Besonders wertvolle Pelzmütze in Zylinderform

aus dem Ausland heimgekehrt. Sie trugen geschnittene Schnurrbärte und Monokel, was mich glauben ließ, sie seien über dem Studieren alle auf einem Auge blind geworden.
Wenige Frauen, aber die von göttlicher Schönheit. Sie waren kunstvoll geschminkt und hatten die Haare glatt nach hinten frisiert und über die Schläfen gestrichen. Leicht verschleiert hinter feiner, durchsichtiger Gaze, trugen sie in der Taille ungeheuer enggeschnürte Mieder und unglaublich weite Kleider, die gleich Glocken über den Boden fegten. Sie flanierten schmachtend am Arm ihrer Gatten und sprachen mit näselnden Stimmen wie Papageien.
›Hier‹, sagte Groza zu mir, ›kann man nirgends einkehren, ohne in der Börse soviel Geld zu haben, wie wir in einem Sommer verdienen. Damit die Gospodare und ihre Familien in solchen Städten leben können, wie auch in anderen, noch größeren, müssen wir anderen, die Leibeigenen, ihnen die Mittel dazu bereitstellen. Deshalb verfügen sie über *poteraşi*, die sie verteidigen und uns zwingen, für ihr Glück zu arbeiten. Aber ich will kein Leibeigener sein. Bald bin ich Haiduk, und dann werden wir Haiduken alle Dörfer in Aufruhr bringen und der Ungerechtigkeit ein Ende machen.‹
Die *Einbaumkirche* war, wie es hieß, aus einer einzigen Eiche gemacht, vom Dach bis zum Altarmantel.
Es war die Stunde der großen Messe, kurz vor Mittag. Wir trauten uns nicht, sofort hineinzugehen, denn der Zutritt zu diesem Gotteshaus war, wie der zu den reich bestückten Geschäften, nur den Gospodaren vorbehalten.

Einspänner, Equipagen, Reitpferde, Kutscher und Dienerschaft warteten in malerischem Durcheinander darauf, daß ihre Herren herauskamen. Diese beteten in einer Kirche, die für sie alleine reserviert war, auch wenn sie bescheiden ›aus einem einzigen Baum‹, gemacht war – ähnlich wie sie sich in Häusern auslebten, die nur für sie bestimmt waren und die sie scheinheilig ›Hütten‹ nannten.

Wir warteten auf das Ende der Messe und den Aufbruch dieser guten Christen, die Christi Gebote mißachteten, indem sie sich der Erde bemächtigten. Sie verließen die Kirche mit den Mienen devoter Schlächter und bestiegen ihre Wagen inmitten des Schreckens, den ihr Erscheinen beim Klang der majestätischen Glocken in den Reihen ihrer verschlagenen Dienerschaft hervorrief. Wir umgingen vorsichtig diesen pompösen Aufzug und traten, uns wie schuldbewußt an den Händen haltend, in die leere Kirche, wo der Moschusgeruch, den die freizügigen Kleider zurückgelassen hatten, den Duft von Weihrauch siegreich niederkämpfte.

Hier war meine Verblüffung noch größer als vor den Luxusgeschäften. Welch ein Unterschied zwischen der Armseligkeit unserer Dorfkirche und dem Reichtum dieser hier! Sie war ebenso königlich ausgestattet wie die Geschäfte.

Im Schein der bemalten Fenster bemerkte ich zuerst den düsteren Altartisch, schwer beladen mit Schnitzwerk und Skulpturen. Ganz oben in der Mitte hielt ein triumphierender Gott, der trotz seines weißen Bartes vor Gesundheit strotzte, eine scheußliche Welt in seiner Linken, die er nach seinem Ebenbild erschaffen hatte, während er uns mit seinem rechten Zeigefinger mit ich weiß nicht welcher Strafe drohte. Auf den zwei Flügelseiten der Altartür die heiligen Apostel Petrus und Paulus, ebenso wohlaussehend wie ihr Herr. Sie waren die Kerkermeister. Der erste hielt die Werkstatt des Christentums in den Händen, der zweite trug die Schlüssel zum Paradies der Orthodoxen. Schließlich eine ganze Galerie Heiliger mit Polizistenblikken, Märtyrer und Kirchengendarme mit Kleidern aus Silber und massivem Gold, zwei Reihen mit Skulpturen beladener Sessel, von denen ein jeder auf der Rückenlehne den Namen eines glücklichen Gemeindemitglieds trug, drei an der Decke aufgehängte Lüster, zwei Kandelaber, die vor Christus und der Jungfrau brannten, und zwei große Leuchter vor den Chorstühlen. Sie alle waren bestückt mit Kerzen aus reinem Wachs, von denen einige mich durch ihre Ausmaße in Erstaunen versetzten, und in mir den Glauben weckten, daß die Sünden derer, die solche Opfergaben darbrachten, dementsprechend groß sein müßten.

Groza ließ mich einen Augenblick inmitten dieser christlichen Rüstkammer stehen und klopfte an die kleine Tür der Sakristei. Der Kantor Joakim erschien, ein Mann um die Vierzig, untersetzt, glatzköpfig, mit hervortretenden Augen, gutmütigem Gesicht und geschwollenem Hals.

›Da ist sie, unsere Freundin Floricica‹, sagte Groza und zeigte von weitem auf mich.

Jener sprang auf seinen kurzen Beinen in die Höhe und

blieb eine Zeitlang sprachlos. Über sein Gesicht, Ausdruck priesterlicher Erregung, ergoß sich ein feuerrotes Licht. Er hob die Arme zum Himmel und stieß ein griechisches Wort mit einer Kraft aus, daß die Fenster klirrten: ›*Evloghiméni!*‹ (Was soviel heißt wie: ›Sie sei gesegnet.‹)
Ich bekam es mit der Angst zu tun und wollte weglaufen, da sah ich, wie Groza mir zulächelte und mit den Augen zwinkerte. Der Kantor fuhr fort, und obwohl meine Angst größer wurde, hielt mich doch das Vergnügen zurück, diese Stimme zu hören, von der es hieß, sie sei eine der schönsten in ganz Rumänien: ›Gesegnet seien deine feuchten Augen! Gesegnet deine feuchten Lippen! Und gesegnet alle Feuchtigkeit auf Erden, die solche Früchte wachsen läßt!‹
Ich fühlte, wie ich angesichts des Segens von soviel Feuchtigkeit errötete, aber Joakim sprach sogleich von Dürre. Er sang auf dem hohen ›c‹: ›Denn, o Herr, es ist deine Feuchti-i-i-i-gkeit, die die Dü-ü-ü-ü-ü-ü-ü-rre auf E-e-e-e-rden erträ-ä-ä-ä-ä-glich ma-a-a-a-a-cht, mein allmächtiger Gott!‹
Groza legte ihm die Hand auf die Schulter und hielt ihn zurück. ›Laß jetzt deine falschen Psalme voll Feuchtigkeit und Dürre und buchstabier das Alphabet mit ihr! Du vergißt, daß wir nicht in der »Herberge zur Guten Einkehr« übernachten, sondern in unseren Hütten.‹
Der Kantor betrachtete ihn eine Sekunde treuherzig und begann dann wiederum aufs neue: ›Wärmer wird denen, die da schlafen zusammen in einer Hü-ü-ü-tte, als dem, der da liegt allein in einem Pala-a-a-a-a-ste-e-e!‹

›Aber wir schlafen nicht zusammen, du Idiot!‹ schrie Groza.

›Quee-e-e-e-e-lle-e-e, geh zum Flusse-e-e-e-e! Frau und Mann gehen . . .‹

›. . . zum Teufel!‹ heulte mein Freund und schüttelte den Kantor am Arm. ›Willst du ihr nun das Alphabet beibringen oder nicht? Du hast es mir versprochen!‹

›Ja‹, sagte Joakim und näherte sich mir wie ein Schlafwandler. ›Ich habe mein Versprechen gegeben, und ich werde beginnen.‹

Dann schaute er mir mit dem ehrlichsten Blick der Welt in die Augen: ›Floricica, schwarze Taube! Sprich mir genau nach: *Al-pha . . . Vi-ta . . . Gam-ma . . . Del-ta . . . E-psilonn . . .*‹

Ohne Angst buchstabierte ich ihm bis zum Alphabetende nach.

›*Ehtahtos! Ehtahtos*[1]!‹ begann er auf griechisch zu schreien. ›Ein einziger Fehler, eine kleine Bagatelle, die korrigiert werden muß. Drei Buchstaben, die schwer auszusprechen sind, *gamma, dzeta* und *thita*. Bei dem *gamma* muß man mit dem Hals gurgeln. Bei dem *dzeta* den Windhauch nachahmen. Und das *thita* ist ähnlich dem wütenden Zischen des Gänserichs. Sprich es also aus und laß mich dabei deinen Mund sehen. Ich werde dir dabei helfen.‹

Ich sprach. Er betrachtete meinen Mund aus der Nähe und berührte mein Kinn mit dem Finger. Aber als hätte er

[1] wundervoll, wundervoll!

sich verbrannt, sahen wir ihn plötzlich zurückzucken und jammernd durch die Kirche laufen, die Hände über der Glatze zusammengeschlagen. ›Oh, ich Armer, oh, ich Armer! Dieser Mund ist die Quelle selbst, aus der die Götter ihren berauschenden Nektar geschöpft haben! Dieser Mund ist nicht zum Buchstabieren geschaffen, sondern um Leben und Tod zu spenden! Dieses Mädchen muß der weise Ekstatiker gemeint haben, als er sprach: *Meine Taube in den Felsenspalten, in den Verstecken der Steilhänge, laß mich deinen Blick sehen und deine Stimme hören* ... Ja, dein Blick, deine Stimme ... und deinen Mund auch, hätte er sagen müssen. Aber, o Salomon, wozu hat man ein Herz, das so überwältigend schöne Dinge zu sehen und zu hören wünscht, wenn man dabei doch so ungestalt wie ein Murmeltier ist? Und wessen bin ich schuldig, wenn mein Herz *links sitzt, wie das eines Verrückten,* und *nicht rechts,* wo sich deiner Meinung nach *das des Weisen befindet? O Gott, du kennst meinen Wahnsinn, und meine Fehler sind dir nur zu bekannt.*‹

Daraufhin kam Joakim schnell zu mir zurück und sagte in abgehackten und verschnörkelten Worten, wie es die Art der Adligen ist: ›*Kori-mou! Koritzaki-mou*[1]! Beleidige mich nicht damit, mich für vulgär zu halten! Mein Wahnsinn ist ungefährlich, und meine Sünde liegt nur in der Sprache! Das ist mein ganzes Verbrechen ... Nimm mir nicht den Anblick deiner Anmut. Jetzt geh »wohlgemut« und kehre »wohlgemut« zu mir zurück. Ich lehre dich Griechisch,

[1] griechisch: mein Mädchen, mein kleines Mädchen

weise wie ein Gelehrter und uneigennützig wie ein Freund. Und du wirst ein Schwert in der Hand halten, das nur wenige zu führen verstehen.‹
Ich küßte den Kantor auf beide Wangen und sagte: ›Joakim, du bist der erste Mann, den ich in meinem Leben küsse.‹

Ein ganzes Jahr lang unterrichtete mich der Kantor der *Einbaumkirche* in Griechisch und vielen anderen Dingen, ein mal höflicher und schamhafter, mal kopfloser, kühner und fast verrückter Lehrer. Und dennoch enthüllte mir sein Temperament Seiten der menschlichen Natur, für die es sich zu interessieren lohnt; und weil mein Verstand und Charakter ganz anders waren als die der anderen jungen Mädchen meines Alters, gab ich brav allen seinen Wünschen nach, die im übrigen harmlos waren, nur aus Freude daran, zu prüfen, ob seine Reinheit aufrichtig oder eine trügerische Maske war.
Sie war aufrichtig.
Meine Stunden fanden zweimal in der Woche statt. Immer in der leeren Kirche, nach der Elf-Uhr-Messe. Groza war oft dabei. Manchmal ließ er uns allein. Aber ob wir allein oder mit ihm zusammen waren, Joakim blieb immer derselbe. In dem Bewußtsein, daß seine Kantorenstimme mir ebenso viel, wenn nicht noch mehr Vergnügen machte wie die Unterrichtung in Griechisch, leitete er regelmäßig die Stunde mit einer wahren Explosion himmlischer Hymnen ein, die sich wie ein lichter Wasserfall über meine Seele ergossen.

Er war unerschöpflich in Kirchenliedern, Psalmen, Improvisationen und Stimmübungen. Seine Hingabe ging bis zur Bewußtseinstrübung, wie an jenem Tag, an der er mich vergaß, nachdem er singend die Kirche bis zum Altar durchschritten hatte und in der Sakristei verschwand, wo ich ihn in Tränen aufgelöst wiederfand. Aber diese Hingabe hielt für mich auch peinliche Überraschungen bereit, denn manchmal sah er mich, ohne die Stunde zu unterbrechen, aus seinen guten Kalbsaugen an, legte mir die Hand auf den Bauch oder die Brüste und entschuldigte sich folgendermaßen: ›Noch nie habe ich so angenehme Dinge mit der Hand berührt, und ich will nicht sterben, ohne ihre Wärme kennengelernt zu haben. Erlaube es mir, Floricica! Alle Idioten wissen darum, ohne es zu schätzen, während ich es schätze, ohne es zu kennen! Du machst mich mit wenig Aufwand glücklich. Bald wirst du dich verschenken, ohne die Wohltat der Wertschätzung kennenzulernen. Und sei unbesorgt, ich könnte dieses Glück weiter verfolgen! Denn hat der *Prediger Salomo* auch recht, wenn er sagt, daß *das Ende einer Sache sich mehr lohnt als ihr Anfang*, so ist es doch ebenso richtig, daß im Leben sehr viele Anfänge das Ende in den Schatten stellen. Und es ist weiterhin wahr, daß man zu diesem Zweck das Leben mit anderen Augen betrachten muß, als der *Prediger Salomo* es tat.‹

Ich gestand ihm dieses Glück zu und erwartete dabei ständig, daß er weiter gehen würde. Aber dem war nicht so. Nicht nur, daß er mich nicht um mehr bat, er kam auch nicht mehr auf diese Freude zurück, vergaß sie, machte

davon nicht das geringste Aufhebens. Dagegen habe ich mich oft gefragt, ich, die seit langem über die Wunder der Tierwelt unterrichtet und von der unverhohlenen Heuchelei um mich herum abgestoßen war, ob ich um eine so gewöhnliche Ware mit einem Mann feilschen sollte, der mich Stunden erleben ließ, die so einzigartig waren, daß sie in meinem späteren Leben nie wiedergekehrt sind. Gerne hätte ich mich erkenntlich gezeigt, ihm als Erinnerung ein Geschenk gemacht. Er aber sagte: ›Was? Ein Korb mit frischen Eiern? Hühner? Ein Topf mit Butter? Eine *doniţa* voll Honig? Mein Haus ist voll davon! Und würdest du mir einen Heiligen in strahlendem Massivgold schenken oder einen Rosenkranz aus den seltensten Bernsteinen, oder sogar ein kostbares *nargileh* aus Smyrna, ich wollte es nicht. Die Gospodare, die meine Stimme weiß Gott warum lieben, überhäufen mich mit diesen Geschmacklosigkeiten. Was ich möchte, was mich unsäglich glücklich machen würde, kannst weder du noch der Herrgott mir schenken, einen Körper, ein Gesicht, das meiner Stimme und meinem Herzen würdiger wären. Dann könnte ich das Leben genießen. Stattdessen vegetiere ich in diesem Eselsgerippe! Das hat Gott mir nicht geben wollen. Er wollte einer Nachtigall keine Pfauenfedern geben. Vielleicht hat er recht daran getan, denn es heißt, *wenn das Schwein auch noch Hörner hätte, würde es die Erde durchwühlen.*‹
Das war der Mensch, den ich in dem Kantor Joakim entdeckte, der Gegenstand so vieler Verleumdungen war. In der Mitte des Sommers, der diesem Unterrichtsjahr folgte,

sollte ich in ihm noch einen anderen Menschen kennenlernen, und diese Enthüllung wurde sowohl für das Dorf als auch für mich und Groza zu einer unglaublichen Überraschung.

Ich war jetzt beinahe siebzehn Jahre alt. Und schön, wie ihr seht. Diese Schönheit zog mir neben anderen Zudringlichkeiten auch die Aufmerksamkeit des Sohnes unseres Gospodaren Bolnavul[1] zu, Besitzer von zwanzigtausend Hektar Land und Wald, unzähligen Gestüten und Viehherden. Für diesen Herrn mit Monokel, frisch vom Studium heimgekehrt, war ich lediglich ein hübsches Schaf auf zwei Beinen, leicht zu vernaschen und vielleicht glücklich, einen so hehren Appetit geweckt zu haben. Er war weit davon entfernt, in mir den leisesten Widerstand zu vermuten. Er war jemand. Ich war ein Etwas, das sich zufällig aufrechthielt und sich auf das erste Zeichen des Herrn hinlegen mußte. Seine Studien waren dazu so hohl gewesen, daß ihm zu Beginn nichts besseres einfiel, als mich zu beleidigen.

An einem Sonntag in jenem Sommer, der für Grozas weiteres Schicksal entscheidend sein sollte, kam der *coconaş*[2] Manolaki, wie ihn seine Sklaven nannten, in Begleitung seiner jüngeren Schwester zur *hora* ins Dorf. Er lenkte selbst das prächtige Pferd, das vor ihren Wagen gespannt war. Er kam dorthin, er, unser zukünftiger Herrgott, um sich seiner Beliebtheit zu vergewissern, und um sich dazu

[1] Wortspiel mit *bolnav:* krank

[2] junger Herr

jene andere Herde anzusehen, die das Fleisch für die leiblichen Freuden zur Verfügung stellt. Absoluter Herrscher von Gnaden Gottes und der Dummheit der Menschen, legte er sogleich eine Spottlust übelster Sorte an den Tag. Seiner Schwester, die ebenso dumm war wie er, machte das nichts aus, und das Volk nahm es entgegen wie Manna. Die Alten zogen ihre *caciulas*, zeigten ihr schönes Silberhaar. Die Jungen tanzten zwar weiter, aber mit paradehaftem Schwung, um den noblen Besuchern zu gefallen, während der *pomojnic*[1], ein unterwürfiges Wesen, das seinen Herrn begleitete, grobe Banalitäten von sich gab. Auf seinen Befehl goß der *cârciumar*[2] mehrere *oca* Wein ein, und die Trinkenden wünschten den großzügigen Spendern ›Gesundheit und ein langes Leben‹. Darauf stiegen diese von ihrem Wagen, überließen ihn der Obhut eines jungen Bauern und stießen reihum mit den Tanzenden an.

Diesen Augenblick ihrer Abwesenheit nutzte ich. Ich verließ Groza einen Moment entgegen seinem Rat und ging das schöne Tier streicheln, das diese Menschenbürde zog. Ich liebte die schönen Pferde zu sehr, um auf das Vergnügen verzichten zu können, ihnen den Halz zu tätscheln. Dieses Vergnügen kam mich teuer zu stehen, denn ich wurde von der unerwarteten Rückkehr der beiden Blutsauger überrascht und mußte mir ihre Sprüche anhören. Diese bezogen sich auf meine schönen Kleider und meine

[1] Unterpräfekt
[2] Schankwirt

Pferdeliebe. Sie waren nicht verletzend, aber damit ließ es der *coconaş* nicht bewenden. Er glaubte mich zu begeistern, indem er mir von seinem hohen Sitz aus eine Goldmünze vor die Füße warf, die, wie er meinte, ›für unschuldige Vergnügungen‹ bestimmt war. Ich schlug die Hände vors Gesicht und lief davon. Den *galben* ließ ich, zur Verwunderung der Diener und ihres Herrn, dort liegen, wo er hingefallen war.
Groza, der weit von der *hora* ausgestreckt im Gras lag, wurde auf das Geschehen erst durch die Unruhe aufmerksam, die sich unter den Bauern nach der Abfahrt des Bojaren verbreitete. Er kam sofort und fand mich schluchzend. Ich vergoß meine ersten Schmerzenstränen. Andere sollten bald folgen.
Der aufrichtige Widerstand einer Frau ist ohne Wirkung auf das Verlangen eines gemeinen Mannes. Er weiß nicht, wo die Verlegenheit des Weibchens endet und die tiefe Verachtung der weiblichen Würde anfängt. Alles ist diesem Rohling, der die Welt beherrscht, erlaubt.
Innerhalb von zwei Monaten versuchte dieses Tier mich viermal davon zu überzeugen, daß mein Lebenszweck allein darin bestand, seinen Freuden zu dienen. Viermal habe ich ihm vor die Füße gespuckt und ihm den Rücken zugedreht. Also wurde er gewalttätig. Er bekam es mit Grozas Arm und seiner *gârbaciu*[1] zu tun.
Ich hütete jetzt etwa hundertfünfzig Schafe, von denen ein

[1] lange aus Stricken geflochtene Peitsche

Drittel meinem Kindheitsfreund gehörte, die beiden anderen Drittel meiner Mutter und mir. Ich war glücklich, wenn auch empört über die Leibeigenschaft, die immer mehr auf allem lastete, und beunruhigt durch das Auftreten dieses Ungeheuers. Ich wußte, daß er sich früher oder später, wie der Falke auf das Hühnchen, auf mich stürzen würde. Groza versorgte mich mit einer Pistole und einem kleinen Dolch, die ich an meinem Gürtel versteckt hielt. In weiser Voraussicht kam er selbst aus Ortscheit, verbrachte jeden Abend ein bis zwei Stunden mit mir und half mir, die Herden zurückzutreiben. Ihr schönen Tage einer zärtlichen Freundschaft, die wir mit unseren drei Hunden teilten, in der Heiterkeit unserer weiten Herzen, mit unseren flammenden Hoffnungen und dem wiegenden Klang unserer Flöten – wie weit scheint ihr mir heute!

An einem in goldenen Strahlen glühenden Augustabend kam das Unglück.

Der *coconaş* war zu Pferde und allein.

Ohne auf Groza zu achten, wandte er sich nur an mich, begrüßte mich und fragte: ›Bist du mir heute abend weniger böse?‹

Ich antwortete nicht, kehrte ihm den Rücken zu und entfernte mich. Groza, der am Rand eines Tümpels stand, begann unverzüglich, die Wasseroberfläche mit seinem dicken *gârbaciu* zu peitschen. Ich erriet, daß er den Strick härten wollte, um die Hüften des unverschämten Besuchers besser umschlingen zu können. Meine Brust schwoll vor Lust bei dem Gedanken, mich von einem starken und mutigen Freund beschützt zu wissen, aber mein Verstand, durch die Wut abgestumpft, stellte sich keine Fragen über die Folgen einer so schrecklichen Tat.

Der Bojar stieg vom Pferd, ließ es stehen und wollte mir langsamen Schritts folgen. Groza tauchte gerade wie eine Tanne und ruhig wie ein Weiser vor ihm auf. Der andere stand auch aufrecht, war aber alles andere als ruhig. Das Blut stieg ihm zu Kopfe: ›Was willst du?‹

›Nichts‹, entgegnete Groza, ›nur wissen, was du willst, du ...‹

Aus Wut, von einem *mujic*[1] geduzt zu werden, griff der Unglückliche nach seiner Pistole. Er wurde augenblicklich zu Boden geworfen, entwaffnet, und bevor er Zeit hatte, sich wieder aufzurappeln, saß Groza bereits rittlings auf dem Renner unseres Herrn. Was danach passierte, zeigte mir das Ausmaß des Hasses, der im Herzen meines Freundes brannte. Anstatt sich, wie ich dachte, davonzumachen, begann er den *coconaş* auszupeitschen und zog ihm die Lederschnur seiner feuchten *gârbaciu* vorzugsweise über das Gesicht. Er jagte ihn mal hierhin, mal dorthin durch das einsame Gelände, dessen Stille von den Schreien des Gepeitschten zerrissen wurde und war verbissen darum bemüht, den Körper des *coconaş* zu verletzen, auch als jener nur noch aus einer auf der Erde liegenden blutenden und leblosen Masse bestand.

Groza holte mich im Galopp ein. Er war nicht mehr derselbe. Sein Gesicht, vergrößert und unbeweglich, erschien mir starr wie aus Pergament. Die blutunterlaufe-

[1] russisch: Bauer, hier im abschätzigen Sinn

nen Augen hatten nichts Menschliches mehr an sich. Die Halsadern drohten zu platzen. Die Unterlippe fiel schwer vor Wut nach unten. Seine Stimme hatte sich ebenfalls verändert, als er sagte: ›Zum erstenmal habe ich die Rache gekostet. Sie ist genauso erfrischend wie das kalte Wasser, das man schluckt, wenn man vom Fieber ausgedörrt ist. Jetzt, Floricica, verlasse ich dich für immer! Ich werde ein Haidukenleben führen. Ich gehe nicht allein, sieben Burschen, alle aus Ortscheit, alle von schlechtem Ruf, werden mich begleiten. Das sind keine Freunde mit liebevollen Herzen wie du oder unser guter Kantor Joakim, und das macht mich traurig. Sie sind rachsüchtig und dürsten nach einem wilden Leben. Sie kennen die Wälder wie ich und sind bereit, sich auf ein Zeichen von mir ins Feuer zu stürzen. Wir haben alle Vorbereitungen getroffen. Morgen bei Sonnenaufgang treffen wir uns im »Hirschwald« hinter dem »Schiefen Felsen«. Komm dorthin. Dort werde ich dir ausführlicher sagen, was dir zu tun bleibt. Jetzt habe ich es eilig, nach Buzău zu reiten, um Joakim zu warnen und ihn zum letztenmal zu umarmen.‹
Er zeigte auf sein erstes Opfer und fügte hinzu: ›Die Bestie ist nicht tot, denn daran war mir nicht gelegen. Ich will, daß sich dieser feine Herr an mich erinnert, sein ganzes Leben lang, jedes Mal, wenn er seine Fratze im Spiegel betrachtet. Ich habe sie ihm schön zugerichtet! Sein Pferd behalte ich. In den Gestüten seines Vaters werden wir die Pferde für meine Gefährten finden.‹
Es war beinahe Nacht ... Die Herde, die von Grozas Menschenjagd auseinandergerissen war, blökte zum Steiner-

weichen. Mein Freund ritt um sie herum, trieb sie zusammen und half mir, sie zurückzuführen. Mein Herz voll von dem Geschehenen, gleichsam fremdgeworden dem Land und meinen Schafen, trennte ich mich an diesem Abend von Groza und umklammerte den Hals meines Lieblingshundes. In der Nacht habe ich viel geweint.

Beim nächsten Morgengrauen ging ich zum »Schiefen Felsen«.

Groza und seine sieben Gefährten waren bereits da. Des weiteren ein dicker Viehhändler aus Buzău und Joakim. Groza zeigte auf den Händler und sagte: ›Floricica, als Vorsichtsmaßnahme hatte ich die Idee, diesen Freund hier zu rufen. Ich rate dir, ihm deine Schafherde zu überlassen. Meinen Anteil habe ich bereits kassiert. Wenn du ihm den Rest gibst, verspricht er, ihn dir solange zu lassen, wie du ihn zu deinem Lebensunterhalt brauchst. Falls unsere Verfolger an deinen Besitz wollen, brauchst du nur zu sagen, daß er nicht dir, sondern dem *baciu*[1] Zamfir gehört.‹

Bereitwillig sagte ich zu. Der *baciu* ging, ein zwielichtiger, aber sicherlich nützlicher Geselle. Und nun kam der Augenblick der endgültigen Trennung, in dem ich den besten Freund meines Lebens zum letztenmal ansah. Seine Augen standen voller Tränen. Seine Stimme, vor Bewegung erstickt, brachte kaum die folgenden Worte heraus: ›Es ist aus, Floricica, mit unserem Leben ... Wir waren wahre Freunde ... wie nur der Hund des Menschen Freund sein

[1] Senn

kann. Du wirst nie wieder einen Groza finden, und ich nie wieder eine Floricica! Wie schade, daß die Frau für das Haidukenleben nicht geschaffen ist! Ach, deine Freundschaft und deinen Haß bei mir, oben in den Bergen und im Wald zu spüren – nein, Gott hat es nicht gewollt, wir wären beide verrückt geworden!

Bleib also, aber höre: Haiduk ist nicht allein der, der in die Wälder geht. Man kann ebensogut in der Stadt inmitten der Gospodare Haiduk sein und sich wie der Mensch auflehnen, der »im Hirn der Berge« lebt, aber unter der Bedingung, mit den Großen falsch und den Unterdrückten aufrichtig zu sein. Du kannst falsch und aufrichtig sein. Geh also, versuche, dich unter die Wölfe zu mischen, heule mit ihnen, beobachte ihre Gewohnheiten, lerne ihre Schwächen, falle ihnen in den Rücken und tu dem Volk Gutes, räche es! Mit anderen Worten, hilf mir! Du bist intelligenter, feinsinniger und schlauer als ich, und vor allem bist du eine schöne Frau. Mach es wie ich, opfere deine Jugend, wie ich es mit der meinen tue! Das Volk ist häßlich und feige, weil alles, was aus seinem Schoß kommt, häßlich und feige wird. Die Guten erheben sich niemals. Seit der *zapciu*[1] Iancu Jianu[2] und der *sluger*[3] Tudor Vladimirescu[4], der eine im Herzen Bojar, der andere im Her-

[1] Polizeipräfekt

[2] Iancu Jianu ist der Held einer aus Siebenbürgen stammenden Volksballade

[3] Würdenträger am Bojarenhof

[4] Vladimirescu erhob sich 1821 mit einem Bauernheer gegen Türken und Bojaren

zen Bauer, beide Haiduken und Aufrührer, von Verrätern ermordet wurden, hat sich kein Mensch aus dem Volk erhoben, es sei denn, um es nur noch mehr zu knechten. Die wenigen Haiduken, die mal hier, mal dort ihr Unwesen treiben, sind nichts als kurzsichtige Aufrührer, und man spricht von ihnen wie von Dieben. Sie hätten einen Anführer nötig, der größere Aktionen plant. Es gilt, nach oben zu schlagen! Und nicht nur auf die Griechen und Türken, sondern auch und vor allem auf den rumänischen Bojaren. Den Fremden mag man es nachsehen, wenn sie das Blut unseres Landes aussaugen. Wie aber soll man den Gospodaren entschuldigen, wenn er sich zum Werkzeug der Unterdrücker von außen macht?
So. Ich habe diesen Tag erwartet, um dir zu sagen, warum ich dich gedrängt habe, bei Joakim lesen und schreiben zu lernen, und warum ich es selber getan habe. Die Bücher lehren uns, was unser Verstand allein nicht zu erfassen vermag. Man muß Vergangenheit und Gegenwart kennen, um zu wissen, welche Forderungen an die Zukunft zu stellen sind. Arbeite deshalb auf diese bessere Zukunft hin. Man lernt nicht Griechisch, um Schafe zu hüten. Mach das, was dein Kopf dir sagt. Du bist schlau genug. Mit einem ihrer Haare kann eine Frau einen Tyrannen an den Galgen bringen. Wenn sie nur einen Finger auf den Mund legt, kann sie ihn zum Schweigen oder zum Reden bringen. Sei so eine Frau! Gold werde ich dir bald zukommen lassen.
Ich werde diese Gegend jetzt verlassen. Wir gehen in die Gegend von Brăila, dorthin, wo Buzău und Sereth zusam-

menfließen. Dort muß ich mich mit Cosma treffen. Aber ich werde nicht mit ihm zusammenarbeiten. Von ihm kann ich einige Sachen lernen. Im übrigen jedoch will ich alles nach meinem Kopf machen. Und an welchem Tag auch immer du mich brauchst, wende dich an den *cârciumar* Ursu, der am Ortsausgang von Vadeni bei Galaţi eine Taverne hat. Noch besser wäre es, wenn du dorthin zögest. Die *potera* wird heute abend hier sein. Sie kann dir nichts anhaben. Und was mich betrifft, so soll sie mich nur holen kommen.‹

Während Groza zu mir sprach, sah ich mir die Gesichter seiner Gefährten ein wenig näher an. Es waren, wie er gesagt hatte, wilde Männer, entschlossen, vielleicht ergeben, aber nichts mehr. Oh, Zärtlichkeit, Zärtlichkeit! Regiertest du im Herzen der Menschen, wäre Revolte ein unbekanntes Wort. Armer Groza! Ich bedauerte, ihn von Männern umgeben zu wissen, die nichts als Rebellen waren. Hassen ist gut, Lieben ist besser. Nur wer zu hassen weiß und lieben kann, kennt den ganzen Wert des Lebens! Glücklicherweise wachte die Liebe über Groza. Sie war ihm ganz nahe, nur wußte niemand davon.

Mir fiel auf, daß Joakim sich sehr merkwürdig benahm. Ausstaffiert mit einer knöchellangen *gheba* und einer *căciula turcana*, die ihm beinahe über die Nase rutschte, hielt er einen großen Kasten aus Ebenholz unter dem Arm, der anscheinend schwer war, denn er wechselte ständig den Arm. Sein sonst gerötetes Gesicht war ernst, besorgt und bleich. Ich schrieb dies der inneren Bewegung zu, die diese Trennung in ihm verursachen mußte,

und sagte: ›Mein guter Joakim, du bist genauso bekümmert wie ich ...‹
›Nein‹, gab er von sich und schüttelte seinen riesigen Kopf. ›Nein, ich bin nicht bekümmert wie du, ich bin bekümmert wie Groza.‹ Der Haiduk sah mich, stutzig geworden, an, aber wir wurden aus diesem Rätsel nicht klug.
›Was willst du damit sagen, Joakim?‹ fragte mein Freund.
›Ich will sagen, Groza, daß ich bekümmert bin wie du, nicht wie sie.‹
›Gut, das haben wir gehört, aber erkläre es!‹
›Ich erkläre es!‹
Er erklärte es singend, ernsthaft, mit weicher und tiefer Stimme. Sein Gesicht zog sich in die Länge, die Augen traten hervor, und er wechselte unablässig den Kasten von einem Arm zum anderen, während wir ihm atemlos vor Erstaunen zuhörten.
›Ich bin betrübt wie du, mein tapferer Groza-a-a; denn auch ich verlasse jetzt Floricica-a-a. So wie du zieh ich der *haiducie*[1] zu-u-u! Und ist dir's recht, ziehen wir zusammen, ich und du-u-u! – Auf die Kirche hab' ich nur noch Praß! Po-o-pen! Oberpo-o-pen! Weihrauch! *parastas!*[2] Mist das! – Tote und Neugeborene: alle sind Gottverlorene! – Taufen und Ehen: nichts als Gott schmähen! – Göttlichkeit: Lüsternheit! – Liebe zu Gott: für immer fort!‹
Der Schweiß rieselte ihm in dicken Tropfen unter der Mütze hervor. Er hielt einen Augenblick inne und öffnete

[1] Leben als Haiduk
[2] Totengottesdienst der griechisch-orthodoxen Kirche

dann den Kasten, gefüllt mit großen und kleinen Dukaten und wertvollen Edelsteinen – Diamanten, Rubinen, Saphiren, Smaragden, Türkisen. Er hielt sie uns unter die Nase und schrie in einem Ausbruch ehrlicher Entrüstung: ›Da, das ist alles, was die Kirche, die Gospodare und Gott selbst dem Menschen bieten können, der Liebe braucht! Weil ich die Gabe einer Stimme hatte, die die Seele erhebt, hat man mich meinen Bergen, meinen Ebenen, meinen Schafen und meinen Hunden entrissen. Anstelle dieses Reichtums hat man mir Metall gegeben, das man für teuer hält und Steinchen, die angeblich edel sind. Zu jener Zeit war ich gerade siebzehn Jahre alt. Lange Zeit habe ich mich in Erwartung des göttlichen und herrschaftlichen Schatzes geduldet, von dem man mir gesprochen hatte. Aber ich merkte, daß es immer wieder um Metall und Steinchen ging. Und die Liebe? Die zarte Liebe und Freundschaft, die ich hinter mir ließ, als ich meine *ciobancuţas*[1], meine Schafe, meine schönen Jagdhunde, meine Himmelsburgen und meine Wälder verließ? Was blieb von diesem Schatz, von diesem wahren Reichtum? Nichts! Ein schmeichelhaftes Wort, ein Schulterklopfen, ein höflicher Händedruck oder ein gönnerhaftes Lächeln, das war alles! Und da stand ich, das Wasser im Mund, vor den schönen, in feinen Miedern gefangenen Brüsten, vor den Augen, die das Werk eines anmutigen Teufels sind, vor den Lippen, die bereit sind, das sündige Wort auszusprechen, um die fromme Seele zu berühren. Ich, der arme Joakim, schluck-

[1] Schäferinnen

te meine Lust herunter und dachte an den Geiz des Gotteshauses. Von Zeit zu Zeit kam es vor, daß ich mich angesichts der Undankbarkeit des Lebens nicht länger beherrschen konnte, die dein Bestes fordert und dir nur das gibt, was unnötig und überflüssig ist. Ich legte den Finger auf die aufreizenden Brüste und sagte zu den sündhaften Lippen und Augen: Auch ich will von diesem Wein trinken und von diesen Früchten kosten! Da war es vorbei. Ich war nicht länger »unser Kantor Joakim, wie es nur einen in der Metropolitankirche gibt«, *ich* war ein »widerlicher Mensch«. Und warum, »im Namen des Altars und des Räucherfasses«, war bei mir eine Lust widerlich, die Popen und Gospodaren Tag für Tag befriedigten?
Sie war es leider! Ich mußte selber zugeben, daß meine Lust widerlich war, wenn nicht zumindest lächerlich. Gott hat mich geschaffen, damit ich sänge, nicht, damit ich in der Welt geliebt würde, in der ich sang. Ich glaube sogar, daß Gott ganz bewußt eine Engelsstimme in den Körper eines Esels gesteckt hat. Das Reine kann nur rein bleiben, wenn es von Häßlichkeit umgeben ist. Und die Menschen verehrten mich, wenn ich sang und sie dem Himmel näherbrachte. Sie überhäuften mich mit kalten Gefälligkeiten. Aber sobald ich an ihre warmen Besitztümer rührte, erinnerten sie mich daran, daß ich ein Esel war. Die Cherubim, die in die Kirche kamen, um dem Teufel Zutritt zu verschaffen, und an die der Seraph Joakim seine Stimme und sein Verlangen richtete, erinnerten mich auch daran, denn die Frau ist wie die Sonne, sie spiegelt sich in allen Scherben am Wegesrand.

Ich kehre also zurück in das Reich, das ich aus Eitelkeit verließ, so wie der Fluß, der über die Ufer tritt, wieder in sein Bett zurück muß. Und meine Stimme, die sich in der Wüste der stolzen Stadt verschenkte, ohne das geringste Mitgefühl zu erregen, wird fortan in den Herzen der Menschen widerklingen, die das Gesetz brechen und sich zum Wohle ihresgleichen ein hartes Leben auferlegen. Und ich werde sagen: »*Oh Gott! Ich suche dich bei Tagesanbruch. Meine Seele dürstet nach dir. Mein Fleisch verlangt nach dir in dieser verlassenen Welt, um deine Kraft und deinen Ruhm zu sehen, so wie ich dich im Altarraum betrachtet habe. Denn deine Güte übertrifft das Leben, deshalb lobpreisen dich meine Lippen. Die Hochmütigen spotten über mich, ich aber habe mich nicht von deinen Geboten abgekehrt. Nimm Schmach und Verachtung von mir, denn ich habe immer für dich gezeugt.*«
Hier stehe ich, der Kantor Joakim, der in der »Einbaumkirche« kein Mitgefühl fand. Ich werde mit Groza ein Haidukenleben führen, um für Gott einzustehen und die Liebe zu suchen!‹ Der Freund, von dem man sich für immer trennt, ist uns teurer als der, der für immer zu uns zurückkehrt. Als mir von weitem die geliebten Hände ein letztes Mal zum Abschied zuwinkten, sank ich über meinem Hund zusammen und vergrub mein Gesicht im Fell seines Kopfes, aus dem erstaunte Augen mich ansahen. Darauf ging ich den Weg zurück wie nach einer Beerdigung. Ich sah mein Haus wieder, meinen Wald, meine Tiere, und alles schien mir verlassen wie ein Land, das eine Feuersbrunst verwüstet hat.

Die Traurigkeit, die mir bis dahin fast unbekannt war, nahm Besitz von meiner Seele. Aus der Lust an der Freude wurde die Lust am Leid. Herr, hast du mehr Lust in die Freude oder in den Schmerz der leidenschaftlichen Seele gelegt? Das Rascheln der Blätter, der Hahnenschrei, das Bellen der Hunde, das Blöken der Schafe, die endlosen Reden meines Freundes, des Windes, verletzten mein vom *dor*[1] zerquältes Herz. Wie ein Schatten auf der Suche nach seiner Seele irrte ich Tag und Nacht durch die Pinien- und Birkenwälder. Meine Flöte, die nichts von der herzzerreißenden Verlassenheit wußte, erfüllte die Wälder mit ihren Rufen und erstaunte die vielstimmigen Vögel:

Einsamer *dor*
Melancholie an Liebe reicher Seelen:
Ist uns ein Reichtum entrissen,
findet sich ein neuer im *dor!*

Diesen ›neuen Reichtum‹ fand ich nicht nur in meinem *dor*. Er nahm in einem Menschen Gestalt an und erwies sich als trügerischer Traum. Aber ich wußte um dieses Trugbild, und ich trank diese Illusion mit dem Durst einer Seele, die sich auf die Enttäuschung vorbereitet.
Eines Tages kam ein von Groza geschickter Bote, um mir mitzuteilen, daß Cosma in dieser Woche käme, um unsere Gegend auszukundschaften und zu erfahren, ob es mög-

[1] unübersetzbares Wort, einer der Schätze der rumänischen Sprache, das Sehnsucht, Verlangen, Liebe, Heimweh ausdrückt

lich wäre, hier ›einen Coup zu landen‹. Der kurze Brief, in dem er von Cosma berichtete, endete wie folgt: ›Ich habe diesem Bruder einen Kuß auf die bärtige Wange gegeben. Empfange ihn, wie dein Herz es dir rät.‹
Mein Herz riet mir, diesen Kuß auf den beiden bärtigen Wangen Cosmas zu suchen, um sicher zu gehen, ihn auch zu finden. Natürlich habe ich ihn gefunden, denn der Mensch hat schließlich nur zwei Wangen, und ich fand noch mehr, etwas, was ich nicht suchte, daß von alleine kam wie der Sturm, der ungerufen hereinbricht.
In dieser Woche erklang meine Flöte in den Pinien- und Birkenwäldern mit einem Ausdruck, wie ihn nur ein rasender *dor* einem Holunderrohr mit acht Löchern entreißen kann, während meine Augen den Boden absuchten und eisenbeschlagene Hufabdrücke entdeckten, die in dieser Gegend unbekannt waren. Ich nahm ihre Spur auf und stieß an einem Morgen unverhofft auf die Lichtung, wo Cosma und sein Bruder Ilie Pfeife rauchten, zufrieden mit ihrem Schicksal und ganz ohne auf mich zu achten. Cosma spielte den Stolzen, und ich spottete über ihn. Trotzdem erkannte ich in ihm sofort meinen Meister. Um ihn zu reizen, floh ich vor ihm. Er nahm die Verfolgung auf, was die Regel bestätigt, nach der *die Frau, die vor dem Mann flieht, um so begehrenswerter wird.* Noch am selben Abend, nachdem ich Cosma und den Pinienwald entflammt hatte, ließ ich mich von dem Arm umschlingen, der unter den Gospodaren Angst und Schrecken verbreitet hatte.
Cosma nahm mich, aber ich gehörte Groza an. Cosma

bekam, was alle Männer haben können. Groza hatte meine Seele, an der er hing. Und so habe ich in einer Stunde des Vergessens einen unmöglichen Traum gelebt. *Danach prüfte ich die Tiefe des Meeres mit meinem Finger.* Ich verlangte vom Leben, was es nicht geben kann. Ich wollte Cosma, Groza und das ganze Glück für mich allein. Und ich bekam nichts. Da zerbrach ich meine Holunderflöte. Und ein anderes Leben kam. Es dauerte etwa drei Jahre. An ihrem Ende gab ich dem Wald, was ich im Wald empfangen hatte.

Danach setzte ich die Maske der Falschheit auf und verschwand in der Welt, aus der ich, ehrlich zu euch, nun wiederkehre. Und ich bin bereit zu allem Guten und allem Schlechten, das der Welt not tut.

Das bin ich.«

Ilie der Weise

»Zu dir, *Ilie der Weise*, Cosmas Bruder und mein Ratgeber. Laß uns wissen, wer du bist, und aus welchen Gründen du dich dem Haidukenleben zugewandt hast«, sagte Floarea Codrilor, unsere Anführerin.

Ilie legte seine *căciula* mit langsamer Bewegung auf die Erde. Wußte er, als er seine faltenlose Stirn und seine Haidukenmähne enthüllte, daß er uns einen in seiner Ruhe einzigartigen Kopf zeigte? Er war der Typ des kriegerischen *Metropoliten*, der zwischen zwei Gebeten töten und zwischen zwei Blutbädern essen und trinken kann. Seine Augen – schwarz, klar, bestimmt, weder schüchtern noch kühn, sagten nachdrücklich: *Friede mit euch, oder ich bring' euch um!* Indessen floß ständig das Licht eines zwischen Leben und Tod schwankenden Märtyrers um diesen langen, mit rabenschwarzen und silberweißen Strähnen durchsetzten Bart, der einen verwilderten Schnurrbart verschlang – furchterregender Hüter eines Mundes, der jederzeit bereit war, jenes unfaßbare Wort *Gerechtigkeit!* auszustoßen.

Er stieß es aus und begann seine Geschichte:

Ilie der Weise erzählt

»Ich kam in diese Wälder, um hier der Gerechtigkeit zu begegnen, die aus der Stadt geflüchtet ist.
In Brăila, wo ich die Augen aufschlug, hatte mein Vater einen *han.*[1] Dieser Vater – der Teufel soll ihn holen – hatte die besten Absichten, ein guter Mensch zu sein. Aber viele Menschen, die vorhaben, gut zu sein, sind in ihrem Privatleben Tyrannen, besonders, wenn sie das Ruder führen. Mein Vater führte das Ruder in seinem Haus, einer mächtigen Karavelle, die er vor jedem drohenden Sturm schützen wollte. Zu diesem Zweck ankerte er in totem Gewässer, trotz der Proteste einiger Passagiere, denen das nicht gefiel.
›Das gefällt euch nicht?‹ meinte er. ›Wartet, bis Allah mich zu sich holt, dann könnt ihr es so machen, wie es euch gefällt ...‹
›Ja‹, erwiderten wir, mein Bruder Cosma, meine Schwester Kyra und ich, ›ja, wir machen es so, wie es uns gefällt – von dem Tag an, an dem Allah dich zu sich holt. Aber wann wird das sein?‹
›Das ist Allahs Sache!‹
Das war Allahs Sache und sehr ärgerlich, denn wir hatten große Lust, das, was uns gefiel zu tun, während der Vater überhaupt keine Lust hatte, in den Himmel zu verschwin-

[1] Gasthof

den und uns das Ruder zu überlassen. Trotz seines Alters hielt er es mit fester Hand und richtete sich nach den Prinzipien, die er selber aufgestellt hatte.
Er glaubte fromm an Gott, an alle Götter, und fürchtete sie allesamt. Um es allen recht zu machen, nahm er in seinen Harem schöne Frauen der drei großen Religionen – Muselmaninnen, Jüdinnen und Christinnen. Er ließ seinem Haus absolute Freiheit in der Wahl des Glaubens, bestand aber rigoros auf dieser Wahl, wobei er vergaß, daß der beste aller Glauben, nämlich der, keinen zu haben, dabei nicht vertreten war. Er glaubte aufrichtig an Gott, hielt es aber mit der rumänischen Redensart: *Bis man bei Gott ist, kann man von den Heiligen verschlungen werden!*
Demzufolge wollte er es den Heiligen ebenfalls recht machen, öffnete ihnen die Türen seiner Herberge weit und nahm sie alle auf. Natürlich ließ er sie bezahlen, was nicht einfach war, denn diese Teufel von Heiligen waren richtige kleine Kannibalen. Aber mein Vater verstand, daß es nicht reichte, Gott nur geistig zu dienen. Weit besser war es, den Heiligen junge Mädchen und mit *mahmoudiyes* gefüllte Börsen zu verschaffen.
Er machte es gründlich. Sein Herr, kein anderer als der Großwesir selbst, erklärte meinen Vater durch einen Erlaß zum *handgi*[1] der Hohen Pforte mit dem Recht, das *calabalâc*[2] von zahlungsunfähigen *muşteri*[3] zu pfänden und an

[1] Inhaber eines *han*
[2] Gepäck
[3] Gast

den Meistbietenden zu versteigern. Da jedoch manchmal schlaue *muşteri* ohne *calabalâc* abstiegen, bedachte mein Vater diese Kunden mit einem seltsamen *calabalâc*. Sobald der Schurke heimlich das Weite suchte, lief mein Vater zum allmächtigen Aga, warf sich ihm zu Füßen und legte ihm ein Bündel in die Hände: ›Effendi Soundso vergaß es bei mir, als er gestern morgen abreiste‹, sagte er mit unschuldiger Miene. ›Er vergaß ebenfalls, seine Monatsmiete zu bezahlen, aber das macht nichts!‹
Meinem Vater machte das nichts. Aber dem armen Effendi machte das eine Menge aus, denn der Aga, neugierig wie alle Agas, wühlte in dem Bündel, entdeckte belastende Papiere und ließ dem vergeßlichen Effendi den Kopf abschneiden.
Ja, mein Vater wollte ein guter Mensch sein.
Um uns für die Zukunft ein Vermögen zu sichern, zwang er uns in der Gegenwart, sein Leben zu leben. Aber er ließ uns nur die unangenehme Seite leben. Das ganze Haus mußte sich seinen Gebeten, seinen Fastenzeiten und seinen *salamalecs* vor den Mächtigen anschließen. Dann ging er davon, um in Gesellschaft seiner Freunde ein paar angenehme Stunden verfließen zu lassen, mal bei uns, mal beim *cârc-serdar*[1] oder beim *zapciu*, wo beim Schmauchen der *nargilehs* endlose *ghiulbahar*partien gespielt wurden. Für uns gab es nur einmal im Jahr, zum *baïram*, Anlaß zur Freude und zum Feiern. Doch kamen uns diese Feste teuer zu stehen, folgten sie doch auf den Monat des

[1] Befehlshaber der *potera*

ramazan, der unsere Mägen durch die unmäßigen Freßgelage in der Nacht und die strenge Enthaltsamkeit am Tage durcheinanderbrachte. Das veranlaßte uns übrigens, dem Hausherrn den Krieg zu erklären.
Als er kaum fünfzehn Jahre alt war, wagte Cosma es als erster, zu Beginn des *Ramazan* zu essen, zu trinken und zu rauchen, was einen endlosen Streit auslöste. Aus diesem Bruch zog ich meinen Nutzen und folgte seinem Beispiel. Nun waren wir zu zweit, dem Vater die Stirn zu bieten. Dieser versuchte anfangs, uns zu zeigen, wer hier der Herr im Hause war, indem er uns versicherte, daß der Prophet uns ›das ewige Leben verweigern‹ würde.
›Dann eben kein ewiges Leben!‹
›Der Prophet selber hat diesen Monat gefastet!‹ erklärte der Vater.
›Ja, aber er schlief am Tag. Es fiel ihm also nicht schwer. Wir aber müssen arbeiten.‹
›Er auch. Er arbeitete nachts, um uns mit dem Koran zu erleuchten.‹
Cosma erklärte darauf, daß er Christ werden wolle. ›Das ist die Religion meiner Mutter, und sie ist weniger anstrengend. Der Prophet der Christen hat wenigstens alle Tage gegessen! Und ein ewiges Leben hat er auch versprochen, das muß dasselbe sein.‹
Der Vater, der sich fürchtete, die anderen Götter zu beleidigen, gab nach. Wir wurden Christen, Cosma und ich. Das heißt, eigentlich änderte sich nichts, denn man kann eine Religion wechseln und trotzdem derselbe bleiben. Aber es kam die lange Fastenzeit, die dem christlichen

Osterfest vorangeht, in der man sich sieben bis acht Wochen lang von Brot und Bohnensuppe ernähren muß. Uns kam das absurd vor. Streit und Sturm kamen auf: ›Ihr werdet die Gesetze respektieren, die ihr selber gewählt habt!‹ brüllte unser Vater.
›Ja, wir haben sie gewählt‹, gab Cosma zur Antwort, ›aber auch hier scheint es sich um einen Irrtum zu handeln. Es kann nicht möglich sein, daß man sich, um in den Genuß des ewigen Lebens zu gelangen, zwei Monate lang mit getrockneten Bohnen vollstopfen muß!‹
›Es muß sein! Ihr werdet gedünstete Bohnen essen. Andernfalls kein Christenglauben, kein Paradies!‹
›Na schön‹, folgerte mein Bruder, ›wir werden sowohl auf das eine wie das andere verzichten. Gedünstete Bohnen sind ungenießbar!‹
Der Vater schrie außer sich vor Wut: ›Das ist gräßlich! Ich werde mir sicher den Zorn eines Gewaltigen im Himmel zuziehen! Diese beiden wollen sich keiner der drei großen Religionen fügen, denen ich unter meinem Dach Schutz gewähre!‹
Die beiden wollten nicht. Und mit unserer Schwester Kyra wurden aus zweien bald drei, und vier mit dem armen Bruder Ismaïl, der sich eines Tages aus Genußsucht erhängte. Er gierte nach allen Sachen, die durch den Mund in den Körper gelangen, und da alle Leckereien einzig und allein für die Kundschaft gedacht waren, grabschte der gute Ismaïl sie den Köchen unter der Nase weg, heulte vor Freude, wenn er sie verspeiste und vor Schmerz, wenn er sie verdaute, denn dabei peitschte ihn der Vater aus.

Jedoch sollte unser Leben in diesem Haus mit dem Einzug der Leidenschaften der Sinne noch schwerer werden. Ich blieb davon verschont, denn ich habe noch nie das Bedürfnis gehabt, den Schleier zu lüften, der das Gesicht einer Frau bedeckt. Cosma hingegen lüftete seinen Teil an Schleiern, meinen Teil, den Teil des erhängten Bruders und aller Familienvorfahren dazu, die schüchtern waren wie ich oder sich erhängten wie Ismaïl. Er lüftete sie alle. Das stand ihm im übrigen auch zu, und mir hat es nichts ausgemacht.

Der *han* war voller Frauen. Die des Vaters, die der Freunde des Vaters und die *cadînas*[1], die den *chiaburs*[2] gehörten, die im *han* untergebracht waren. Ihr Duft erfüllte das Haus. Cosma schlich den ganzen Tag wie ein Windhund umher und nahm, die Nase in der Luft, Witterung auf, so wie Ismaïl um die Küche gestrichen war. Aber war der durch den letzteren entstandene Schaden noch erträglich, so schien es der von Cosma verursachte nicht mehr zu sein. Das behaupteten jedenfalls die Ehemänner, unser Vater an ihrer Spitze. Sie waren die einzigen, die sich über diese Plage beschwerten. Die Frauen beklagten sich nie. Aus diesem Grund gab ich Cosma und den Frauen recht, denn Cosma stand der Koran bei, der dem Mann mehrere Frauen zugesteht, und den Frauen der Weise der Bibel, der da spricht: *Drei Dinge sind mir wunderbar, und das vierte geht über meinen Verstand: wie der Adler seinen*

[1] Sklavenmädchen des türkischen Hauses
[2] Großbauern

Weg am Himmel, die Schlange ihre Fährte auf einem Felsen, das Schiff seinen Weg mitten im Meer und der Mann seinen Weg zur Jungfrau findet.
Wenn es also keinen Weg gibt, wozu der ganze Zirkus? Denn entweder hat der Prophet den Weisen der Bibel gelesen und ihm im Koran recht gegeben, oder aber die Gläubigen halten sich nicht an seine Regeln und dürften sich, selbst schuldig geworden, nicht darüber aufregen. Sie regten sich trotzdem auf. Cosma wurde geschlagen. Ich sprang zu seiner Verteidigung herbei. Mein Bruder fragte, woher er sich das nehmen solle, was alle Religionen ihm zugestanden. Nirgendwoher, für den Augenblick. Diese Frau ist Mutter. (Es waren auch Mütter darunter!) Diese ist Schwester. (Schwestern waren gleichfalls dabei!) Die anderen gehörten ihren Ehemännern. (Und wollten eigentlich nur Cosma gehören!)
›Sie alle sind Teil des Hauses und werden von ihren Herren ernährt‹, sagte man ihm, ›du mußt draußen welche suchen, sie kaufen und mit deinem Geld, falls du welches hast, unterhalten!‹
Cosma verstand nicht und kam zu mir: ›Ilie, erklär mir das! Warum schickt man mich nach draußen? Wieso? Liebt man denn die Frauen des Hauses nicht mehr als die Fremden?‹
›Ja, Cosma, du hast recht. Die Frauen des Hauses sind uns teurer.‹
›Nicht wahr? Jetzt erklär' mir noch etwas: da die Frauen unseres Hauses bereits von ihren Herren ernährt werden und nur darum bitten, von mir geliebt zu werden, warum

will man dann, daß ich meine Zeit damit verliere, draußen denen nachzulaufen, die mich überhaupt nicht kennen, und denen eine Freude abschlage, die mich kennen und darum bitten?‹

›Das stimmt, Cosma. Lauf' nicht nach draußen, schlage niemandem eine Freude ab, belasse alles im Haus, wo du geliebt wirst.‹

›Nicht wahr? Eine letzte Frage, Ilie. Sie verbieten mir, mich den Frauen, die mich nichts kosten, zu nähern und verlangen, daß ich sie mir stattdessen von dem Geld, wenn ich einmal welches habe, kaufe. Was muß man tun, um zu Geld zu kommen?‹

›Keine Ahnung, Cosma. Vielleicht fragst du einmal den Popen, den *hogea*[1] oder den *cârc-serdar* danach. Das sind alles Leute, die nichts tun und doch Geld haben.‹

Cosma fragte sie. Alle drei antworteten, daß man nur durch Arbeit zu Geld komme.

Diese Antwort brachte meinen Bruder in Wut. Auch ich regte mich darüber auf, denn diese drei Männer taten nichts anderes, als in Gesellschaft unseres Vaters *ghiulbahar* zu spielen, während alle Arbeiten auf ihren Besitztümern von den Leibeigenen im Frondienst verrichtet wurden.

Trotzdem nahm Cosma sie beim Wort und sprach folgende Worte zum Vater: ›Hör mal, drei deiner Freunde, die Autorität und Religion verkörpern, behaupten, man komme durch Arbeit zu Geld. Ich arbeite bei dir. Gib mir

[1] Islamischer Rechtsgelehrter

also Geld, damit ich mir davon drei Frauen kaufen und sie unterhalten kann. Ich brauche drei Frauen!‹
Der Vater erzählte uns darauf von seinen Plänen: ›Ja, Cosma, du arbeitest, genau wie deine Brüder und wie ich. Aber alles Gold, was sich im *senduk* anhäuft, ist für die Zukunft bestimmt. Dort werdet ihr es finden, wenn ich tot bin, und ihr werdet damit zufrieden sein . . .‹
Cosma schnitt ihm das Wort ab: ›Laß mich in Ruhe mit deiner Zufriedenheit für später! Ich brauche die drei Frauen heute. Du sagst, man muß sie kaufen und ernähren. Gib mir also das Geld für meine Arbeit!‹
›Aber du bist zu jung, mein Sohn. Drei Frauen mit neunzehn Jahren? Nein . . . du mußt dich noch gedulden.‹
›Ich kann nicht! Ich brauche sie dringend . . .‹
Er sagte die Wahrheit . . . Er brauchte sie. Wieviele? Drei oder sechs, ich hatte keine Ahnung, aber ich sah mit eigenen Augen, wie alle Frauen aus dem *han* zu Cosma kamen und fröhlich von ihm gingen.
Das war es, was er brauchte.
Es gab noch andere Bedürfnisse im Haus. Zunächst die Kyras. Nach den Worten des Vaters waren sie erdrückend. Sie wollte sich nur in asiatische Seide kleiden, verwendete ausschließlich Parfums, die ein Pfund Gold kosteten, und wollte eine ebenso elegante Karosse besitzen wie der Aga. Allein die Almosen, die sie verteilte, beliefen sich im Monat auf mehr als zehn Dukaten. Der Vater liebte sie und verwöhnte sie mehr als alle anderen Kinder, aber er zeterte über eine derartige Verschwendung: ›Du bringst mich noch an den Bettelstab! Deine Ausgaben sind die der

Tochter eines Bey, während die Gebete zu deinem christlichen Gott die einer Spitzbübin sind. Auf diese Weise hätte ich nie ein Vermögen für euch zusammenraffen können.‹

Kyra, die drei Viertel ihrer Zeit vor dem Spiegel zubrachte, antwortete ihm über die Schulter hinweg: ›Ich weiß nicht, wie du es angestellt hast, ein Vermögen für uns zusammenzuraffen, aber wenn es endlich da ist, werde ich für meinen Teil mich seiner würdig erweisen. Was leicht kommt, soll auch leicht wieder gehen. Du kennst das rumänische Sprichwort: *Der Reichtum des Sparers fällt immer in die Hände des Verschwenders.* Wo viel Gold ist, wiegen die Tränen schwerer. Ich verbreite dort ein wenig Freude, wo dein Gold die Verzweiflung gesät hat, und sorge so dafür, daß deine Sünden dir vergeben werden. Das ist mein bestes Gebet. Gott wird mir meinen Geiz, was die Gebete angeht, mit denen ich nicht verschwenderisch umgehe, schon nachsehen, denn er kennt mein großzügiges Herz.‹

So also stand es um Kyra.

Ich hatte meine eigenen Bedürfnisse. Es waren, ehrlich gesagt, nicht meine, sondern die der Gerechtigkeit. Mir gab das Haus alles nötige, denn ich hatte nicht viel nötig. Teller, Bett und *nargileh,* diese drei lebensnotwendigen Freuden erhielt ich mit Leichtigkeit als Entgelt für meine Arbeit. Was ich jedoch nicht so leicht erhielt, war das Recht, die Existenz eines Gottes abzustreiten, der mir nicht erlaubte, mich satt zu essen und von mir verlangte, ihm mit leerem Magen Lobgesänge zu bringen. Natürlich hat dieser anspruchsvolle und dumme Gott das nie direkt von mir gefordert. Der Vater, der Pope und der *hogea* sprachen in seinem Namen. Gegen diese Männer begehrte ich auf. Da bestraften sie mich, um ihrem Gott zu gefallen. Aber dieser Gott, der mir gegenüber so anmaßend war, fand offenbar nichts auszusetzen an der Grausamkeit seiner Diener, die in ihrem Umkreis die schlimmsten Ungerechtigkeiten begingen. Die Kirchenleute vergaßen, daß vor Gott alle menschlichen Wesen gleich sind, und zwangen den Bauern zur Fronarbeit, dergestalt, daß er die Hälfte des Jahres ohne Lohn arbeitete. Der arme *cojan* krepierte neben seinem Vieh. Der Pope empfahl ihm, sich zu fügen, versprach ihm ein besseres Leben im Jenseits und verordnete ihm Fasten und Beten. Das war der Wille Gottes.

Der *zapciu*, ein Diener der Verwaltung, dem die Aufrechterhaltung von Recht und Ordnung in seinem Bezirk oblag, schickte seine Schergen aus, das Vieh des Bauern zu stehlen, ließ es von diesen ›wiederfinden‹ und zwang so den Bauern, sich an den durch die Verfolgung der ›Diebe‹ entstandenen Unkosten zu beteiligen, und sein eigenes Tier ›zurückzukaufen‹. Natürlich fand man die schönsten Pferde und Kälber nie wieder. Gott blieb gleichgültig gegenüber diesem Verbrechen.

Der *cârc-serdar* machte sich mit seiner zweihundert Mann starken *potera* an die Verfolgung der Haiduken, welche die Bauern rächten. Die Bewaffneten freuten sich allerdings, wenn sie ihnen nicht begegneten und fielen stattdessen wie die Heuschrecken über die Dörfer her, raubten, vergewaltigten, folterten und trieben viele unschuldige

Gemeinden in die Verzweiflung. Sie kehrten schließlich von ihrem Ausflug zurück, strichen ihren Lohn ein und nahmen den *cibuc* zur Hand, den sie zurückgelassen hatten. Gott sah zu und ließ es geschehen.
Da zürnte ich diesem Gott und haßte jene Menschen. In dieser Hinsicht hatte ich große Ansprüche.

Cosma sah diese Ungerechtigkeiten nur mit halbem Auge, Kyra mit einem. Ansonsten kümmerten sie sich nur um ihre eigenen Dinge. Eines Tages bat ich den einen, seinen Harem, die andere, ihre Koketterien ruhen zu lassen und dieser Ungerechtigkeit mit beiden Augen ins Gesicht zu sehen. Sie taten es und schauderten, aber ihre eigenen Wünsche gewannen augenblicklich wieder Oberhand. Cosma konnte keine Stunde ohne seinen Harem und Kyra nicht ohne ihre Eitelkeiten sein. Ich blieb allein und war traurig. Man ist tiefunglücklich, wenn man im Recht ist und allein bleibt.
Zwar unterschieden wir uns in der Natur unserer Geschmäcker, waren uns jedoch einig, wie sie zu befriedigen waren. Die Starken nahmen die Schwachen aus. Wir beschlossen, die Starken, wer sie auch immer sein mochten, auszunehmen. Uns fiel auf, daß die Schwachen, nach Nation und Religion getrennt, jeweils ein anderes Übel verfluchten, die Starken, ob Türken, Griechen oder Rumänen, aber harmonisch zusammenlebten und alles wahllos niedermachten. Ich habe das als erster verstanden.
Die *potera* bestand fast ausschließlich aus Fremden. Der *zapciu* jedoch war ein rumänischer und sogar patrioti-

scher *neaoş*[1], wie er im Buche steht. Und der *cârc-serdar* hätte keinen besseren Freund als diesen Büttel haben können, der das seiner Aufsicht unterstellte Land ebenso unerbittlich wie der Anführer der potera, ein *başbuzuc*[2], verwüstete. Einer wie der andere hatten sie ihre Ämter beim Diwan in Bukarest zum Preis goldgespickter Börsen erkauft und beide hatten sie nur ein Ziel. Sie wollten das Land ausrauben, sich das Geld aneignen, so schnell wie möglich zu Reichtum kommen, in dem Wissen, daß sie von den Stimmungswechseln der Zentralgewalt genauso abhingen wie diese von den Launen der Hohen Pforte.
Der Bischof der Unteren Donau, ein Räuber großen Stils, protegierte einige Klöster, die das Land mit derselben rasenden Wut erpreßten, mit der die Mönche sich Ausschweifungen hingaben.
Dieser Galgenstrick von einem Bischof besuchte des öfteren den Bojar Dumitrache Carnu in Brăila, Besitzer großer Güter und *sfetnic*[3] beim Diwan. Zusammen mit dem Aga von Brăila schlossen sie sich zu dritt bis zur Morgendämmerung in einem abgelegenen Flügel unseres *han* ein. Allein die Untergebenen des Aga waren zugelassen, um mit Essen, Getränken und Fleisch zur Befriedigung der sinnlichen Gelüste zu dienen. Der Bojar Dumitrache begnügte sich mit dreizehn- bis vierzehnjährigen, für ihr Alter

[1] echt: ein echter Rumäne
[2] unbesoldeter Mann der ottomanischen Truppen, der von der Plünderei lebt
[3] Ratgeber

jedoch gut entwickelten Mädchen. Für den Aga und den Bischof, die komplizierter und fortgeschrittener waren, mußten es *agemoglani*[1] sein. Um von den Schreien der Opfer nicht peinlich berührt zu werden, gaben sie sich ihren Neigungen in der Gegenwart von Domestiken hin, die bereitstanden, das leiseste Stöhnen zu ersticken.

Die Mädchen litten, wie Kinder dieses Alters in den Händen eines Wüstlings gleich dem Ratgeber des *Diwan* leiden müssen, der im Ruf eines ›guten Menschen‹ und ›ehrbaren Familienvaters‹ stand. Aber die armen *agemoglani* verfluchten den Tag, an dem sie zur Welt gekommen waren, denn der Polizeipräfekt und der Geistliche waren bis ins Mark verdorben und verlangten nach immer raffinierteren Reizen. So waren die Opfer unter Androhung schlimmster Strafen gezwungen, Brote zu verzehren, die nicht etwa mit Butter und Honig bestrichen waren, sondern mit den frischen Exkrementen ihrer Henker. Die meisten überlebten dieses Märtyrium. Eines jedoch fiel auf der Stelle tot um. Ein anderes verlor den Verstand. Ein drittes stürzte sich aus dem Fenster und starb im Hof.

Dieses letzte Opfer löste einen Skandal aus. Wir erkannten die ganze Wahrheit. Kyra verlor den Kopf und spielte die Heldin. Sie gab sich nicht mehr damit zufrieden, den Vater zu bestehlen und das Gold den Elenden zu geben. Sie bat uns, die Geopferten mit dem Blut der Folterer zu rächen. Das fanden wir durchaus vernünftig. Cosma, dessen Hauptbeschäftigung darin bestand, gefährliche Überfälle auf

[1] von den Türken geraubte junge Christen

Reisende zu unternehmen, gab dieses Spiel auf. Ich verzichtete gleichfalls darauf, die Koffer in unserem *han* zu durchwühlen. Was mich betraf, so brauchte ich diesen Gipfel des Verbrechens nicht. Meine Augen sahen nichts anderes als die Reichen, die in ihrem Überfluß umherstolperten und die Schwachen, die sich unter der Peitsche krümmten. An mich, Ilie, richteten sich alle Geschundenen. Ich lief durch das Land, hörte die Stöhnenden an und stillte ihre Wunden.

Mein Bruder Cosma und unsere Schwester Kyra taten es mir nach, aber wenn man seine eigenen Wunden zu versorgen hat, bleibt für die anderen nicht mehr viel übrig. Man kann weder mit einem Bein in der Hölle und dem anderen im Paradies stehen, noch in der Seele gleichzeitig Freude und Schmerz empfinden. Zwischen zwei Besuchen bei den zahlreichen Frauen, die Cosma aushielt, hörte er einem Bauern zu, der ihm sein Leid klagte. Daraufhin leerte er seine Taschen in die zitternden Hände des Mannes, wandte ihm den Rücken zu und vergaß. Kyra fuhr gekleidet und geschminkt wie die Geliebte des Sultans in einer Karosse aus, die ebenso schön war wie die des Aga. Kam es dann vor, daß ihr die Geschichte eines Unglücklichen Tränen entlockte, wußte ich, daß der Kummer, ihr Gesicht entstellt zu wissen, dem gleichkam, den ihr die Verzweiflung des Elenden verursachte.

Die Ungeheuerlichkeiten, die sich in unserem *han* ereigneten, brachten beide völlig durcheinander. Kyra verwüstete ihre Zimmer, zerschlug ihre venezianischen Spiegel und zerriß ihre Kleider. Als der entsetzte Vater kam, warf sie ihm ihre Pomadetiegel an den Kopf. Cosma sperrte sich drei Tage lang im Keller ein, verbarrikadierte die Tür mit Fässern und überschwemmte den Boden mit Wein, Likör und Schnaps. Ich tat nichts. Ich rauchte mein *nargileh* auf dem Speicher. Schließlich beschlossen wir drei, den Bischof, den Aga und den Bojaren umzubringen. Kyra rief uns, ganz in Schwarz wie eine Nonne, in ihr Zimmer und meinte: ›Seht, ich habe all das zerstört, was mir am liebsten war. Ehe diese drei Ungeheuer nicht tot sind, will ich weder bunte Kleider tragen noch mein Gesicht schminken. Ich werde euch bei dem Mord helfen. Falls nötig, geht in die Wälder. Mit Geld werde ich euch versorgen, und gegebenenfalls komme ich nach.‹

Cosma entgegnete vor Wut schäumend: ›Und ich schwöre, daß ich keine Frau liebkosen werde, bevor ich meinen Dolch nicht in das Blut dieser drei Bestien getaucht habe.‹

Es war so schön, die beiden in höchster Empörung zu sehen, daß ich nichts hinzuzufügen fand und mir dumm vorkam. Ich rauchte mein *nargileh* und wartete.

Wir mußten warten, denn man tötet nicht drei bis zu den Zähnen bewaffnete Herren, wie man drei Puter tötet. Aber siehe da! Ich konnte zwar warten, mein Bruder und meine Schwester jedoch nicht. Am nächsten Morgen kamen sie, mir unsere Rache ins Gedächtnis zu rufen.

›Und nun, Ilie, was machen wir?‹

›Wir warten, Cosma. Wir warten auf einen günstigen Augenblick.‹

Kyra, noch in Schwarz, erwiderte: ›Und warum warten, Ilie?‹

›Versteht doch. Weder der Bischof noch der Aga oder der Bojar Dumitrache wissen, daß wir sie töten wollen. Wenn sie es erfahren, werden sie uns ihre Hälse nicht zum Durchschneiden hinhalten.‹

›Zu dumm!‹ sagte Cosma.

›Ärgerlich!‹ ergänzte das Schwesterchen.

Es war in der Tat dumm und ärgerlich. Die arme Schwester mochte keine schwarzen Kleider, und Cosma konnte die Liebkosungen der Frauen nicht allzulange entbehren. Ich hatte Mitleid.

›Geht, meine Freunde, und nehmt euer tägliches Leben wieder auf. Niemand hat euch gezwungen, zu fasten, zu beten oder euch bis zu dem Tag zu quälen, an dem der Gerechtigkeit Genüge getan sein wird. Nichts ist härter, als dem anderen Gutes tun zu wollen auf Kosten von Opfern, die man sich selbst auferlegt. Zuviel Tugend macht das Herz nachtragend, und nachtragende Herzen kennen die Freude des Opfers nicht. Lebt also wieder nach euren Regeln. Ich folge meinen.‹

So taten sie es und waren damit sehr zufrieden. Nur ich war nicht damit zufrieden. Ein weiteres Mal war ich allein und traurig, verlassener und trauriger als je zuvor.

Noch jemandem war nicht wohl dabei – dem Vater. Er hatte erkannt, daß das rumänische Sprichwort *Was die Katze wirft, frißt Mäuse* für seine Familie nicht zutraf. Demzufolge war seine erste Handlung nach dem von Kyra und Cosma verübten Akt von Zerstörungswut, einen strengen Ehemann für Kyra zu suchen. Mit uns verfuhr er noch besser. Er unterstellte uns der Aufsicht der Behörden.

Eine schöne Aussicht für drei Aufrührer, die den Krieg gegen die Starken aufnehmen wollten!
Angesichts dieser Ausweglosigkeit verschränkte ich die Arme. Keine Möglichkeit mehr, Wunden zu stillen. Die Unglücklichen kamen zu ›Ilie dem Guten‹, um von ihren Leiden zu berichten und ihn um Hilfe zu bitten, und Ilie konnte ihnen nur ein paar Brocken hinwerfen. Das Böse hatte die Macht, vom schlimmsten *poteraş* bis zu den *sfetnics* des Diwan. Nacht ohne Sterne. Stöhnen in der Finsternis . . .
So lernte ich das Unglück kennen, meinem Vater nicht zu gleichen. Mir war elender zumute als den Sklaven, die Frondienst leisten mußten. Von diesen litt jeder an seinen eigenen Schmerzen. Ich litt an den Schmerzen aller. Und hatte eine Schwester, die Tränen vergoß, wenn vom Leiden anderer gesprochen wurde, und einen Bruder, der seine Taschen in die zitternden Hände eines Unterdrückten ausleerte. Aber leider versteckte sich Kyra hinter ihren asiatischen Tüchern, und Cosma war der feurigste aller Hengste im ganzen Umkreis.
Nein, man kann sich nicht um die Verletzungen anderer kümmern, wenn man seine eigenen Wunden zu versorgen hat.
Eines Tages jedoch platzte das Geschwür. Cosma kam und sagte mir: ›Ilie, komm, wir rücken dem Vater auf den Pelz und nehmen ihm sein ganzes Gold ab! Willst du? Kyra will.‹
›Ich will schon, Cosma. Aber was sollen wir mit dem ganzen Gold? Sollen wir uns davon Stuten halten, die für

den Frondienst *raias*[1] gebären? Asiatische Tücher kaufen? Da und dort einige Almosen verteilen? Und uns dann vom *zapciu* einsacken lassen? Ich hab' genug von all dem!‹

›Nein, Ilie, so etwas nicht. Ich habe auch genug. Genauso geht es Kyra. Der Vater will sie an einen ekelhaften Stellmacher mit einem Herz aus Stein verheiraten. Laßt uns Heiduken werden! Wir werden die Beleidigten rächen. Und bis zu dem Tag, an dem wir an einem Galgen baumeln, werden wir in Freiheit leben! Willst du, Ilie? Ich habe zehn Männer, die bereit sind, uns zu folgen.‹

Ich war einverstanden. Wir umarmten uns, küßten uns in die schönen schwarzen Bärte. Aber ich stimmte nicht zu, daß Kyra uns folgen solle. Ihre Aufgabe war es, in der Stadt zu bleiben und uns über die Pläne des Feindes auf dem laufenden zu halten. Wir einigten uns darauf.

Um den Vater rücklings zu überfallen und ihm die Schlüssel zum *senduc* zu entreißen, mußten wir auf den Tag warten, an dem er wieder Zahnschmerzen bekam. An diesen Tagen machte er das ganze Haus verrückt und schickte alle Dienstboten auf die Suche nach Hexen, die sich mit Zaubertinkturen und wundertätigen magischen Salben auskannten.

Diese Schmerzen überfielen ihn wieder an einem regnerischen Frühlingstag. Um jeden Verdacht von unserer Schwester abzulenken, rieten wir ihr, in die Stadt zu fahren, sobald der Vater zu zetern anfinge. Sie wollte ihn trösten. Er schickte sie zu allen verfügbaren Teufeln und

[1] christliche Untertanen im ottomanischen Reich

nannte sie *paceaura*[1]. Als wir uns ihm näherten, heulte er im Glauben, wir kämen mit derselben Absicht: ›Geht mir aus den Augen, *pezevenghi*[2]! Ich brauche euer Mitleid nicht!‹
›Das mag sein‹, sagte Cosma. Aber wir brauchen deine Schlüssel!‹ Während er dies sagte, riß er sie ihm vom Gürtel. Augenblicklich verschwanden die Zahnschmerzen. Der Vater sprang auf die Beine. Darauf drückte ihn Cosma mit der ganzen Schwere seiner zweihundert Pfund zur Erde, knebelte und fesselte ihn.
Am Abend dieses unvergeßlichen Tages feierten wir zwölf im Gestrüpp der Dobrudscha unseren Bruch mit dem Gesetz, das die schützt, die es gemacht haben. Die vier *oca* Gold in unserer Tasche sollten uns zu einem neuen Leben verhelfen.

Das Gold läßt die Herzen der Menschen unverändert. In unserem neuen Leben veränderte es fast nichts.
Cosma stürzte sich auf den Schmuggel, ein sehr vorteilhaftes Geschäft für die, die wenig riskieren und viel gewinnen wollten. Aber ein Haidukenleben war das nicht. Sicherlich verschafften wir den Unterdrückten Erleichterungen, die Cosmas Namen im ganzen rumänischen Land berühmt machten. Die Goldbörsen verschwanden mit derselben Leichtigkeit, mit der wir sie erworben hatten. Das alles war jedoch nur von vorübergehender Wirkung. Das

[1] Dirne
[2] Schurken

Übel, das den Bauern befallen hatte, brauchte mehr als nur Gold zu seiner Heilung.
Den gequälten Menschen unterstützen, heißt, ihm das Leiden erträglich zu machen. Diese Wahrheit sah Cosma nicht. Unsere Gefährten ebensowenig, obwohl sie ein brennendes Interesse an der Gerechtigkeit hatten. Aber was ist ein Mensch, der nur leidet, wenn er sein eigenes Elend spürt? Sobald seine Schmerzen vergehen, gibt es auf der ganzen Welt kein Übel mehr. Deshalb war unser neues Leben nur eine Wiederholung des alten mit gröberen Mitteln.
Zur selben Zeit war unsere Schwester an den Mann gekettet, den der Vater für sie ausgesucht hatte. Ihr erstes Kind war ein dem Vater ähnliches Scheusal. Sie verleugnete es und hielt es fern von sich. Glücklicherweise folgten ein Mädchen, eine Kyra, der Mutter wie aus dem Gesicht geschnitten, und ein drittes Kind, ein Junge. Sie waren für die unglückliche Frau eine Familie nach ihrem Herzen. Sie lebten das ihnen gemäße Leben, litten und gingen alle drei daran zugrunde, daß sie auf nichts hatten verzichten wollen.
Unnötig, euch zu sagen, daß meine Vergangenheit mir nicht das Recht gibt, mich Haiduk zu nennen. Wir waren *borfași*[1]. Unsere Rache war halbherzig und dazu eigennützig. Eine Heldentat jedoch, eine einzige zu Beginn unserer Laufbahn, machte uns bei den Leuten sehr beliebt. Ich war stolz darauf, daß ich es war, der Cosma dazu getrieben hatte.

[1] gewöhnliche Gauner

Zu jener Zeit also hatte der Kinderraub einen Höhepunkt erreicht. Von allem Unglück, das die Bevölkerung bedrückte, war diese Schandtat am unerträglichsten. Der Bauer nahm alle anderen Katastrophen mit mehr oder minder gemartertem Herzen hin – Steuern, Frondienst, Folter, Vergewaltigungen. Aber ihm den unschuldigen Fetzen seines eigenen Fleisches zu rauben, das war schlimmer als ihm das Leben zu nehmen, wußte man doch, welches Schicksal dem unglücklichen Kind drohte. Ich hatte davon gehört, daß Eltern ihre Hütte verließen, sich wie tollwütige Hunde auf die Suche nach ihrem Kind machten und ihrerseits für immer verschwanden.
Bei uns war der Aga von Brăila der große *căpcăun*[1]. Sein Freund, der Bischof von Galaţi, tat sich an seiner Seite gütlich und gab sich lieber mit Knaben als mit Mädchen ab, während der Dritte im Bunde, der Bojar Dumitrache Carnu, wie ich euch bereits erzählte, einen andersgearteten Geschmack hatte. War die Orgie zu Ende, wurden die kleinen Opfer nach Tzarigrad verschifft. Einige Mütter brachen ohnmächtig zusammen, wenn sie vor den Türen der Mächtigen um Erbarmen flehten. Sie wurden wie lästige Pakete zur Seite und aus dem Weg gestoßen.
Wie soll man da nicht Haiduk werden? Ich brachte diesen drei Bestien einen Haß entgegen, wie er angesichts des Todes noch das Herz mit Freude erfüllt. Da geschah es, daß Kyra uns zwei Jahre nach unserem Bruch mit dem

[1] Werwolf. Der *căpcăun* ist ein böser Geist der rumänischen Mythologie mit Menschenkörper und Wolfskopf

Gesetz und der Kirche folgende Worte zukommen ließ: *Heute abend werden die Kinder in unserem Haus blutige Tränen weinen. Seid Haiduken! Sie wissen, daß ihr weit entfernt seid und rechnen nicht mit euch.*
Wir befanden uns jedoch sehr weit weg von Brăila, in der Gegend des türkischen *Babadag*. Und als uns diese Nachricht durch einen Mann überbracht wurde, hatten wir bereits die Stunde der abendlichen Vesper.
Ich blickte Cosma in die Augen. Er schien zu schwanken. Da hielt ich ihm meine nackte Brust entgegen: ›Stoß zu, Cosma, und Gift wird fließen.‹
Cosma erhob sich, schwang sich in den Sattel und schrie: ›He, ihr vollgefressenen Haiduken! Wer will mir folgen, zehn Stunden lang, ohne Pause? Wer riskiert sein Leben für eine Mutter, die sich die Haare rauft? Für Kinder, die ihr Leben verfluchen?‹
Wir waren zwanzig. Alle zwanzig saßen auf den Pferden, noch ehe Cosma aufhörte zu reden. Und zur Stunde des ersten Hahnenschreis kamen wir nach einem mühseligen Ritt durch Dornen und Sumpf an dem Graben an, der Brăila umgibt.
Der *han* lag im Schlaf. Kein Licht und kein Lebenszeichen. Ein feiner Regen, der seit dem Vorabend andauerte, hatte den schlammigen Boden aufgeweicht. Der schneeweiße Hort des Unheils befleckte die von himmlischer Trauer erfüllte Erde mit sträflicher Reinheit. Die großen Vordächer entfalteten ihre schwarzen und feuchten Flügel gleich denen eines ungeheuren Raubvogels, der einer unheimlichen Brut Schutz bietet, während die Balkone

aus hartem Holz sich auf dem Weiß der Mauern wie schwangere Bäuche aneinanderreihten, bereit, einen Ameisenhaufen von Agas und blutgierigen Bischöfen zu gebären.

Nie zuvor war mir unser *han* so finster vorgekommen. Ich schauderte bei dem Gedanken, in diesem Haus geboren und groß geworden zu sein. War es ein Akt göttlicher Gerechtigkeit gewesen, den das Schicksal den Kindern und Kindeskindern eines Vaters vorbehalten hatte, der die Seinen glücklich machen wollte, indem er die Augen vor einträglichen Verbrechen schloß?

Wir trafen die strengsten Vorsichtsmaßnahmen. Der *han* lag auf einer Anhöhe, in dem Winkel, den der große halbkreisförmige Stadtgraben bildet, wenn er am äußersten Ende von Karakioi auf die Donau stößt. Die Pferde versteckten wir im Graben und ließen sie unter der Bewachung von vier Männern zurück.

Die Anhöhe fällt an dieser Stelle sehr steil ab, hat aber den Vorteil, von Brombeerranken und Ginster überwuchert zu sein, so daß man sie erklettern kann, indem man sich an ihnen festklammert. Unsere Leute schlugen sich ins Gestrüpp am Uferrand entlang der Hausmauer. In weiter Ferne schlief der Hafen. Ein einsamer, verliebter Türke sang traurig auf der Brücke einer unsichtbaren Karavelle. Von dieser Seite hatten wir nichts zu befürchten. Die Gefahr, die uns hingegen von der Stadtseite drohte, war groß, denn dort wachte die Polizei des Aga aufmerksam, während ihr Herr sich amüsierte. Ein glücklicher Umstand für unser Unternehmen war das schlechte Wetter.

Die *ceauşi*[1], die sich unter ein überdachtes Portal geflüchtet hatten, schlotterten vor Kälte wie durchnäßte Hunde und gaben schwach ihre monotonen *Hep, Heps* von sich. Cosma aber begann in seiner unerhörten Kühnheit, sich mit einem von ihnen zu unterhalten, zog ihn mit sich zu den anderen hin und holte Branntwein hervor. Wir tranken zur Gesellschaft mit. Daraufhin setzten wir beide allein inmitten dieser Wölfe unseren Spaziergang in dem Stadtviertel fort, lasen hier und da noch einige Nachtwächter auf, mit denen Cosma fröhlich plauderte und denen er Schnaps einschenkte. Ein rumänischer Wachsoldat rief in unserer Nähe seine Parole: ›*Ich sehe dich! Ich sehe dich!*‹
Cosma antwortete zur Erheiterung der *ceauşi*: ›Gar nichts siehst du – ich kacke! Trink lieber einen Raki mit uns, los!‹
Der Mann kam aus seinem Versteck, schloß sich uns an, lachte und trank. Schließlich stieß Cosma mit der Schulter die Tür auf, an der er lehnte, und hinter der ein treuer Freund wohnte. Er sagte: ›Sollen wir uns nicht ein wenig aufwärmen? Wäre das nicht besser?‹
Die fünf Wächter folgten uns dankbar. Wir standen in einer großen *tinda* unserem guten Ibrahim gegenüber, der uns allen ›ewige Gesundheit‹ wünschte. Er warf einige Zweige auf die verglimmende Glut in der Feuerstelle und schob uns Schemel hin sowie eine breite *rogojina*, für diejenigen, die sich ausstrecken wollten.
Der Branntwein und die Wärme ließen die Augenlider

[1] Polizisten

schwer werden. Mit einem Schnarchen wurde die ehrlichste Symphonie des Lebens eingeleitet. Wir machten uns davon. Die Hähne krähten zum zweiten Mal.

Zu unserem großen Bedauern mußten wir unseren Nachtwächter töten, den Dienstboten, der uns auf die Welt hatte kommen sehen. Aber das war allein seine Schuld. Cosma hatte an das große Tor geklopft. Der Pförtner öffnete, die Laterne in der Hand. Wir warfen ihm eine *gheba* über den Kopf und wiesen ihn an, sich ruhig zu verhalten und sich fesseln zu lassen. Er wollte nicht und setzte sich zur Wehr. Mit großer Mühe hinderten wir ihn am Schreien. In seiner Wut erdolchte ihn Cosma.

›Dabei wissen wir nicht einmal, ob die Orgie überhaupt stattfindet, oder ob sie abgesagt worden ist‹, sagte mein Bruder verzweifelt. Vielleicht war dieses Verbrechen gar nicht nötig.

Doch, es war. In dem Haus, das der treue Pförtner bewachte, ereigneten sich weit schrecklichere Verbrechen. Als wir gezwungenermaßen mit dem Hausmeister abgerechnet hatten, fielen zwei wilde Handlanger des Aga in die Hände der Männer, die am Dienstboteneingang postiert standen, gegenüber dem Haupttor, das wir sicherheitshalber verriegelten. Als wir eintrafen, waren diese beiden *lefegi*[1] des Präfekten bereits tot. Das war um so ärgerlicher, als wir ihnen zuerst Auskünfte über das, was sich im Innern abspielte, entreißen wollten. Ein dritter

[1] Söldner

Rohling stellte uns schließlich zufrieden. Wir schleiften ihn in das Dornengestrüpp und quetschten ihn aus. Er war ein Grieche aus Janina und tat so, als spräche er nur Griechisch. Von ihm erfuhren wir, daß der Aga ebenfalls aus Janina war. Wir verstanden ihn schlecht. Cosma aber wollte nicht glauben, daß die Schlange des Türkischen oder des einfachen Griechisch nicht mächtig sei. Unsere Säbelspitzen gaben Cosma recht. Die widerliche Seele sprach sehr wohl Türkisch, und seine Enthüllungen ließen uns die Haare zu Berge stehen.

Da oben, so berichtete er, gingen die Ausschweifungen ihrem Ende zu. Ein Mädchen und zwei kleine Jungen lagen besinnungslos auf dem Boden. Der Aga, der Bischof und der Bojar Dumitrache waren sinnlos betrunken und hatten ihre Karosse bestellt, um zum Schlafen in die Präfektur zu fahren. Die drei übriggebliebenen Dienstboten waren damit beauftragt, die drei Opfer nach der Abfahrt der Herren wegzuschaffen.

Als Lohn für seine Geständnisse flehte der einstige Hirte um Gnade: ›Ich kann nichts dafür ... Ich tue nur, was man mir befiehlt. Wie viele andere auch kam ich in die Walachei, mein Glück zu probieren. Bei uns sagt man, dies sei ein Land, in dem ein Limonadenhändler Pascha werden kann, vorausgesetzt, er ...‹

›... vorausgesetzt, er ist damit einverstanden, die Schreie von Kindern zu ersticken, denen die Agas den Leib zerreißen, nicht wahr?‹ fragte ich und packte ihn am Hals.

Das war der erste Schurke, den meine Hände genüßlich erdrosselten.

Wir warteten sehr lange auf die fette Beute. Niemand kam. In das Haus eindringen, hieße, Gefahr zu laufen, ein Heer von Dienstboten zu wecken, uns in einen Kampf zu verwickeln und eventuell der gesamten *potera* die Stirn bieten zu müssen. Es war uns bekannt, daß die Orgie vor Morgengrauen beendet sein würde. Die Ungeheuer schliefen nie im *han*, wo jede Spur des Verbrechens am Morgen verwischt wurde. Wir mußten deshalb den nächsten Boten ungeschoren die Karosse holen lassen.

Wir zogen uns ins Gestrüpp zurück, von wo aus wir die kleine, dreißig Schritt entfernte Tür des Dienstboteneingangs im Auge behielten. Während einer Stunde und länger gefror uns das Blut durch die Kälte dieser Aprilnacht in den Adern. Endlich tauchte ein Mann auf und machte sich wie von Sinnen davon. Holte er den Wagen, oder hatten ihn seine Herren, von Zweifeln gepackt, damit beauftragt, den Wagen von einer Wache begleiten zu lassen? Wie dem auch sein mochte, wir beschlossen, das Feuer ungeachtet der Kräfte auf der anderen Seite zu eröffnen.

Unsere Befürchtungen erwiesen sich zur Hälfte als begründet. Eine Eskorte von zehn oder zwölf berittenen Scharfschützen hielt vor dem Ausgang und umringte sogleich den Wagen. Erleichtert atmeten wir auf und trafen unsere Vorbereitungen. Die Sekunden erschienen uns endlos lang. Und da kamen die drei Wüstlinge einer nach dem anderen. In ihre *şubas* gehüllt schleppten sich drei ungestalte Eiterbeulen auf ihre Diener gestützt vorwärts. Der Schlag schloß sich hinter dem letzten, und die Kutsche

wollte sich in dem Augenblick in Gang setzen, als hundert Hähne die Morgendämmerung mit ihrem unaufhörlichen Krähen erfüllten.
Wie ein Mann stürzten wir dem Abhang zu. Sechzehn Büchsen spuckten in den Haufen. Sechzehn weiteren Pistolenschüssen gelang es, drei Viertel der Bande niederzustrecken, während die Karosse einen plötzlichen Halbkreis beschrieb, gegen einen Baum fuhr und umstürzte. In der im Osten weißgefleckten Nacht gaben zwei berittene *lefegi* und ein Mann zu Fuß Fersengeld. Die anderen lagen auf der Erde, tot oder verwundet. Mit einem Griff wurden seine Heiligkeit der Bischof, der mächtige Aga und der ›brave‹ *sfetnic* des Diwan, Dumitrache Carnu, aus dem Wagen und aus ihrer Trunkenheit gezerrt. Wir legten ihnen Schlingen um den Hals und stürzten darauf in wildem Durcheinander, Schuldige wie Richtende, den Abhang herunter, in der einzigen Sorge, unsere Pferde so schnell wie möglich zu erreichen.
Hört, schmerzerfüllte Eltern und ihr Kinder, die ihr unter den Röcken eurer Mütter zittert! Und auch ihr căpcăuns, die das Antlitz beleidigen, das Gott den Menschen gab! Kommt her und seht euch die teuflische Bürde der Haiduken an, die das Donauufer entlangfegen und hinter ihren Pferden drei Herren dieser Erde schleifen! Kommt hervor, Bauern, aus euren Hütten und kommt, ihr Henker, aus euren vergoldeten Alkoven! Schaut euch diese drei zerfetzten Mächtigen an mit ihren vom Lehm verstopften Augenhöhlen, Mündern und Ohren ...

Rache! Gesegnet seist du für die Wohltaten, die du den Herzen der Haiduken bereitest!«

So beendete Ilie seine Geschichte.

Auf den Beifall seiner Gefährten antwortete er, indem er sich vor Floarea Codrilor verneigte, seine *căciula* nahm und sie aufsetzte. Sein Gesicht hatte nichts Märtyrerhaftes mehr an sich.

Spilca der Mönch

»Ich gebe das Wort weiter an dich, Spilca. Lüfte den Schleier, der dich unseren Augen entzieht, öffne uns freimütig dein Herz, erzähl' uns dein Leben, deine Freuden, dein Leid und deinen Haß!«

Floarea Codrilors Aufforderung überraschte Spilca. Er schreckte hoch wie ein schamhafter Mensch bei einer Obszönität! Seine runden, stahlgrauen Augen trotzten entschieden den Blicken, die auf ihm ruhten. Aber nur einen kurzen Augenblick. Dann wandte sich sein Kopf mit einer Bewegung fast hochmütiger Befangenheit dem Eingang der Grotte zu. Lange weilten seine Gedanken in der Einsamkeit und im Nebel, während sein kantiger Oberkörper, gekleidet in die Fetzen eines Mönchsgewandes, wie reglos verharrte. Seine Hände ruhten auf den Knien und bewegten sich nicht. Beine und Füße, grob umwickelt mit einem Haufen *obiele* und in *opinci* vergraben, waren ebenso ruhig. Spilca hatte uns seine körperliche Hülle zurückgelassen. Nur sein klares muskulöses Profil mit dem wohlgekämmten roten Bart und sein unbedeckter kahler Schädel waren voller Leben, und einzig der Kopf verriet im Halblicht etwas von dem Kampf, der sich in seiner Seele abspielte.

Langsam wandte er der Anführerin sein Gesicht zu. Die fleischigen Lippen bewegten sich, aber sie waren wie ausgetrocknet. Die Kehle schien zugeschnürt und äußerte etwas Unverständliches. Offensichtlich war der Haidukenmönch über seine Hemmungen verärgert. Würdevoll befeuchtete er nun seine Lippen mit Speichel und sprach mit fester Stimme:

Die Geschichte von Spilca dem Mönch

»Bevor ich Spilca der Mönch wurde, war ich ein kühner *plutaş*[1] auf der Bistritz. Zu jener Zeit war mein Schädel nicht kahl. Eine schöne blonde *chică*[2] ergoß sich über meine breiten Schultern, die mir als einziges geblieben sind. Ich trug keinen Bart. Mein Gesicht war das eines unschuldigen jungen Mannes. Meine Augen hatten keinen Grund, sich bei einer aufkommenden Erinnerung traurig zu schließen. Meine Lippen lachten ohne Furcht. Ich war Spilca der *plutaş*.

Von dort, wo die Bistritz schiffbar wird, bis zu ihrer Mündung waren die Moldauufer mir ebenso vertraut wie meine Finger. Die stolze wilde Prinzessin Bistriţa war meine Geliebte, ihr Bett eine schaukelnde Wiege voller Klippen, ihre Ufer zwei flatternde Zöpfe, abwechslungsreich und voller Überraschungen. Das Bett reizt die Geliebte, schneidet ihr tiefe Wunden in den Leib, die Ufer nähern sich oft bedrohlich, drücken sie an sich, würgen sie und entreißen ihr wilde Schreie. Geben diese drei sie schließlich einmütig frei, entfaltet sich der schönste Fluß im Moldauland und einer der schönsten der Welt. Unbefangen spiegelt sich die Bistritz in einem ebenbürtigen Himmel und lächelt voller Anmut ihren Anwohnern zu.

[1] Flößer

[2] langwallendes Haar

Spilca, der kühne *plutaş*, lebte wie seine Geliebte. War sie bedrängt und zerrissen, verteidigte ich mich mit ihr in den schwindelerregenden Wirbeln der Strömung und heulte wie sie. Wieder befreit, betrachteten wir ruhig das blaue Firmament, dehnten unsere Glieder in der Sonne und nahmen, je nachdem wo das Schicksal uns hintrug, Anteil an dem, was um uns geschah. Um uns ein von Gott gesegnetes Land, ein gelobtes Land!

Seien es jähe und düstere Schluchten, in die der Pinsel der Abenddämmerung in einem Augenblick tausend Farbschattierungen wischt, sei es eine Landschaft, die sich in lichtstrahlendem Schmuck weitet, reich an Wiesen und Herden, voller Horizonte, Hügel und Wälder – die Seele des *plutaş* ist immer bereit, sich daran zu begeistern. Das ist die Freude, die man beim Flußabwärtsfahren empfindet. Beim Aufwärtsfahren zusammen mit den Fuhrleuten verspürte mein Herz dagegen eine andere Freude, die der ersten in nichts nachstand. Das Holz war abgeliefert, das Gold in meiner Börse. Ich fühlte mich vollständig gesund und wollte tüchtig ausschreiten, trinken, essen und schlafen. Was braucht der Mensch mehr?

Ach, armer Spilca! Warum bist du nicht bei diesem Glück geblieben?

Ich bin nicht dabei geblieben. Ich konnte es nicht. Niemand kann es.

An den Ufern der kristallklaren Bistritz wuschen junge Mädchen Linnen und sangen von erlebter oder erfundener Liebe. Schon seit jeher hatten dort Mädchen Linnen gewaschen, aber ich betrachtete sie mit den Augen eines

unschuldigen Jungen als menschliche Wesen, die statt Hosen Röcke trugen. Das war alles. So blieb es lange Jahre. Während der langsamen Flußabfahrt rief ich ihnen zu. Die meisten antworteten. Andere waren mürrisch. Und ich fuhr weiter. Eines Tages blieb ich da.
Ich war fast fünfundzwanzig Jahre alt. Von angenehmem Wesen. Mit den Muskeln und der Gesundheit eines wilden Ebers. Denn ich lebte auf dem Wasser, trank Wein, verzehrte zwei *oca* Fleisch täglich und schleppte Riesenbäume. Meine Nase konnte keinen anderen Geruch als den von Bäumen ertragen.
Eines Tages rief mich eine Gruppe Mädchen zuerst an. Ich sagte mir: ›Komm, Spilca, schauen wir uns das einmal näher an!‹
Und mit einem Ruderschlag stieß ich mein Floß machtvoll an die Uferböschung. Sie rannten alle auf und davon mit ihren Stoffen und ihrer Wolle, die sie wuschen. Außer einer, so groß wie ein Dreikäsehoch. Aber sie war etwas so Neues für meine Augen, daß ich mich gar nicht sattsehen konnte an ihr. Sie war aufgestanden. Nackte Beine, kurzer Rock. Ihr weißes Hemd hielt sie mit beiden Händen über der Brust zusammen. Ein kleiner blonder Kopf. Und diese blauen Augen, groß und tief, mit Wimpern, die wie Schmetterlingsflügel flatterten. Das alles machte das Neue meiner Sultana aus. Ohne Angst betrachtete sie mich offen, was mir gefiel, und sagte sofort: ›Du kommst nicht, um uns weh zu tun. Du gehörst zu uns.‹
›Euch weh tun? Aber wieso denn? Ihr habt mich gerufen. Ich bin gekommen.‹

Sultana lächelte: ›*Sie* haben nur so aus Spaß gerufen. Wir langweilen uns so allein!‹
›Du hast auch gerufen?‹
›Nein, ich habe nicht gerufen. Aber ich kenne dich seit letztem Sommer. Ich glaube nicht, daß du böse bist. Deshalb bin ich geblieben.‹
›Gibt es denn Böse?‹
›Viele, fast alle.‹
›Sogar unter den *plutaşi*?‹
›Oft.‹
›Dann gehe ich. Sag mir nur, wie du heißt.‹
›Ich heiße Sultana.‹
›Ich Spilca. Und warum glaubst du, Sultana, daß ich nichts Böses im Sinn habe?‹
›Weil du immer auf deinem Weg bleibst und nicht auf das Rufen der Frauen achtest.‹
Diese Antwort von Sultana gefiel mir sehr. Ich sagte nichts darauf, stieß vom Ufer ab und gewann die Strömung, während sie mir zulächelte.
Kaum fuhr ich los, war ich schon nicht mehr derselbe. Sobald ein einziger Gedanke die Sinne beherrscht, ist man anders. Mein Leben war ruhig wie ein Baum, an dem sich kein Blatt rührt. Jetzt fing ein unverhoffter Wind an zu blasen. Und die Bistritz veränderte sich vollständig. *Ihr* Bild schob sich zwischen mich und die Welt. Die Schönheit verlor nichts von ihrem Glanz, aber ich sah die Welt mit anderen Augen.
Ich litt nicht. Noch heute weiß ich nicht, was Liebeskummer ist, der das Herz martert. Ich liebte Sultana wie ein

Kind, das seinen Vogel im Käfig liebt und dem es all seine Gedanken schenkt. Dieses zerbrechliche Etwas, das es wagte, allein diesem Unhold entgegenzutreten, der sein Floß gegen die Uferböschung stieß, nahm mich völlig gefangen. Sie wußte, daß ich nicht bösartig war und war sicher, daß ich ihr nicht weh tun würde. Die Kraft ihrer Augen hatte sich mit der meiner Muskeln gemessen und gesiegt. Ich mußte an Sultana denken, nur an sie. Ist das wenig, wenn man denkt, ohne zu lieben und ohne zu leiden? Vielleicht für andere, denen es leichtfällt, zu lieben und zu leiden. Für mich war das etwas ganz Neues. Es warf mich um. Kaum von ihr getrennt, brannte ich darauf, sie wiederzusehen. Ein Wunsch, der alle anderen verdrängte, mich verfolgte und meine Gewohnheiten zunichte machte. Ich erwachte nicht mehr mit einem Lied auf den Lippen, sondern dachte an Sultana. Ich sah nicht mehr die Bäume, die Tiere, den Horizont – Sultana trat an ihre Stelle. Ob flußauf oder flußab, mit oder gegen den Strom, alles war mir egal. Von dieser großen und schönen Welt interessierte mich nur noch Sultanas Heimat. Und mein Gedächtnis geriet plötzlich durcheinander, etwas, was mir noch nie passiert war. Ich begann, meine Geschäfte zu vernachlässigen. Eine Quelle des Ärgers für mich und für andere.
Spilca war kein freier Mann mehr.

Einige Wochen lang hoffte ich, daß die aufrichtigen blauen Augen mich allmählich in Ruhe lassen würden. Daraus wurde nichts. Der kleine blonde Kopf verfolgte mich mit

immer feineren Einzelheiten. Da sagte ich mir: ›Na gut, Spilca, seinem Schicksal entkommt keiner. Jeder trifft eines Tages auf den Kiesel, der ihn von seinem Weg abbringt. Komm, wir wollen uns diesen Kiesel suchen gehen. Und dann werden wir schon sehen, was er mit dir vorhat.‹
So kam es, daß ich gegen Ende des Sommers, am Tag des Marienfestes, meine Sonntagskleider anzog und in Sultanas kleinem Dorf herumspazierte. Ein Gebirgsdorf, das versteckt in einem Tal zwischen zwei Hügeln lag und von einem Bach durchquert wurde. Jahrhundertealte Tannenwälder in der Nähe. Weiße Häuschen mit ultramarinblaugestrichenen Fenstern lagen wie Margeriten verstreut dazwischen. Obwohl die Häuser sauber und kalkweiß getüncht waren, verrieten ihre Dächer aus verfaulten, mit Moos überwachsenen Brettern die Armut der Bauern. Das wunderte mich nicht. Wir lebten in den finsteren Jahren der Sklaverei und des Elends, die das Ende der türkischen Besatzungszeit kennzeichneten. Doch wußte man, daß die von den Bergen beschützten Landstriche am wenigsten von Raub und Plünderungen betroffen waren. Nur derjenige, der seinesgleichen entbehren konnte, in die Berge flüchtete und unter Bären lebte, konnte dem *beilic*[1], der Peitsche und den Steuern, die entrichtet werden mußten, entgehen.
Ich kam zur Stunde des Gottesdienstes. Die Dorfbewohner waren alle in der Kirche. Ich trat ein und betete als der gute Christ, der ich immer gewesen war. Das tat mir gut.

[1] Frondienst

Jeder auf seiner Kanzel, lasen und psalmodierten der Priester und der Diakon voller Inbrunst und Hingabe, umgeben von tiefstem Schweigen.
Es gelang mir nicht, die Anwesenden auszumachen, denn ich war am Eingang der übervollen Kirche stehengeblieben. Beim Hinausgehen war es mir hingegen ein leichtes, mein Wunschbild zu entdecken. Sultana war von einer kleinen Alten begleitet, die ich für ihre Mutter hielt. Sie war schlicht gekleidet in eine Bluse und einen Rock aus weißem Stoff, umschlossen von einer schwarzen, sparsam bestickten *catrinţa*. Als sie an mir vorbeiging, grüßte ich sie ein wenig verwirrt mit einem Kopfnicken. Sie erwiderte meinen Gruß ohne Überraschung, offen und mit unbefangener Ruhe.
Die Anwesenheit eines Fremden in einem kleinen Ort fällt immer auf. Sie genügte, um noch auf der Schwelle des Gotteshauses Getuschel, verstohlene Blicke und Klatsch hervorzurufen. Das verletzte meine reinen Absichten und zwang mich, einen Entschluß zu fassen. Ich beschloß spontan, Sultana um ihre Hand zu bitten. Dieser Unfall muß jedem jungen Mann früher oder später einmal zustoßen. So sei es!
Ich machte mich daran, den beiden Frauen nachzugehen. Sie erklommen einen Hang und betraten ein Haus, das auf halber Höhe lag und den Bergen den Rücken zukehrte. Während des Weges hatte sich keine von ihnen nach mir umgewandt. Diese Offenheit flößte mir Vertrauen ein. Ich stieg hinauf und klopfte an die Tür. Sultana öffnete.
Sie zeigte sich gar nicht überrascht, was mich aus der

Fassung brachte. Genau wie vor zwei Monaten am Ufer der Bistritz stand sie gerade und stellte mir beinahe dieselbe Frage: ›Guten Tag, Spilca! Welcher Wind führt dich zu uns? Komm herein, wenn deine Gedanken aufrichtig sind!‹

›Sie sind aufrichtig, Sultana, ich schwöre es dir vor Gott. Ich komme dich zu fragen, ob du aus Spilca deinen Ehemann machen willst . . .‹

Ich sah ihre Wangen sich purpurrot färben: ›Komm herein . . . Man macht einem jungen Mädchen nicht auf der Türschwelle einen Heiratsantrag!‹

Darauf rief sie laut nach der Alten: ›Tante! Es ist ein *voinic*[1] von der Bistritz, Spilca, der *plutaş*.‹

Die Tante musterte mich stumpfsinnig und bat mich, Platz zu nehmen.

›Meine Tante ist taub, sagte Sultana, und auch ein wenig kindisch geworden. Du wirst nicht leicht mit ihr reden können. Seit langer Zeit ist die arme Frau verwitwet. Vor drei Jahren hat sie mitansehen müssen, wie ihr einziger Sohn bei einer Schlägerei ums Leben kam. Eine Eifersuchtsaffäre. Dieser Junge war ihr ganzes Leben, die einzige Stütze ihrer alten Tage. Sie hat dann ihr Haus verkauft und ist zu uns gezogen. Damals hatte ich noch Vater und Mutter. Sie sind im darauffolgenden Jahr gestorben. Seither sind wir alleine. Wir leben mehr recht als schlecht von unserer Hände Arbeit. Siehst du, Spilca, es geht nicht gerade sehr fröhlich zu bei uns . . . Und das ist noch nicht alles . . .‹

[1] tapferer Mann

Ich konnte nichts erwidern. Sie hatte mir diese »nicht sehr fröhlichen Dinge« fast lächelnd gesagt. Vor mir stand kein junges Mädchen, schüchtern und bescheiden wie alle anderen, sondern ein Mensch, dessen Seele durch das Unglück gereift und gewachsen war. Der dennoch sanftmütig war.

Der Blick, den ich beim Eintreten um mich geworfen hatte, zeigte mir eine in Ordnung gehaltene Wohnung. Es war keine jener Bauernstuben, die, wenn sie keine Pferdeställe sind, von peinlichster Sauberkeit und strenger Ordnung zeugen und dem Besucher Unbehagen verursachen. Die Türen beider Zimmer standen offen. Sie führten in der Mitte auf die große *tinda,* wo die Bauernfamilie ihr ganzes Leben verbringt. In den Zimmern hohe und breite Betten. Jedes mit einer gestreiften Überdecke, auf denen sich das gelbe *borangic* in das Weiß einfügte, mit breiten Spitzen, die fast den Boden berührten. Am Kopfende jedes Bettes ein einfach bemalter *senduc,* begraben unter einem Berg von Decken, Laken, Kopfkissen. Überall an der Wand über dem Bett bestickte Kissen und schwere buntgemusterte Wollteppiche. Auf dem Boden ebenfalls Teppiche, aber von minderer Qualität. In jedem Zimmer ein großer Spiegel auf einem weißen Holztisch mit einer gewebten Decke von der gleichen Art wie die Überdecken. Stühle aus lackiertem Holz. Stiche mit Szenen aus dem Landleben. In den Ecken zum Osten mit Basilikum geschmückte Heiligenbilder, unter ihnen brennende Lämpchen. Ikonen, Stiche und Spiegel von großen Portieren umrahmt mit hervorgehobenem Einsatz und reich besetzt mit Spitzen, die durch ihre Kompliziertheit und den Überfluß an Rohseide beeindruckten. An den Fenstern Leinenvorhänge, fast ebenso schön wie die Zierdeckchen. Und in jedem Zimmer eine liegengelassene Handarbeit. In Sultanas Heim gab es etwas, was man in jedem Bauernhaus bei uns sieht, in dem das Elend keinen Zutritt gefunden hat. Nichts Überflüssiges. Aber jeder Gegenstand, jedes Arrangement trug die Spur einer Hand, die in ihnen eine Atmosphäre von Süße und Intimität geweckt hat, was man selten in den dörflichen Behausungen antrifft, in denen die aufgeputzte ›Sauberkeit‹ der Räume den Gast frösteln läßt, wo alles beklemmend wirkt und die Angst zu stören weckt.

Ich fühlte mich wohl wie früher bei meinen Eltern, die mich, als ich noch ein Kind war, verlassen hatten. Und sofort teilte ich Sultana mit, was mir durch den Kopf ging: ›Sultana, hier fehlt der starke Arm eines *voinic*. Hier ist er, und alles wird fröhlich werden!‹

Sie sah mir fest in die Augen mit einem Blick, der mir unter die Haut ging. Aber ich hielt stand, denn meine Gedanken waren aufrichtig.

›Spilca‹, sagte sie mit klarer Stimme, ›unser Unglück übersteigt das, was ich dir bereits erzählt habe und zur Vergangenheit gehört, bei weitem. Da ist noch mehr, aber ich möchte dir nichts davon erzählen. Wozu auch? Diejenigen, die mich wie du heiraten wollten und Bescheid wissen, sind auch nicht schlauer geworden. Es ist besser, sich dem Schicksal zu beugen.‹

Ich wurde ein wenig nachdenklich: ›Mein Gott‹, dachte ich, ›was kann es schon sein? Das arme Mädchen ist von

einem Räuber »betrogen« worden, der seinen Spaß mit ihr getrieben hat und sie dann sitzenließ. Vielleicht ist ihr davon ein Kind zurückgeblieben! Na, und wenn schon!‹
Ich sagte: ›Nein, Sultana, halte mich nicht für so verständnislos. Ich weiß, daß alle Welt jungen Mädchen hart zusetzt. Aber ich denke nicht wie alle Welt. Auch wenn die Vorwürfe der anderen, die sie abhielten, dich zu heiraten, berechtigt sein mögen, können wir unsere Verlobung doch in acht Tagen feiern, vorausgesetzt, du willst es so wie ich.‹
Bei diesen Worten richtete sie sich in ihrem Stuhl auf. Ihre blitzenden Augen flatterten: ›Spilca, dein Verdacht ist ungerecht. Ich habe mir nichts zuschulden kommen lassen und mir keinen Vorwurf zu machen. Mit zweiundzwanzig Jahren bin ich noch, wie meine Mutter mich geboren hat. Das Unglück ist schlimmer als das, was du vermutest, noch schlimmer sogar, als wäre ich ein »Kind der Blumen«.‹
Ich erwartete, daß sie mir mitteilte, welcher Art das Unglück sei, aber sie schwieg und ließ mich nicht los mit ihrem offenen Blick, klar wie der Augusthimmel.
Die Tante rief uns zum Mittagessen. Sultana nahm sie bei der Hand und schrie ihr ins Ohr: ›Tante! Spilca will mich heiraten, was sagst du dazu?‹
Den Rücken gekrümmt, mit weißen Haaren, das Gesicht von Blatternnarben entstellt, betrachtete mich die Alte einen Augenblick mitleidig und antwortete: ›Schade! ... Armer Junge! ... Da kann man nichts machen ... Wer würde es schon wagen, sich mit dem *logofăt*[1] anzulegen?‹

[1] Gutsverwalter mit richterlicher Amtsgewalt

›Wer ist dieser *logofăt?*‹ fragte ich, ›und was hat er damit zu tun?‹

Bei dieser Frage verdunkelte sich Sultanas Gesicht vor Bitterkeit. Ihr Blick versteinerte. Ihr helles und fröhliches Antlitz, umrahmt von den nach hinten gekämmten in einen einzigen Zopf geflochtenen Haaren, wurde blaß.

›Es geht um den *logofăt* Costache‹, sagte sie mit erstickter Stimme; ›du hast vielleicht von seiner Grausamkeit und seinen Schandtaten reden gehört. Genauso wie alle, die hier leben, sind auch wir von ihm abhängig. Er kann uns leben lassen oder uns töten, ganz wie es ihm beliebt. Und das Mädchen, das seine Aufmerksamkeit erregt, kann ihm nicht entgehen. Sie kann wählen zwischen ihrer Entehrung und dem Ruin ihrer Familie. Ich hatte das Unglück, diesem Tier vor zwei Jahren zu gefallen. Seither gibt es keine Ruhe mehr. Bis heute gelang es mir, mich zu verteidigen. Aber der Gefahr standzuhalten übersteigt meine Kräfte, denn dieser Mensch hat weder Herz noch Schamgefühl. Er ist unser Herr. Früher oder später werde ich vor der Entscheidung stehen. Ich habe meine Wahl bereits getroffen. Eine Zeitlang habe ich auf einen Ehemann gehofft, der mich beschützen würde. Aber niemand traut sich, dem Tyrann entgegenzutreten. Man betrachtet mich als *pacoste*[1], und denen, die wie du von weither kommen, um mich zu heiraten und in ihr Land fortzunehmen, hat sich ein anderes Unglück in den Weg gestellt. Meine Tante will nicht mitkommen. Alle ihre Toten liegen hier begra-

[1] Verhängnis

ben, und bei ihnen will sie ruhen. Jetzt weißt du alles, Spilca, ohne den Schrecken im einzelnen zu kennen. Ich danke dir für deine guten Absichten. Sie wären meine Rettung. Aber wie die Tante sagt, da ist nichts zu machen. Ich wäre dein Unglück. Und wozu das Schicksal herausfordern, wenn ich dir sage, daß es doch nichts nützen würde. Ich muß für irgendeinen Fluch büßen. Nun gut, ich werde dafür büßen.‹

Die Klippen, mit denen das Schicksal das Meer unseres Lebens durchsetzt, veranlassen viele dazu, sich in kleinen Booten vorsichtig am Ufer über Wasser zu halten.
›Spilca, der *plutaş* der Bistritz‹, kannte die Klippen und scherte sich den Teufel darum. Lieber hätte er sich von den Wellen in Stücke reißen lassen, als bis zur Nasenspitze in einem Tümpel zu versinken.
Wie ich sterbe, ist mir nicht gleichgültig. Ich habe meine Vorlieben. Deshalb ging ich am nächsten Sonntagnachmittag ohne langes Zögern der Klippe entgegen, die soviele *voinics* fürchteten.
Die stolze *hora* der Moldau stampft ihren Takt zu den Klängen von drei Zigeunerinstrumenten. Etwa dreißig Mädchen, unter ihnen Sultana. Zwanzig Jungen ungefähr. Sie schwitzen ein wenig, denn die Sonne sengt unbarmherzig, aber das macht den Tanzenden nichts aus. Sie halten sich am kleinen Finger (anstandshalber, um die anwesenden Eltern zufrieden zu stellen) und haben sogar noch ein besticktes Taschentuch dazwischen. So springt die schöne Runde ihrer Mitte zu. Ein *voinic* schreit: ›Auf

der Stelle! Auf der Stelle!‹ Die kleinen und die großen Füße prasseln wie Hagel auf den Boden, die groben Fäuste ziehen die feinen Handgelenke hoch über die Köpfe und tief nach unten bis zu den Knien, dann löst sich der Kreis mit einem Schwung, der die Körper voneinander entfernt und die Arme streckt. Die Menschengirlande läuft ein paar Schritte nach rechts, wirft sich dann wieder nach links. Alle Füße stampfen ›auf der Stelle! auf der Stelle!‹ Man schöpft nach Luft, dann geht es wieder von vorne los. Das ist die rumänische *hora*. Man muß Rumäne und Bauer sein, um sie zu lieben. Sie ist nicht kompliziert, aber reich an hitzigem Blut. Auch an Farben ist sie reicher als ein Regenbogen: Schultertücher aus gelbem oder weißem *borangic*, je nach der Art der Seidenraupen, die man mit mütterlicher Sorgfalt großzieht. Schneeweiße Mieder und Röcke aus Leinen, Schürzen aus Samt oder schwarzer Wolle. Stickereien und Spitzen, die Tränen sahen und Seufzer hörten. Auch Gelächter und Gesang fehlten nicht, denn man liebt es, vom Weinen zum Lachen überzugehen. Sei es schön, nicht schön oder gar häßlich: bei der *hora* gefällt jedes Mädchen den jungen Männern. Sie wissen, daß es da ist, um nach einem Ehemann Ausschau zu halten, während sie eher nach einer Frau als einer Ehefrau suchen. Daher die große Aufmerksamkeit, die die Mutter der Kleinen den Gesten und dem Flüstern beimißt. Die Jungen sind sich dieser Überwachung bewußt. Dazu dient auch das Taschentuch, das die Hände trennt, die Eltern zufriedenstellt und keinen anderen Zweck erfüllt, als das Verlangen nur noch unstillbarer zu machen.

Angetan mit einem bestickten *zăbun*, die Beine in weißen, eng an den Schenkeln liegenden *iţari*, auf dem Kopf einen breitkrempigen Filzhut mit dreifarbigen Bändern, ist der junge Mann zuerst einmal stolz auf seine Männlichkeit. Er ist ein *bărbat*[1] und hält sich für einen *voinic*. Dem jungen Mädchen, das sich nur für schön hält, gefällt das sehr. Auf ihre vorsichtige und leicht kokette Offenherzigkeit antwortet er mit einem unklugen und kategorischen Versprechen, das ihn jedoch zu nichts verpflichtet. Beißt sie an, um so besser. Falls nicht, beugt er sich dem Gesetz, spannt sich vor den Pflug, gründet eine Familie und wird ein unversöhnlicher Sittenwächter, vor allem, wenn er selbst junge Töchter hat, die zur *hora* gehen, um sich dort einen Ehemann zu suchen.

Die *hora* findet immer in der Nähe einer *cârciuma* statt. Denn natürlich wird einem heiß, und man muß trinken. Man trinkt aus Durst oder um aufzuschneiden, aber getrunken wird immer. Und während des Trinkens wird geredet, nur um des Redens willen oder um wieder aufzuschneiden. Nur die hochgewachsenen Greise mit weißhaarigen Mähnen, die im Schatten eines hundertjährigen Nußbaumes sitzen, trinken, um sich zu erinnern, reden, wie ihnen ums Herz ist und folgen den Bewegungen eines Lebens, das sie nicht mehr in Leidenschaft versetzt, mit entrücktem Auge.

Bei meiner Ankunft fand ich alles genauso vor. Forschende Blicke gaben mir sogleich zu verstehen, daß die Neuigkeit

[1] ... also nicht mehr bartlos

meiner Verlobung mit Sultana bereits die Runde gemacht hatte. Um dieses Gerücht zu bestätigen, begrüßte ich meine Zukünftige und ihre Tante, worauf ich mich allein an einem entlegenen Tisch unter Pflaumenbäumen niederließ, eine *oca* Wein bestellte, friedlich dem Tanz zuschaute und den Unterhaltungen der Trinkenden vor der Kneipe lauschte.

Von den letzteren war ich zu weit entfernt, als daß sie sich um mich hätten kümmern können, zumal da auch noch das Spektakel der *hora* war. Aber ich war noch nah genug, um einen Teil ihrer Reden zu Ohren zu bekommen. Sie waren mir gegenüber nicht zu übelgesonnen. Einige meinten: ›*Er* kommt bestimmt!‹ und ›*er* weiß Bescheid‹. Dieser ›*er*‹ war der *logofăt* Costache, meine Klippe, der Schrekken des Landes. Ich dachte: ›Soll er nur kommen!‹

Er kam. Auf der Straße wirbelte ein Galopp Staubwolken hoch und ließ die Anwesenden frösteln. Die Köpfe der Trinkenden, der Tänzer und der Zigeuner drehten sich lebhaft mit ängstlichen Blicken dem Reiter zu, der sich der *hora* näherte und sein Pferd im *buiestru* tänzeln ließ. Jeder bewunderte das Tier. Auch ich bewunderte es aufrichtig. Ein Renner, der einen besseren Herrn verdient hätte.

Klein, dunkel und von schnellen, quirligen Bewegungen, warf dieser Herr die Zügel über den Stamm einer gefällten Akazie und stürzte sich in das Treiben der Jugend vor der *cârciuma*. Alle Hüte wurden ihm zum Gruße gezogen. Augenblicklich war er von einer Gruppe Favoriten umringt, die ihn ohne Zögern auf meine Anwesenheit hinwie-

sen. Darauf wandte ich mich, um ihm ohne Feigheit ins Gesicht zu sehen. Ich wollte offenes Spiel.
Der *logofăt* stand gespreizt auf seinen mageren Beinen, hörte den Sprechenden mit halbem Ohr zu und sagte nichts. Von Zeit zu Zeit warf er flüchtige Blicke in meine Richtung. Dann hörte ich plötzlich die mit rauher Stimme an mich gerichtete Provokation: ›Man müßte den fremden Strolchen die Kniekehlen durchschneiden!‹
Als Antwort auf diese direkte Herausforderung ging ich auf die *hora* zu, die einen neuen Tanz begann, trennte Sultana von der Hand ihrer Freundin und fing an, zwischen den beiden Mädchen zu tanzen. Das war in Ordnung; was der *logofăt* machte, war es weniger.
Es ist bekannt, daß ein Junge, wenn er in die *hora* tritt, nie einen Tänzer von der Hand der Tänzerin trennen darf, die mit ihm einverstanden ist. Ist kein Platz mehr frei zwischen zwei Mädchen, kann er nur zwischen zwei Männer treten. Das ist eine stillschweigende Regel, die alle respektieren, die keinen Streit suchen. Der *logofăt* Costache meinte, zur allgemeinen Verwunderung dagegen verstoßen zu müssen. Gerade, als ich es am wenigsten erwartete, packte mich hinter Sultanas Rücken eine Hand am Gelenk. Ich drehte mich um. Die Runde blieb stehen. Die Zigeuner schwiegen. Vor mir stand das Reptil, das mich bleich und haßerfüllt musterte und mit verzerrter Stimme anzischte: ›Du gestattest?‹
›Geh woanders hin‹
›Ich will aber hier!‹
›Wenn du hierhin willst, nimm!‹

Ein Stoß mit dem Knie in den Bauch warf ihn zu Boden. Mit dem Röcheln eines abgeschlachteten Viehs verlor der tapfere Held die Besinnung. Niemand kam ihm zu Hilfe. Die Kneipe leerte sich. Die Frauen liefen davon. Ein Alter rief aus: ›Das ist eine schöne Geschichte!‹

Ich rief den Musikern zu: ›Bis zum nächsten Sonntag! Ihr spielt auf meiner Verlobung mit Sultana!‹

Und ich machte mich auf den Weg zum Haus meiner Freundin. Eine Mutter, ihr Kind an der Hand, bekreuzigte sich: ›Der Herr beschütze uns vor allem Übel!‹

In dieser Woche gab es sicher auf der ganzen Bistritz keinen glücklicheren *plutaş* als Spilca. Der *logofăt* hatte sich im Dorf nicht mehr blicken lassen. Jeden Abend verbrachte ich einige Stunden mit Sultana, und jedesmal trennte sie sich mit folgenden Worten von mir: ›Spilca, ich glaube nicht an das Glück, von dem wir träumen ... Der Hund wird es uns nicht gönnen ... Und ich fühle, daß auf meinen Schultern ein Fluch liegt ...‹

Ich trug sie vor meinen Augen her, ich tauchte meinen Blick in das klare Blau ihrer strahlenden Augäpfel, ich küßte ihre klare Stirn und ging.

›Sei unbesorgt, Sultana! Wir werden die Tante schon überzeugen, weit fort von hier mit uns nach Suceava zu gehen, wo mein Haus ist. Dort werden wir glücklich sein.‹

Sie lächelte traurig: ›Du kennst nicht die Macht der Toten über die Lebenden, die sie begraben haben ... Die Tante wird sich eher bei lebendigem Leib verbrennen lassen, als ihren Friedhof zu verlassen.‹

Am Sonntag unserer Verlobung ließ der Schankwirt die *hora* aus Angst vor einem Skandal ausfallen. Nach der Abendmesse ging ich zu den Zigeunern und sagte ihnen, daß sie sich für das Abendessen in engem Familienkreis bereithalten sollten, das auf die Zeremonie des Ringewechselns durch den Priester folgte. Man nahm mich eher freundschaftlich auf. Die Dorfjugend trank und redete ohne Feindseligkeit. Einige von ihnen blieben zurückhaltend, andere hingegen kamen auf mich zu, um mir mit leiser Stimme mitzuteilen, daß sich die ganze Gemeinde über die Lehre freue, die dieser Hund erteilt bekommen habe ...

›*Er* fürchtet dich. Ihr anderen, *plutaşi* und Holzfäller, bildet einen starken Bund freier Menschen, während wir die Unterworfenen sind. Euer hartes, wildes Leben schützt euch vor Raub und Peitsche, wir ... wir tragen die Kette um den Hals. Gibt der *logofăt* uns im Frühjahr einen Hektar Land für unsere Aussaat, müssen wir uns glücklich schätzen; sonst heißt es, Tagelöhnerarbeit zu verrichten, immer für ihn. Deshalb wagt keiner, ihm zu widersprechen. Unsere schönsten Mädchen gehen zuerst durch seine Hände. Dann sind wir es, die sie heiraten, manchmal mit einem von ihm gefüllten Bauch.

Am Abend standen etwa zehn Verwandte und Freunde, außer dem alten Priester, vor den zwei zusammengestellten Tischen, die mit einem prächtigen Tuch bedeckt waren. Sie hatten Tränen in den Augen, als ich die Kiste öffnete, in der meine Verlobungsgeschenke verschlossen

lagen. Die *beteala*[1] aus dreißig Gliedern ergoß sich wie eine Feuerzunge um den kleinen Schatz, den ich von meiner armen Mutter geerbt hatte. Ein Paar diamantenbesetzter Ohrringe, zwei kostbare Ringe, zwei mit Rubinen und Saphiren eingelegte Armreifen und vor allem die berühmte *salba*[2], bestehend aus drei dicken *lefţi*, zwei Dukaten des Kaiserlichen Österreich, vier venezianischen Dukaten, vier *poli*, sechs türkischen Pfunden und zehn *galben*.
Alle Anwesenden waren ergriffen, nur die Tante nicht, die ihrer lieben Toten gedachte, und meine weißgekleidete Verlobte, die nicht an den Traum unseres Glücks glaubte. Ihre starren Blicke wanderten wie die einer schlecht abgerichteten Taube von der Kiste zu meinen lachenden Augen. Jeder war nach Kräften bemüht, die schlechten Omen zu vertreiben. Der Priester sprach ein glühendes Gebet und segnete unsere bevorstehende Vereinigung. Beim Essen scherzten wir. Die Zigeuner spielten und erzählten Witze. Die Patin drängte Sultana, ihre Mitgift vorzuführen. Sie tat es mechanisch. Ausgelassene Frauen stürzten sich auf die *senducs*. Bestickte Tag- und Nachthemden, Handtücher, Kopfkissenbezüge, Bettlaken, Tischtücher und Servietten wurden hervorgezogen und im Zimmer verstreut. Sultana besaß gerade die Güte, von Zeit zu Zeit zu lächeln.

[1] eine Art Netz aus Gold- oder Silberfäden über dem Gesicht der jungen Frau

[2] bäuerlicher Halsschmuck aus Goldmünzen

Als ich gegen Mitternacht aufbrach, fragte ich meine Verlobte: ›Warum diese schwarzen Gedanken, Sultana?‹
›Das sind keine schwarzen Gedanken, Spilca. *Ich weiß*, daß ich dich unglücklich machen werde. *Ich sehe es kommen.*‹
Ich drückte sie heftig an meine Brust. Sie schmiegte sich zärtlich an mich. Eine heiße Träne fiel auf meine Hand. Dann hüllte der nach Tannen duftende Wind und die laue Nacht dieses Augustmonats meinen Weg ein.

In der zweiten Septemberhälfte wußten die Armen, daß der Winter in diesem Jahr früh kommen und hart sein würde. An einem kalten und regnerischen Nachmittag traf ich in einer Gemeinde ein, die an die zehn Kilometer von dem Dorf entfernt war, wo meine Verlobte wohnte. Nach sechs Tagen Trennung brannte ich darauf, sie wiederzusehen. Da unsere Hochzeit am ersten Sonntag im Oktober stattfinden sollte, hatte ich alle möglichen Einkäufe zu erledigen. Im vergangenen Monat hatte sich Sultanas Einstellung in keiner Weise geändert. In allem, was sie tat, war sie vorsichtig, streng, kraftlos und fast kalt. Wäre ich mir ihrer Aufrichtigkeit und Zuneigung nicht so sicher gewesen, hätte ich ihr Gleichgültigkeit vorgeworfen. Aber ich wußte, daß sie litt. Mit keinem einzigen Wort versuchte sie, die Alte umzustimmen, das Dorf zu verlassen. Alle meine Anstrengungen verliefen im Sande. Die Unglückliche beharrte auf ihren Toten. Ich hatte mich damit abgefunden und hoffte auf das Ende ihrer Tage, das in nicht allzuferner Zukunft liegen konnte. Eine Tatsache, die ich für

erfreulich hielt, war das Verschwinden des *logofăt.* Seit dem Tag, an dem ich ihn in den Magen gestoßen hatte, war er von niemandem mehr gesehen worden. Man glaubte, er sei krank. Andere wiederum meinten, die Angst halte ihn fern. Nur Sultana war davon überzeugt, daß der ›Hund‹ eine fürchterliche Rache ausbrütete.
›Ich fürchte alles, aber sicher bin ich mir nur des Unglücks, von welcher Seite auch immer. Ich weiß, daß es unser Glück zerschlagen wird, und daß du derjenige sein wirst, der am meisten darunter zu leiden hat.‹
Bei diesen Worten hatte ich mich am vorigen Sonntag von Sultana getrennt. Wir würden uns erst am nächsten Sonntag wiedersehen. Ein wichtiger Holztransport auf der Bistritz, verwickelte Abrechnungen am Ende meiner Reise sowie der Kauf verschiedener Dinge, die schwer aufzutreiben waren, zwangen mich zu dieser langen Abwesenheit. Jetzt stieg ich wieder den Fluß entlang das Land hoch. Ich hatte Hunger. Ich war müde. Die zwei riesigen, für die Trauung in der Kirche bestimmten Wachskerzen – eine jede wog drei *oca* – wurden mir maßlos schwer. Nie waren mir die Balken, die ich sonst auf den Schultern trug, so schwer vorgekommen. Es ist wahr, daß die Sorge, sie zu zerbrechen, einen Großteil meiner Müdigkeit ausmachte. Dieses Gewicht kam mir verdächtig vor, obwohl ich nicht gerade abergläubisch war. Ich erinnerte mich, daß meine Mutter der Überzeugung war, daß die ›schwer wiegende Hochzeitskerze‹ ein Zeichen nahenden Unglücks sei. Derjenige der Gatten, dessen Kerze während der Zeremonie zuerst zu Ende brennt, soll als erster sterben. Und

auf einmal glaubte ich jeder möglichen inneren Stimme. Um diese Flut schwarzer Gedanken zu vertreiben, machte ich in jenem Dorf einen Halt, um mich auszuruhen, etwas zu mir zu nehmen und mich ein wenig aufzuheitern. Denn eben dieser Schankwirt war mir wegen seiner Fröhlichkeit bekannt. Also zum Teufel mit diesem Aberglauben!

Ja, zum Teufel damit! Nur geschieht es manchmal im Leben, daß das, was sich um einen herum abspielt, nicht gerade geeignet ist, den Aberglauben zu vertreiben.
Ich öffne die Tür der Schenke. Darinnen sechs Bauern und der Wirt. Sobald sie mich sehen, brechen alle sieben ihre Unterhaltung ab und verstummen. Ich hatte jedoch gehört, wie einer sagte: ›Armer Junge! Er ist es, der zu bedauern ist!‹
Ich stelle Sack und Kerzen ab und frage: ›Wer ist zu bedauern?‹
Der Wirt kommt fröhlich heran: ›Guten Abend, Spilca, wie geht's?‹
›Danke, Lache‹, sage ich, ›wer ist denn zu bedauern?‹
›Bah! Ein kleiner Unglücksfall in der Gegend. Die Frau eines *cojan* hat sich gerade das Bein gebrochen. Jetzt muß er die Arbeit seiner Frau verrichten.‹
Hmmmm, denke ich, warum sagen die anderen nichts dazu? Und warum betrachten sie die Kerzen, die auf dem langen Tisch liegen, mit so seltsamen Blicken?
›Was habt ihr? Es sind Hochzeitskerzen! Man könnte meinen, ihr hättet noch nie welche gesehen!‹

›Sie sind dick‹, sagte ein Bauer und weicht meinem Blick aus.
›Ja, dick . . .‹
›Und schwer womöglich . . .‹
›Sehr.‹
Sie sagen nichts mehr. Ich versuche, ein wenig Brot herunterzubringen und einen Schluck Wein zu trinken. Es will mir nicht gelingen. Ich stehe auf und gehe.
Draußen ist fast schon Nacht. Ich bin ausgeruht, aber die Kerzen werden schon wieder schwer. Ohne Erfolg wechsle ich den Arm. Und noch zwei Meilen bis zum Haus. Die Straße einsam und aufgeweicht. In meinen Ohren pfeift es abwechselnd – mal im einen, mal im andern – ein Zeichen, daß jemand von mir spricht. Ich hole mein Messer hervor, lasse die Klinge aufspringen und hänge es am Riemen an den Gürtel, daß es an meinem rechten Schenkel baumelt. Aber wie anstrengend ist es, die ganze Zeit um sich zu spähen! Das Messer schlägt mir bei jedem Schritt, den ich mache, gegen den Schenkel. Es kommt mir vor, als bohre es ein Loch an dieser Stelle. Ich klappe es wieder zu und stecke es in den Gürtel. Und genau in diesem Augenblick taucht zwei Schritte vor mir in der schwarzen Nacht ein ebenso schwarzer Ziegenbock auf, kreuzt den Weg und verschwindet. Und obwohl ich genau weiß, daß es ein Bock wie alle anderen auch ist, ein richtiger Ziegenbock, den sein Besitzer überall sucht, sage ich ganz laut: ›Der Teufel!‹
Ich hebe die rechte Hand, um mich zu bekreuzigen. Die Hand ist schwer wie Blei. Ich denke: ›Das war der Teufel!

Er hindert mich daran, mich zu bekreuzigen! Und diese Kerzen, die so schwer werden, daß ich sie nicht mehr zu halten weiß!‹

Ich will das Messer wieder öffnen. Es gelingt mir aber nicht. Mein Daumen ist zu schwach, den Widerstand der Feder aufzuheben.

Ein weiteres Zeichen der Gegenwart des Bösen! Und die Nacht so schwarz, daß mir die Augen schmerzen.

Schließlich lege ich den Sack auf die Erde und lehne die Kerzen aufrecht an einen Alleebaum. Da bemerke ich, daß ich einen falschen Weg genommen habe, der parallel zum richtigen verläuft. Wie Kerzen stehen da junge Pappeln, gerade und fast ebenso nackt. Noch mehr Kerzen! Eine ganze Allee lang! Traurige Kerzen, erloschen und schwarz.

›Nein‹, sage ich mir, ›mit meinem Leben ist es diese Nacht aus! Ich sterbe nicht vom Sturm zerrissen wie ein kühner *plutaş*, sondern vor Angst wie eine *baba*[1]!‹

Dennoch kann ich mein Messer wieder öffnen und mich dreimal bekreuzigen. Ich nehme die ganze Last wieder auf. Darauf stapfe ich durch den Schlamm, quer über ein Feld, um meinen Weg wiederzufinden. Plötzlich leuchten vor mir zwei Augen auf und kommen auf mich zu. Ich fühle, wie mein Herzschlag stockt. Sack und Kerzen entfallen meinen Händen. Ich heule: ›Mama-a-a!‹

Ein *Bä-ä-ä-ä-h!* antwortet. Die leuchtenden Augen verschwinden.

[1] alte Frau

Spät in der Nacht komme ich schwitzend und von Schlamm bedeckt an. Sultanas Haus ist hell erleuchtet. Viele Kerzen brennen. Von weitem sehe ich die offene *tinda* voller Leute stehen.

›Da haben wir es‹, geht es mir durch den Kopf. ›Die Tante ist gestorben! Jetzt verstehe ich die Unglückszeichen auf meinem Weg!‹

Gar nichts verstand ich. Denn da stand die Alte aufrecht in dem großen Zimmer und war trockenen Auges damit beschäftigt, letzte Hand an die Kleidung meiner Braut zu legen, die auf den beiden zusammengestellten Tischen mit blendend weißen Tüchern lag. Sie war angetan mit ihrem ganzen Hochzeitsstaat und schöner denn je, inmitten von Kerzen, deren zuckende Flammen ihr von den Krallen des Todes gezeichnetes bleiches Gesicht erhellten. Die langen blonden Wimpern flatterten nicht mehr. Ich sollte die klaren, offenen Augen nicht mehr wiedersehen. Ein Kranz aus Zitronenblüten krönte ihre fahle Stirn, auf die ich ihr am nächsten Sonntag vor dem Altar den heiligen Kuß hatte geben wollen. Ihr Haar war aufgelöst und floß in zwei Strömen den starren Körper entlang; die Goldfäden der *beteala* hatten sich mit ihm verflochten. Zwischen ihren auf der Brust gefalteten Händen hielt sie das Taschentuch mit den darin verknoteten Münzen, die die »Zöllner« den Toten abfordern, wenn sie ihnen die Tore zum Jenseits öffnen. Darüber das Leichentuch.[1]

[1] Sterben Mädchen oder Burschen der Moldau unverheiratet, so werden sie noch heute als Braut und Bräutigam geschmückt (Anm.d.Hrsg.)

Und ich, Spilca, bleibe auf der Schwelle stehen und betrachte dies wie die anderen.

›Es stand geschrieben‹, sagte die Tante, ›und im übrigen wußte die Arme es. Sie war darauf gefaßt. Vorgestern abend, als sie allein auf dem Feld das Heu schichtete, kam *er* unvermutet, zog sie ins Gebüsch und hatte seinen »Spaß« mit ihr. Meine kleine Sultana hat die Schande nicht ertragen können. In der Nacht, ich weiß nicht wie, hat sie das Phosphor von acht Streichholzschachteln geschmolzen und das Gift getrunken. Sie ist gestern abend gestorben. Nach der Abendmesse, ohne die Milch nehmen zu wollen, nach der sie das Gift erbrochen hätte. Es stand geschrieben ... Wenigstens wird sie an der Seite ihrer Eltern ruhen können. Vielleicht riefen sie sie zu sich ... Die Toten bleiben nicht gern allein ...‹
Darauf nahm die Alte die Hochzeitskerzen, wickelte sie aus, entzündete sie und stellte sie neben Sultanas Kopf, deren wachsbleiches Gesicht noch weißer wurde, als die beiden großen Flammen das Zimmer erstrahlen ließen. Dann kniete sie nieder und sprach mit fester Stimme: ›Vater unser, der du bist im Himmel, dein Wille geschehe ...‹
Alle Bauern taten es ihr nach. Ich allein blieb aufrecht stehen, sagte nichts und betrachtete meine vom Licht umflossene Braut.

Sechs Tage lebte ich wie ein wildes Tier in dem dichten Wald, der an den herrschaftlichen *conac* an der unteren Bistritz grenzt, wo der *logofăt* Costache regierte, der Hen-

ker Sultanas und so vieler anderer. Es war schier unmöglich, ihn zu Gesicht zu bekommen. Ich weiß nicht mehr, ob ich aß, ob ich trank, ob ich mich ausruhte. Ich weiß nur, daß meine Kleider zerfetzt waren. Hände, Füße und Gesicht waren blutig, denn ich lief Tag und Nacht durch das Dornengestrüpp von einer Straße zur anderen.
Diese Gegend war ziemlich weit vom Ort des Verbrechens entfernt. Hier hatte der *logofăt* nichts zu fürchten. Durch diesen Wald kehrte er von seinen Inspektionsgängen zurück. Zu Pferd, allein, mit Pistolen bewaffnet. Als einzige Waffe hatte ich meinen Haß, mein Blut, das vor Rachedurst kochte. Mein Messer hätte mir nichts genutzt. Damit mir der Mann in die bloßen Hände fiel, hielt ich einen Strick bereit, um ihn von einem Baum zum anderen zu spannen.
Der sechste Abend war der Vorabend von jenem ersten Sonntag im Oktober, an dem ich meine Hochzeit mit Sultana hatte feiern wollen. Anstatt dem glücklichsten Tag meines Lebens entgegenzufiebern, lag ich mit gespitzten Ohren in einem Graben, den Strick in der Hand. Ohne Seele, ohne Gott, ohne Hoffnung. Es gab Augenblicke, in denen ich nicht mehr wußte, wo ich war. Der Schrei oder das Flügelschlagen eines Nachtvogels weckten sofort meine ganze Aufmerksamkeit. Mein einziger Gedanke, mein einziges Verlangen galt *ihm*. Ich stellte mir vor, wie er sich im Trab oder Galopp näherte. Der in Kniehöhe des Pferdes gespannte Strick fing den Aufprall ab. Das Tier stürzte. Der Feind war in meinen Händen. Ich warf mich auf ihn. Welch schrecklichen Tod ich ihm zudachte: ›Ach, mein

Gott! Wenn es dich gibt, und wenn du die Ungerechtigkeit siehst, dann laß mich dieses Glas frisches Wasser kosten! Ich will auch die Kutte anziehen und nur noch leben, dir Lobgesänge zu bringen!‹

So betete ich an jenem Abend, und Gott erhörte mein Flehen.

Der Ort, den ich für die Ausführung meines Plans ausgesucht hatte, war sehr günstig. Bevor der Weg eben wurde, so daß der Reiter lospreschen konnte, beschrieb er eine jähe, enge Schleife und war durch einen kleinen Bach unwegsam. An dieser Stelle mußte der Reiter absteigen und ungefähr zweihundert Meter zu Fuß gehen. Das gab mir Zeit, ihn in der Dunkelheit wiederzuerkennen, um nicht einen Unschuldigen umzubringen. Dennoch war ich sicher, daß der einzige Reiter, der durch diese Gegend käme, der *logofăt* sein würde.

In der bewölkten Abenddämmerung, die sich sanft über den Eichenwald senkte, lauschte ich, in meinen Graben geduckt, auf das Murmeln des Baches, als ein schwungvoller Trab sich jählings vor dem Hindernis brach. Der Reiter sprang ab. Das Pferd schnaubte. Ich sprang hoch. Mein Herz klopfte vor Freude. Mit einigen Schritten versuchte ich mich durch mühselige Abkürzungen so weit zu nähern, daß ich die kleine Gestalt meines Feindes erkennen konnte. Aber der Mann war völlig von seinem Pferd verdeckt, das er frei gehen ließ, während er selbst sich auf der anderen Seite hielt. Je weiter man in das Dickicht der Riesenbäume drang, um so schwärzer wurde die Nacht. Ich mußte ihn daher um jeden Preis hier wiedererkennen.

War er einmal über diesen hindernisreichen Weg hinaus, würde er mir entkommen. Was tun, um ihn aufzuhalten? Die kleinste Unvorsichtigkeit meinerseits konnte tödliche Folgen haben. ›Mein Gott‹, dachte ich, ›solltest du der Beschützer von Henkern sein?‹
Und schnell zerbrach ich einen dürren Zweig. Das Knakken hielt Pferd und Reiter an. Sie blieben einen Augenblick auf der Stelle stehen, ohne sich zu rühren, dann bewegten sie sich weiter nach unten. Ich war nicht weiter als sie. Darauf kreuzte ich dicht hinter ihnen den Weg. Aber diese Verspätung erlaubte es ihnen, sich weiter zu entfernen. Ich verlor den Kopf, steckte zwei Finger in den Mund und stieß ein durchdringendes Pfeifen aus. Ein Pistolenschuß war die Antwort. Ein Fluch folgte. Ich erkannte die Stimme des *logofăt.* Nie war ein Mensch in seinem Unglück seliger als ich in diesem Augenblick! Wie ein Tiger stürzte ich mich den Weg herunter und versperrte ihn mit dem Strick, den ich mit meinen durch den Haß verzehnfachten Kräften spannte.
Die Sekunden erschienen mir wie eine Ewigkeit, die Nacht wie die Hölle. Da höre ich tatsächlich in diesem Warten, so schwarz wie mein Haß, meinen Feind. Er steigt nicht auf das Pferd, er tappt auf Zehenspitzen heran, zieht das Pferd am Zügel, die Pistole sicherlich im Anschlag. Herzloser Gott, damit hatte ich nicht gerechnet! Er wird meinen Strick entdecken. Adieu, Rache!
Ich ziehe den Strick weg und werfe mich mit dem Gesicht nach unten quer über den Weg.
›Hier, *logofăt,* entlade deine Pistole in meinen Kopf und

schick mich zu Sultana! Aber sollte es dir nicht gelingen, dann gnade dir Gott!‹
Das Ohr auf der Erde hörte ich den rhythmischen Schritt des Pferdes, dann den seines Herrn. Mein Arm bedeckt mein Gesicht. Ich kann nichts mehr sehen. Ich atme nicht mehr. Ich durchlebe die Stunde des Gefolterten, der, den Hals auf dem Richtblock, darauf wartet, daß die Schneide heruntersaust. Nicht den Tod fürchte ich, sondern die plötzliche Flucht des *logofăt*.
Er ist da und bleibt stehen. Ein Schritt, zwei Schritte ... Seine Hand ergreift meine. Er hebt meinen Arm und sagt: ›He du! Bist du tot, verletzt oder nur betrunken?‹
Ich antworte nicht, sondern umschlinge seine Arme und seinen Körper, drücke ihn an mich, Gesicht an Gesicht, Atem an Atem, beide auf den Knien, während er um Hilfe schreit, während seine Knochen splittern, während seine Stimme erstirbt. Sein Oberkörper bricht wie ein Zweig und klappt auf dem Rücken zusammen.

Das Kloster Pantelemon auf dem Berg Athos ist eine befestigte Kaserne, die sechshundert Mönche einschließt. Dieses Kloster wurde von der Kaiserin Katharina II. von Rußland gegründet. Am Tag seiner Einweihung wurde es ihr nicht einmal gestattet, einen Fuß auf diesen Boden zu setzen, von der das weibliche Geschlecht bis hin zu den Tieren, ja dem Geflügel, verbannt ist.
Eine Kaserne. Mit Kanonen zur Verteidigung des *stareţ*[1],

[1] Abt

seines Generalstabs und ihrer Reichtümer. Es gibt dort Soldaten in Kutten, die ›Brüder‹ genannt werden, die aber vor den Vorstehern wie alle Soldaten zittern. Wer gläubig und dumm ist, wie ich es war, hackt Holz, fängt Fische, bereitet Öl und Oliven zu, baut Wein an, mästet die Kapaunen, betet für den *stareț* und die Gebildeten, die über die Existenz Gottes diskutieren, die alles essen, alles trinken, und ihre Männlichkeit bei den diskreten Frauen in Karea oder auch in aufrichtiger Freundschaft untereinander entladen. Die, die so etwas nicht fertigbringen, demütigen sich in frommer Einsamkeit. Sie alle hoffen auf die Gnade des Erlösers, der sie ihnen durch seinen Tod am Kreuz gewährt.

Dort bin ich Haiduk geworden!«

Movila der vătaf

»*Vătaf* Movila!«
»Ich höre, Anführerin!«
»Sprich ...!«
»Ich?«
»Ja, du ...! Du gehörst unserem Stab an. Warum bist du Haiduk geworden? Sprich in deinem Namen, im Namen deiner Gefährten, denen du näherstehst als wir. Deine Geschichte muß der ihren ähnlich sein. Sprich, Movila ...!«
Ein zustimmendes Murmeln ging durch die Reihen der Haiduken angesichts dieses Zeichens der Anerkennung durch unsere Anführerin. Mit einer Kopfbewegung warfen sie ihre *căciulas* in den Nacken. Die Gesichter strahlten. Movila erhob sich schüchtern und ein wenig linkisch, aber eindrucksvoll in seiner durch und durch rumänischen Schönheit. Ein sonnenverbranntes Gesicht, ein harter Blick, dichte Augenbrauen von einem Ohr zum anderen, ein vor Energie zitterndes, bewegliches Kinn. Unser *vătaf* beeindruckte vor allem durch die gewaltige Nase, die sich bei Gefahr im Anzuge blähte und wie eine Trompete in die Luft ragte. Daß er über dem buschigen Schnurrbart lachte, war selten. Seine Stirn war zwischen den Augenbrauen von einer tiefen Falte gezeichnet, die ihm sogar im Schlaf blieb, was die Haiduken veranlaßte zu vermuten, daß Movila unaufhörlich von der *potera* und

von Rache träumte. Ob dies nun richtig oder falsch war, störte den Betroffenen nicht. Wovon er träumte und was er dachte, niemand konnte sich rühmen, es zu wissen. Zuverlässig, pflichtbewußt und zurückhaltend sagte Movila erst dann seine Meinung, wenn er sicher war, nicht »in den Wind zu sprechen«. Statt Vertraulichkeiten zu erzählen, hätte er lieber die Wäsche der ganzen Bande gewaschen – eine mühselige Zwangsarbeit, die alle in schlechte Laune versetzte.

Die Neugier war also um so größer, als er seine Geschichte begann:

Die Geschichte von Movila dem vătaf

»Ich bin wider Willen Haiduk geworden.
In Stănesti bei Giurgiu, wo ich geboren wurde, waren wir *moşneni.*[1] Mein Vater hatte von seinen Eltern über dreißig *pogons*[2] geerbt. Vieh, Wein, Obstbäume, von Mais strotzende *patules*[3], einen Hühnerhof. Es fehlte uns an nichts, was den Wohlstand einer kleinen *gospodaria* ausmacht. Meine Großeltern hatten nämlich das Glück, Nachbarn eines Herrn zu sein, wie man selten einen auf der Erde findet. Diesen Bojaren, einen einflußreichen Würdenträger des Landes, habe ich selbst, als ich um die fünfzehn Jahre alt war, in seinen letzten Lebensjahren kennengelernt. Er war gut und gottesfürchtig. Obwohl er zur *protipendada*[4] gehörte und einer seiner Vorfahren sich unter Mircea dem Alten geschlagen hatte, bereitete es ihm Vergnügen, in die Hütte eines *cojan* zu treten, sich mit ihm zu unterhalten und seine Familie und die Kinder kennenzulernen, die er jedes Jahr zu Dutzenden taufen ließ.
Auch ich bin sein Patenkind. Movila war der Name eines seiner Brüder, der an der Cholera gestorben war. Ich wage zu behaupten, daß er mich wie seinen Sohn liebte, denn ich ähnelte seinem Bruder in Aussehen und Charakter.

[1] Kleingrundbesitzer, freie Bauern
[2] Flächenmaß, ca. $^1/_2$ ha.
[3] Speicher
[4] Hochadel

Wir alle, Jungen und Mädchen, ob Patenkinder oder nicht, gingen zu ihm, um ihm mit der *sorcova*[1] ein gutes Neues Jahr zu wünschen. Das schöne Gesicht geprägt von adliger Würde und Güte, empfing er uns alle. Der ganze Kinderschwarm sprang auf ihn los und haute ihm die *sorcova* um die Ohren, wobei wir wie kleine ausgehungerte Hunde schrien:

›Sorcova, Morcova
Du sollst leben,
du sollst alt werden
wie ein Apfelbaum
wie ein Birnbaum
wie ein Rosenstock
viele lange Jahre alt!‹

Inmitten dieses Spektakels stand er in seiner riesigen Diele, die von unseren schneebeladenen *opinci* verschmutzt war. Aufrecht und gerade wie eine Eiche hob er die Hände zum Himmel, verteidigte sich scherzend gegen diese Flut von guten Wünschen und rief seinerseits: ›Auch ich, meine Kinder, wünsche euch Gesundheit, Wohlergehen und ein langes Leben!‹
Dann rief er seinen *chelar*: ›Füll' die Säcke der Kleinen mit Nüssen, Johannisbrot und Brezeln!‹
Auf seinem Sofa sitzend, ließ er uns einen nach dem anderen an sich vorbeigehen, strich uns übers Haar und

[1] mit künstlichen Blumen geschmückter Zweig

steckte einen Goldgalben, sein Neujahrsgeschenk, in unsere verfrorenen Fäuste.

Zu jener Zeit war dieser *galben* nicht selten in den Familien der *cojans*. Und trotzdem verwahrte jeder Bauer ihn wie ein Heiligtum.

Ich habe gesehen, wie diese großherzige Seele an dem engsten Familienleben der Bauern Anteil nahm. Den Menschen, der der Trunksucht verfiel, duldete er nicht, aber er konnte viel verzeihen. Und war einer der Ortsansässigen ruiniert, empfing er die unglückliche Ehefrau, gab ihr ein gutes Stück seiner Ländereien, etwas Vieh und das nötige Werkzeug, um wieder eine *gospodaria* aufbauen zu können. Den Schankwirten hatte er einen unbarmherzigen Krieg angesagt. Die Schulden, die die Bauern bei ihnen machten, annullierte er kraft seiner Autorität. Und falls einer dieser Geier sich auf illegale Spekulationen einließ, schickte er den *mumbaşir* zu ihm, der ihm die Fußsohlen mit dem schrecklichen *topuz*[1] verdrosch.

Kurz vor seinem Tode machte der große Herr seinen letzten Besuch bei uns. Wir feierten den ersten Geburtstag des sechzehnten Kindes der Familie, von denen alle sechzehn lebten. Es war sein Patenkind, und wie es Brauch war, kündigte mein Vater ihm an, daß dem Kind zum ersten Mal die Haare geschnitten werden sollten, eine Ehre, die dem Paten vorbehalten war. Wir hatten ihn, wie es sich gehörte, benachrichtigt, aber in Anbetracht seiner zahlreichen Beschäftigungen rechneten wir nicht mit seinem

[1] eisenbeschlagene Keule, Marterwerkzeug unter der Türkenherrschaft

Kommen. Um so größer war unsere Freude, als ein Bote im Galopp geritten kam und uns meldete, daß der Bojar in eigener Person die Haare seines Patenkindes schneiden wollte.

Die Anstrengungen für das Fest wurden verdoppelt. Meine Mutter setzte ein ganzes Arsenal an Töpfen und Tiegeln in Betrieb. Der glückliche Knirps wurde gewaschen, gekämmt, wie eine Puppe angezogen und bekam bis zur letzten Minute die Nase geputzt. Sein Pate kam mit kostbaren Geschenken beladen. Wir empfingen ihn wie einen *voda*[1]. Vater präsentierte ihm seine Kollektion von sechs Töchtern und zehn Söhnen, der älteste zwanzig Jahre, der jüngste auf dem Arm der Mutter. Zwei Schwestern und Brüder Zwillinge. Zwölf der sechzehn waren Patenkinder des Herrn.

Bei Tisch war meine Mutter so glücklich, daß sie Albernheiten stammelte, auf den Kaftan des Bojaren trat und ihr Glas umwarf. Darauf sagte der gute Mann die Worte, die mir bis heute im Gedächtnis geblieben sind: ›Verliert nie den Kopf vor einem Sterblichen, wer immer es auch sei. Bojar oder *opincar*[2], in einer anderen Welt sind wir alle gleich. Auf Erden ist einer soviel wert wie der andere. Und hält »Peter« das Zepter, während »Paul« sich unter dem Joch krümmt, geschieht das nicht, weil Gott es so will, sondern weil es der Mensch will, der ungerechte, grausame und habgierige Mensch. Gegen diesen Menschen müssen

[1] Fürst
[2] Bauer in *opinci* (Sandalen)

wir uns um den Preis unseres Lebens auflehnen und ihn vernichten, denn die Bosheit ist nicht Gottes Werk.‹

Nicht viel später als einen Monat nach dem Tod des Herrn hatte ich Gelegenheit, mich an seine Worte zu erinnern. Sein einziger Sohn und Erbe kam aus dem Ausland, um seine Güter in Besitz zu nehmen. Er war der ungerechte, grausame und habgierige Mensch, von dem der verstorbene Bojar gesprochen hatte.

Bei seinem ersten Besuch in den Gemeinden wußten wir nicht, mit wem wir es zu tun hatten. Wir empfingen ihn mit all den Ehren, die dem Erben eines Mannes zukamen, um den jeder trauerte. Hochmütig fuhr er in seinem Wagen vor, hielt uns auf Abstand, sprach nicht einmal mit den Alten und gab ihnen erst recht nicht die Hand, wie sein Vater es getan hätte. Begleitet von einem *ispravnic*[1], beschränkte er sich darauf, ihn nach dem Vermögen der Bauern zu fragen und diese Auskünfte in seinem Notizbuch zu vermerken. Das Ergebnis war die Verdoppelung des *haraciu*, den jeder Familienvater dem Pascha von Rusciuk in Gold zahlen mußte.

Der *haraciu* war zur Tradition geworden. Er ging über vom Vater zum Sohn. Der alte Bojar sammelte unseren Anteil ein, verdoppelte ihn durch seinen und sandte die Summe an den Tyrannen auf der anderen Donauseite, damit er uns in Frieden ließ. Auf diese Weise kannten wir weder den Vandalismus noch die Plünderungen, die andere Donauregionen verheerten, weil die Menschen dort

[1] Gutsverwalter

ihre Schulden bei dem Potentaten nicht beglichen hatten. Es galt das stillschweigende Übereinkommen, daß kein Bojar den *haraciu* entrichten mußte, weder die Reichssteuer noch die nationale, noch irgendeine andere. Wir wußten, daß sie von jeglicher steuerlichen Belastung befreit waren. Aber von dem Augenblick, als unser reicher Beschützer die Hälfte des *haraciu* aus eigener Initiative übernommen hatte, faßten wir diese Großzügigkeit als einen Akt elementarer Gerechtigkeit auf, denn warum, um ehrlich zu sein, sollte der, der dreißig *pogons* Boden besaß, alle Steuern zahlen, während der mit dreißigtausend nicht einen *bani* in all die großen und kleinen *haznas*[1] werfen mußte? So dachte dieser gerechte Mensch, unser ehemaliger Grundbesitzer. Und das glückliche Leben unserer Eltern erstreckte sich bis zu den versklavten Zigeunern, die den Boden ihrer Herren bearbeiteten. Diese armen Teufel wurden menschlich behandelt, obwohl man sie wie Vieh kaufte und verkaufte. Wer auch immer ihre Kräfte mißbrauchte, wurde vom Bojaren streng bestraft. Er hatte ein Auge darauf, daß ihre Nahrung gesund und ausreichend war. Waren sie krank, gab er ihnen Vorschuß. Das erinnert mich an eine besonders bewegende Geschichte: Seit einiger Zeit wütete eine Fieberepidemie. Als ich eines Tages zum *conac* ging, um eine große Egge auszuleihen, kam ich in dem Augenblick, als der Bojar den Zustand seiner Sklaven überprüfte. Angesichts der Epidemie hatten sich natürlich die meisten Zigeuner krank gemeldet.

[1] Schatzkammern

Um sie wieder an die Arbeit zu holen, hatte sich der *logofăt* ein Vorgehen ausgedacht, das seine Wirkung bisher nie verfehlt hatte. Er bot ihnen Branntwein an, wußte er doch, daß ›ein Zigeuner erst dann nicht mehr trinkt, wenn er tot ist‹. Die falschen Kranken gingen in die Falle, tranken und wurden zur Arbeit geschickt. Aber vor den Augen des Besitzers wagte es der *logofăt* nicht, diese Methode anzuwenden. Mit stumpfsinnigem Ausdruck ließ sich ein Zigeuner, den Kopf in den Händen vergraben, von der Sonne bescheinen. Als wir zu ihm gingen, warf er sich zu Füßen seines Herrn, der ihn fragte: ›Was hast du?‹
›Ich bin krank, mein Herr!‹
›Er ist nicht krank, er tut nur so‹, meinte der *logofăt.*
›Ich tue nur so?‹ schrie der Zigeuner auf. ›Na gut, dann gib mir einen *raki,* und du wirst sehen, daß ich nicht davon trinke! ... Wenn ich dir doch sage, daß ich krank bin!‹
Dieser hohe Beweis an Aufrichtigkeit bewegte den Besitzer: ›Willst du, daß ich dich freilasse?‹ schlug er dem Zigeuner vor.
›Frei?‹ gab dieser bestürzt von sich. ›Du willst mich verjagen, Herr? Und wohin soll ich? Vom Regen in die Traufe?‹
Im Weggehen schüttelte der Bojar den Kopf und sagte wie zu sich selbst: ›Um uns ist es traurig bestellt. Ein Tier, dem die Freiheit geschenkt wird, weiß sich zu helfen. Ein menschliches Wesen muß sich weiterverkaufen!‹
Zu einer der schmerzlichsten Zeiten, die unser Land je heimgesucht haben, hatten zehn Gemeinden und sogar ein ganzer Landkreis diesem Mann ihren Wohlstand zu verdanken. Dieser Bojar war einer der letzten, die den

Namen ›Rumäne‹ verdienten. Er liebte sein Land, lebte in seinem Schoß und nahm an seinen Freuden wie Leiden Anteil.

Der Erbe trat nicht in die Fußstapfen des Vaters. Er hielt uns für zu glücklich. Obwohl sein Reichtum so groß war, daß er ›das Gold mit Löffeln essen konnte‹, kannte seine Habgier keine Grenzen. Fremd im Herzen und in der Sprache (er sprach nur gebrochen Rumänisch) und verdorben durch das lasterhafte Leben, das er im Westen geführt hatte, folgte er dem Beispiel derer, ob Rumänen oder Ausländer, für die der Bauer lediglich ein nützliches Lasttier darstellte.
Die Ratsältesten der Gegend versammelten sich anläßlich der Unruhe, die durch die Verdoppelung des *haraciu* entstand, im Haus des Priesters von Stăneşti. Auch ich war dort, ein junger, noch bartloser Mann. Als wenn es gestern gewesen wäre, sehe ich sie vor mir mit ihren ernsten Gesichtern, eingerahmt von weißen Haaren, die über ihre breiten Schultern fielen. Sie erklärten uns sogleich, daß die friedlichen und glücklichen Zeiten vorüber seien: ›Verkauft euer Vieh! Sät nur das Notwendigste ein! Baut große Planwagen, wie unsere Vorfahren sie hatten, und haltet sie bereit, vier kräftige Ochsen davorzuspannen und sie mit euren Familien und eurer wertvollen Habe zu beladen. Ihr Jungen werdet den Weg in die Berge nehmen. Wer zurückbleibt, wird versklavt werden. Wir Alten werden in die ewige Ruhe eingehen! Der Wille des Herrn geschehe!‹

Und der Wille des Herrn geschah. Der neue Grundbesitzer verpachtete seine Ländereien an einen Griechen, der zur Plage des Landkreises wurde. In weniger als einem Jahr wurden alle örtlichen Behörden, die sich bis dahin aus Eingesessenen zusammengesetzt hatten, von einem Schwarm *Fanarioten*[1] ersetzt, die blutgieriger waren als Wanzen in einem verlassenen Haus. Es war, als ob es Heuschrecken auf die Ernte regnete. Aschgraue Gesichter mit blutunterlaufenen Augen erschienen Tag für Tag vor der Tür, stammelten ein unverständliches Rumänisch und erschreckten Frauen und Kinder. Ständig begleitet von bewaffneten *lefegi* und jederzeit mit einem Erlaß des Fürsten ausgerüstet, liefen diese Aasgeier durch die Gemeinden und forderten die Bezahlung aller möglichen Steuern: auf das Groß- und Kleinvieh, auf Wein und Spirituosen, auf jeden Scheffel Weizen. Schließlich, Schlag um Schlag, auf Obstbäume, Fischfang, Jagd, Seidenraupen, Bienen, Wollstoffe, Öl, Fenster und Schornsteine.
Das Vieh verschwand am hellichten Tag. Die *potera* erschien, angeblich um die Diebe zu verjagen. Wir mußten sie bei uns unterbringen und beköstigen. Unsere schönsten Mädchen wurden von diesen Unmenschen vergewaltigt. Wir schickten Klagen und Gesuche an den Diwan. Den Klägern wurden die Knochen mit dem *topuz* gebrochen. Da erkannten wir, daß der Schrecken, der in unserem

[1] Reichgewordene griechische Händler aus dem Istambuler Stadtteil Fanar, die sich beim Sultan Verwaltungsämter kauften. Die Fanarioten beherrschten Rumänien von 1711 bis 1821. (Anm.d.Hrsg.)

Landkreis erst begann, im ganzen rumänischen Land bereits zur Regel geworden war, ob es nun von Griechen oder Rumänen regiert wurde. Es war dem Einsatz und der moralischen Autorität des verstorbenen Gospodaren zu danken, daß dieser Schrecken nicht früher bei uns eingekehrt war. Sein Sohn, inzwischen Mitglied des Diwan, schlug Gewinn aus dem Blut und dem Schweiß seiner eigenen Landsleute, versteigerte das Land an den Meistbietenden und ließ den Käufern freie Hand, sich schadlos zu halten. Noch schlimmer, sein Pächter führte mit seinem Einverständnis den Pflug über unsere Länder und setzte sich spöttisch über unsere Grenzsteine und Besitzurkunden hinweg. Denn er wußte, daß sein Komplize auf die Beschwerden, die wir an den Diwan schickten, mit dem *topuz* antworten würde.

Nach Ablauf von drei Jahren war unser *judeţ* nicht wiederzuerkennen. Der Terror allein richtete schlimmere Verwüstungen an als Seuchen, Dürre, Feuersbrünste und Überschwemmungen zusammen. Die Einwohner fällten und verbrannten fast alle Obstbäume. Singvögel und Störche verschwanden. Nur das Summen der Bienen war zu hören. Man sah die großen Kolonien von Tausenden von Seidenraupen nicht mehr damit beschäftigt, an Maulbeerblättern zu knabbern. Verschwunden waren die Kuhherden, die abends von den Weiden zurückkehrten. Vorbei die wochenlangen, fröhlichen Hochzeitsfeiern, vorbei die Taufen, zu denen sogar die Durchreisenden geladen wurden, damit sie gebratenen Truthahn und den guten Wein

mit uns teilten! Keine Almosen mehr! Die unvergeßlichen Septembernächte unserer Kindheit, die wir damit zubrachten, grüne Maiskolben zu rösten und dem Gesang der Zikaden zu lauschen, wurden zu düsteren Nachtwachen. War sein geliebtes Land einmal verloren und seine Familie entehrt, gab sich auch der vernünftigste Bauer der Trunksucht hin und verbrachte seine Zeit in den unzählbaren Kneipen, die wie Pilze nach dem Regen aus dem Boden schossen. Der einst nur für Spekulanten gedachte *topuz* zerschlug nun Woche für Woche die Glieder eines verschuldeten Dorfbewohners. Der Mann mußte den Rest seines Lebens auf Krücken gehen. Andere hängte man an den Beinen mit dem Kopf nach unten auf und räucherte sie mit in die Glut geworfenem rotem Pfeffer. Man steckte ihnen glühend heiße Eier in die Achselhöhlen. Die Fingerspitzen wurden eingeklemmt und Stacheln in das Nagelbett getrieben.
Unsere Familie reduzierte sich um die Hälfte. Wir galten als reich, und deshalb stürzte sich die heidnische *urgia*[1] mit der Gewalt von Vandalen auf uns. Mein Vater starb unter der Folter des *topuz*, verschlimmert durch die Pfeffervergiftung. Meine drei älteren Brüder wurden umgebracht, als sie den Vater verteidigen wollten. Zwei Schwestern verschwanden eines Tages spurlos. Zwei andere, geraubt und vergewaltigt, kehrten sechs Monate später nach Hause zurück, um an einer Schwindsucht zu erkranken, von der sie sich nicht mehr erholten. Der Jüngste

[1] Plage

ertrank durch einen Unfall. So wurde ich mit zwanzig Jahren der Älteste. Um mich fünf Brüder, zwei Schwestern und eine Mutter, die Tag und Nacht nicht mehr aufhörte zu weinen.

Zu diesem Zeitpunkt kam das größte Unheil, das den Rumänen treffen kann und mit dem übrigens jeder rechnete. Hervorgerufen wurde es dadurch, daß wir dem Pascha von Rusciuk den *haraciu* schuldig blieben – die türkischen Horden fielen, von dem Tyrannen gehetzt, in das Land ein.
Es ist euch bekannt, daß der rumänische Bauer viel Ähnlichkeit mit einem Hund hat. Fußtritte und Fastenzeiten bringen ihn nicht in Verzweiflung, vorausgesetzt, man läßt ihm sein Zuhause. Es mag kalt und verlassen sein, es mag ein Haus ohne Fenster, sein Hof ohne Zaun sein; bei aller Unbarmherzigkeit des Schicksals bleibt er, regt sich, werkelt und hofft. Das ist sein Nest. Aber wenn ihn das Schicksal zwingt, sich von diesem Nest voller Erinnerungen zu trennen und in die Welt hinauszugehen, und sei es die Welt, die seine Sprache spricht – dann ist es aus mit seinem Glauben an den Gott seiner Vorfahren.
An einem traurigen Aprilmorgen ohne bearbeitete Felder und ohne Lerchen, kam ein barhäuptiger und zerlumpter Mann im Galopp und schrie den Leuten zu: ›Christen! Flieht! Flieht schnell! Seit Sonnenaufgang setzen die Türken bei Zimnicea über die Donau und kommen auf uns zu. Auf ihrem Weg raffen sie alles an sich, was noch da ist, töten die Männer, schänden die Frauen, brennen die Häu-

ser nieder! Verbreitet diese Nachricht und macht euch aus dem Staub! Ich kehre nach Hause zurück. Wehe dem, der sich vor Einbruch der Nacht nicht unter den *bejenari*[1] befindet!‹

Hätte man den Bauern angekündigt, die Donau würde sie mit haushohen Wellen verschlingen, wäre ihre Verzweiflung nicht größer gewesen. Die Frauen liefen zu ihren Kindern. Die Männer hoben die Fäuste zum Himmel: ›Barmherziger Herrgott! Was haben wir getan, daß du uns diesen Gipfel des Unglücks auf den Hals schickst?‹

Die Kirchenglocken läuteten von nun an unaufhörlich. Dieses klagende Totengeläute mischte sich mit den Schreien der Frauen, dem Weinen der Kinder, den Flüchen der Männer und dem Bellen der Hunde, die von der Erregung ihrer Herren aufgeschreckt waren. Schweine und Federvieh wurden für den Vorrat geschlachtet. In großen Töpfen kochte die *mamaliga* der *bejenie*, fast ungesalzen, damit der Durst auf weiß Gott welchen wasserlosen Straßen nicht zu groß würde. Bei ihrer Zubereitung mischten die Frauen viele salzige Tränen darunter.

In vielen Häusern gab es keine Männer mehr, oder sie waren verkrüppelt. Wir mußten ihnen beistehen und den Frauen beim Packen ihrer Habseligkeiten helfen. Am glücklichsten waren die, die weder Wagen hatten noch Vieh oder Habe, sie zu beladen. Sie nahmen Sack und Stock.

Das Dorf bot einen in der Geschichte unserer Generation

[1] Flüchtlinge

nie dagewesenen Anblick. Wie bei einer Feuersbrunst leerten sich die Häuser, aber keines brannte. Die Ehefrauen, die sich von den Dingen, die sie soviel gekostet hatten, nicht trennen konnten, überluden die Wagen. Ihre Ehemänner warfen alles auf die Straße, was sie für überflüssig hielten. Streit kam auf. Viele Frauen wurden geschlagen. Der Priester lief von Haus zu Haus, richtete die Schwachen auf, beruhigte die Gewalttätigen und trieb die Nachzügler an. Sehr alt und hart geprüft von Schicksalsschlägen, war er immer ein Mann mit Herz gewesen. In jenen Tagen wurde er zum Gesandten Gottes. Mit unbedecktem Kopf, die weißen Haare in Zöpfe geflochten und im Nacken zu einem Knoten gefaßt, die Soutane hochgeschürzt, das Gesicht im Feuer seines Glaubens entzündet, durchschritt er die Gemeinde behende wie ein Jüngling und rief in jeden Hof: ›Nehmt hin, was der Himmel uns schickt! Es ist die Passionswoche – erinnert euch an die Leiden unseres Erlösers! Ich trage es mit euch ... Auf unserem Weg nach Golgotha werde ich an der Spitze der *bejenari* sein.‹

Er war an der Spitze.

Mittags setzte sich der Zug in Bewegung. Vorneweg der Wagen des Priesters, unsere ambulante Kirche. An seiner Plane das Kruzifix, das sechzig Jahre lang im Schlafzimmer des Prälaten gehangen hatte. In sein Meßgewand gekleidet, in der einen Hand das Weihrauchfaß, in der anderen das mit Edelsteinen besetzte Kreuz aus der Kirche, gab er das Zeichen zur Abfahrt und schritt seinen kräftigen, schneeweißen Ochsen voran. Sein einziger

Sohn, der seiner Mutter, der Priestersfrau, bei seiner Geburt das Leben gekostet hatte, führte die Ochsen an einem um die Hörner geschlungenen Strick.
Hinter dem Priesterwagen die zu Fuß gehenden *bejenari*, den Sack auf dem Rücken und den Stock in der Hand. Dann die Wagen mit den Familien der invaliden Familienväter, mit den Witwen und Waisen. Schließlich die weniger geprüften Familien mit mehreren starken Männern in ihrer Mitte.
Alle Wagen waren mit Planen bedeckt und bis zum Bersten beladen. Außer dem eigenen Gepäck hatte jeder noch etwas von den unglücklichen Nachbarn, die zu Fuß gehen mußten: Decken, Kleider, *senducs*, Maismehl. An den Wagenpflöcken hingen getrocknete Maiskolben als Notfutter für die Hunde, für den Fall, daß sich nichts besseres für sie fand. Diese armen Geschöpfe, treue Freunde des Menschen im Gegensatz zu den Katzen, die nichts ahnten und in den leeren Häusern blieben, zeigten schnell Zeichen innerer Unruhe, witterten das Unheil und folgten ihren Herren. Traurig liefen sie im Schutz der Wagenräder und hielten, der Gefahr bewußt, den Kopf gesenkt und den Schwanz zwischen den Beinen. Ihre Ohren waren betäubt vom Quietschen der Achsen, die schlecht geölt waren, obwohl wie zum Hohn ein Topf mit Schmieröl ironisch an der Seite jedes Wagens hin- und herpendelte. Das Geschrei der Kinder, das Schluchzen der Frauen und die Flüche der Männer, die neben den Wagen gingen und die herunterfallenden Habseligkeiten wieder einsammelten, war alles, was vom Leben der einst blühendsten Ge-

meinde unseres Landkreises übrigblieb. Stattdessen führten wir nun das Leben von Zigeunern und irrten wie eine Herde auf ziellosen Wegen. Und alles wegen eines einzigen Mannes, eines adligen Rumänen, Abkömmlings eines berühmten Vorfahren. Ich erinnerte mich an die Worte, die der großzügige Vater dieses unmenschlichen Sohns an unserem Tisch ausgesprochen hatte: ›Gegen diesen Menschen müssen wir uns auflehnen und ihn vernichten ... die Bosheit ist nicht Gottes Werk ...‹

Mein Entschluß stand fest, aber trotzdem fragte ich den geistigen Vater der *bejenari*, den alten Priester, um Rat und erzählte ihm von diesem Wort des verstorbenen Bojaren.

Nach sechs Stunden Marsch befanden wir uns – es war die erste lange Etappe – auf den Höhen von Călugăreni, die die Donau überragen. Die Nacht fiel schwer und düster, wie unser Schicksal. Jeder Wagen hatte seine Laterne entzündet ... jede Seele suchte nach einem Halt ... Selbst die Hunde flehten um weniger erzürnte Blicke. Eine Frau verjagte ihren Hund mit einem Fußtritt. Das unglückliche Tier entfernte sich in der Nacht und blieb dann mit einem demütigen Blick voller Unverständnis stehen. Der Priester sah dies und wurde wie ich traurig.

›Warum jagst du ihn fort, meine Tochter?‹

›Ich kann ihm doch nichts geben, nichts, nicht einmal einen Maiskolben!‹

›Aber er bittet dich nicht ums Fressen ... er will dir folgen ... Hast du das Herz, ihm diesen Trost zu versagen?‹

Bei diesem Vorwurf fing die Frau zu weinen an. Ich nahm den Priester beiseite und gestand ihm meinen Plan, Haiduk zu werden.

›Ich werde meinen Vater, meine Brüder und meine Schwestern rächen ... andere Opfer ebenso ...‹

›Wen wirst du damit strafen?‹

›Alle! Wer es auch sei: ob Rumänen, Griechen oder Türken, alle, die ungerecht, grausam und habgierig sind ...‹

Der alte Mann erwiderte nichts darauf. Groß und aufrecht stand er in der schwarzen Nacht, die Augen starr auf die Donau, seine Kirche, sein Dorf gerichtet, während sein langer Bart im Wind flatterte. Langsam wandte er den Kopf zu den flackernden Lichtern der an die Wagen gehängten Laternen und dachte nach. In diesem Augenblick tauchten am Horizont Flammen auf; anfangs waren sie nur schwach zu sehen, dann breiteten sie sich immer mehr aus. Ich berührte seine Schulter: ›Schaut, Vater, Putineiu und Stăneşti brennen.‹

Wie aus dem Schlaf fuhr er hoch und betrachtete die Flammen inmitten der Schreie, die aus allen Wagen drangen. Da legte der Priester mir beide Hände auf die Schultern und sagte mit erstickter Stimme: ›Geh, mein Sohn, und werde Haiduk! Und strafe die Bösen! Es ist wahr, »die Bosheit ist nicht Gottes Werk«.‹

Nachdem ich meine Familie an einen sicheren Ort gebracht hatte, bin ich gegangen. Aber in den fünfzehn Jahren, in denen ich Cosma als Haiduk diente, habe ich immer nur die kleinen Bösewichter bestraft. Die Großen sind immer noch auf den Beinen.
Und ich will, in Gottes Namen, nicht sterben, ehe ich meinen Anteil umgebracht habe!«

Alle Haiduken erhoben sich: »Es lebe Movila! Möge Gott dir beistehen, sie umzubringen! Und will Gott es nicht, dann wollen wir dir helfen!«

Irimio, Sohn des Waldes

Im allgemeinen Schweigen sah Floarea Codrilor mich forschend, besorgt und zugleich zärtlich an: »*Irimio, Sohn des Waldes!* Sohn Cosmas und mein Sohn, bei den Haiduken erteilt die Geburt keine Vorrechte, es sei denn den, beim Kampf sich in der ersten Linie zu schlagen. Du spielst deshalb hier nicht die Rolle des *beizade*[1]. Zähle ich dich trotz deiner Jugend zu meinen Ratgebern, liegt das einzig und allein an deinen Fähigkeiten und deinem Mut. In den Stunden der Schwäche, die uns erwarten, rechnen wir mit deinem edlen Blut.

Wer du bist, wissen wir alle. Sag uns jetzt, was du denkst und woran du glaubst.«

Ich erhob mich, ein wenig stolz auf das, was man mir zuschrieb, ein wenig *ţanţoş*[2] wegen dem, was mir verweigert wurde und sehr zufrieden mit dem, was ich war.

Ich war zwar kein *beizade*, aber ich hatte doch etwas von einem. Und was meine Herkunft betraf, so war Cosma ein Sultan vom Scheitel bis zur Sohle. Die drei Eigenschaften, die Cosma ausmachten, waren für die Sultane aller Zeiten typisch: die Arroganz, die zahlreichen Frauen und der Leichtsinn. Ich war sehr wohl vom gleichen Blut.

Ich erwiderte auf die Aufforderung:

[1] Sultanssohn, Fürstensohn in den Donaufürstentümern

[2] großspurig

Irimios Geschichte

»Ihr glaubt zu wissen, wer ich bin. Ihr wißt überhaupt nichts. Ich bin als Haiduk *geboren*, nicht erst dazu *geworden*. Meine Mutter ist der Wald, mein Leben die Freiheit. Als zweijährigen Säugling entdeckte mich Cosma eines Tages auf einem Waldweg. Ich weinte nicht, ich war nur erstaunt. Cosma packte mich in seinen Sack und zog mich mit Fleischsaft und Wein groß. Mit sechs Jahren konnte ich schwimmen wie ein Fisch, mit elf gab ich den ersten Büchsenschuß ab (wobei ich mir erhebliche Kieferschmerzen zuzog), und mit zwölf stand ich der *potera* gegenüber und geriet in Gefangenschaft.

In diesen zwei Jahren entsetzlicher Abhängigkeit nahm mich das Leben in seine Lehre. Ja, als Gefangener am Hofe des Archonten Samurakis lernte ich die Welt kennen. Und was ich in dieser Zeit dachte, was ich noch heute denke, wird euch sicher nicht sehr viel Freude machen.

Erstens, meine Liebe für die Unabhängigkeit geht bis zur Undankbarkeit. Ich liebe es nicht, irgend jemandem, wer es auch sei, etwas schuldig zu sein. Mir wurde das Leben gegeben, ohne daß man mich fragte, ob ich es wollte. Und teilten auch die Urheber meines Lebens alle meine Freuden, so war es ihnen doch nicht möglich, an meinem geringsten Leid teilzunehmen.

Als ich verwundet wurde, verließ Cosma mich und brachte sich in Sicherheit. Ich hätte erschlagen werden können, er hätte weitergelebt. Er lebte sehr gut weiter, während ich bei dem Archonten allmählich zugrunde ging. Mein Sklavendasein, schlimmer als der Tod, hinderte ihn weder daran, für vier zu essen, noch wie ein junger Kater herumzustreichen.

Das gleiche gilt für meine Mutter. Die Zufälle des Lebens hatten sie in dasselbe Haus geschickt, das seit zwei Jahren für ihren Sohn die Hölle war. Sie jedoch lebte dort wie eine Fürstin. Trotzdem waren es meine Eltern. Ich war ihr Sohn. Warum gerade ihrer und nicht der irgendeines anderen Erdbewohners? Weil sie mich lieber in Freiheit als in Sklaverei wußten? Aber welcher Mensch, der diesen Namen verdient, möchte seinen Nächsten nicht lieber gesund als krank sehen? Lieber mit heilen Gliedern als verkrüppelt? Ich denke, dies ist die kleinste aller Tugenden, die man dem Menschen abverlangen kann, und es ist genug, denn letztlich wird nur der, dem der Kopf abgeschlagen wird, diesen Verlust wirklich spüren.

Also, wozu dieses ganze Märchen von der Blutsverwandtschaft? Ich finde zwischen Sohn und Eltern nicht das Band, das es zwischen Kopf und Körper gibt. Alles andere ist Betrug. Es läßt mich kalt. Und ich will nicht betrogen werden wie diese Waisen, denen man Pflegeeltern gibt. Soweit zur Blutsverwandtschaft.

Ebenso engherzig bin ich gegenüber dem Pöbel, den ihr befreien oder rächen wollt. Auch hier kennt mein Herz keine Regung. Zwischen mir und der Menschenherde, die am Hofe des Archonten Samurakis blökte, gab es über-

haupt keine Verbindung. Ich bin Haiduk für mich, aber nicht für meine Mitmenschen. Sie brauchen es ja nur zu werden, wenn sie schon nicht als Haiduken geboren werden. Im übrigen frage ich mich, wie man Haiduk für seinen Nächsten sein soll. Ein rumänisches Sprichwort sagt: ›Mit Gewalt kann man jemandem etwas nehmen, aber man kann ihm nichts mit Gewalt geben.‹ Und ein anderes: ›Einer tauben Alten zu Gefallen wird der Geistliche nicht sechsunddreißigmal das Angelus läuten.‹
Läutet im Gegensatz zu diesem Geistlichen für die Tauben, soviel ihr wollt. Und steht euch der Sinn danach, Haiduken, dann laßt euch von dem Menschen einspannen, dessen Kraft gerade noch ausreicht, sich am Kopf zu kratzen, wenn es ihn juckt. Ihr mögt ja Heilige sein. Ich habe keine Lust dazu.
Ich werde euch jedoch beweisen, daß mir der Wunsch, dem gefallenen Menschen zu helfen, nicht gefehlt hat.

Als ich nach Ablauf eines Jahres merkte, daß Cosma nichts von sich hören ließ und nichts tat, um mich aus meiner Gefangenschaft beim Archonten zu befreien, hat sich eine verrückte Idee in meinem Kopf breitgemacht. Ich wollte unter den Sklaven die Saat der Revolte streuen und sie zum Aufstand bewegen, die Wächter dann nachts überfallen, Feuer an das Haus legen und uns alle retten, um in den Wald zu flüchten!
Ich sagte mir, daß diese Menschen wie das geringste Lasttier die Freiheit der Sklaverei vorziehen müßten: Es ist zwar bekannt, daß sie feige sind, aber mit einem Anführer

an ihrer Spitze, der sie vorantreibt, werden sie sich in Bewegung setzen. Ich werde dieser Anführer sein.
Ach, schöner Traum! Ich sah die Wächter überwältigt, den Palast als rauchende Ruine und den Archonten mir zu Füßen um sein Leben flehen. Das ganze Land wäre in Aufruhr geraten angesichts dieser beispiellosen Heldentat, und Cosma wäre erstaunt und gedemütigt. Ich, ein Held mit vierzehn Jahren!
Ich wußte, daß mein Leben auf dem Spiel stand, aber dieses Gefangenendasein in einem Hof mit hohen Mauern reizte mich nicht mehr. Tag und Nacht wälzte ich diesen Plan in meinem Kopf, er wurde zu meinem Lebensinhalt. Schließlich wollte ich nach einer Woche des Fieberns meine Idee zwei Männern anvertrauen, die ich sorgfältig ausgesucht hatte. Es waren zwei befreundete Stallburschen, wie ich ziemlich aufgeweckt, nicht zu unterwürfig und oft wütend über ihre Unterwerfung. Ich hielt einiges von ihnen. Sie als einzige bedauerten mein Unglück und lauschten begierig meinen Räubergeschichten.
Sobald sie verstanden, worum es ging, wurden die armen Freunde ganz bleich und ihre Gesichter lang. Ihre verängstigten Augen wichen meinen aus. Der Mutigere traute sich zu sagen: ›Wir setzen viel aufs Spiel ... Wir werden entdeckt und aufgeknüpft. Du kennst die Leute nicht. Hier betet jeder für die Gesundheit des Herrn, der allen zu essen gibt und für alle sorgt. Man kommt nicht sehr weit mit den Menschen, die sich jeden Tag sagen: »Es geht schlecht mit dem Übel, aber ohne Übel wäre es noch schlimmer!«‹

Mentalität geborener Sklaven ... Ich fiel aus allen Wolken, schloß mich in meinem Loch ein und überließ mich der Verzweiflung.

Am nächsten Morgen rief der Archont mich zu sich und teilte mir zu meinem großen Erstaunen mit, daß er von meinem Anschlag unterrichtet war: ›Armer Junge! Du tust mir leid, aber ich kann nichts daran ändern!‹ schloß er.

Diese hochherrschaftliche Nachsicht, dieses überhebliche Mitleid steigerten nur noch meine Verachtung für diesen Abschaum der Menschheit. Ich gab zurück: ›Ja, ich wollte dich in Ketten legen und dich vor Cosma schleifen, aber das kann man nur mit freien Menschen, nicht mit Sklaven machen!‹

Über seine Ruhe aufgebracht, riß ich zwei Pistolen aus der Waffensammlung an der Wand neben uns und sprang zum Fenster, um in den Haufen der dort versammelten Rohlinge zu schießen. Der Archont hinderte mich lächelnd daran: ›Was willst du? Sie erschrecken? Dafür brauchst du keine Feuerwaffen. Schau!‹

Ich schaute. Er nahm seinen goldbestickten Fez, legte einen kleinen Kristallwürfel hinein und schleuderte ihn in den Ameisenhaufen der Diener.

Der Fez, der in die Mitte des Hofes fiel, hatte die Wirkung einer Bombe. Jeder bedeckte sein Gesicht mit den Händen und rannte davon. Schreie ertönten: ›Achtung! Der Herr ist wütend!‹

›Siehst du?‹ sagte der Archont hinter den Vorhängen versteckt zu mir. ›Du wolltest nicht einmal mit Sklaven gegen mich antreten, sondern mit Tieren. Es sind Tiere. In meiner Besitzurkunde steht geschrieben: »Zwanzigtausend Hektar Boden, zweitausend Stück Hornvieh, vierhundert Leibeigene«. Das kommt aufs gleiche heraus. Deshalb habe ich dich gerade bedauert. Wer sich an die Spitze einer Herde rasender Tiere setzt, ist kein Anführer, sondern ein Kuhhirte. Du aber bist ein Haiduk, und Haiduken sind tapfer. Der Teufel soll sie holen, ich liebe sie nicht, aber ich kann nicht umhin, sie zu schätzen und zu fürchten. Aber wie soll ich deiner Meinung nach Menschen fürchten, die vor meinem Fez erschrecken? Wirklich, deine Dummheit ärgert mich! Würde ich dich nicht achten mit dem Respekt, den man dem zollt, der mutig dem Tod trotzt, ich würde dich diesen Wilden zum Fraß vorwerfen, und sie hätten dich im Nu in der Luft zerrissen. Laß dir das von einem Tyrannen gesagt sein! Man verlangt nicht von den Sklaven, daß sie sich für eine Idee schlagen! Sag ihnen, sie sollen aus Angst sterben, und sie werden alle sterben. Das macht die Allmacht eines Sultans, eines *voda* und die des Archonten Samurakis aus. Geh jetzt in dein Gefängnis und warte tapfer auf deine Stunde! Sie wird kommen ...‹

Gedemütigt bin ich gegangen und habe auf meine Stunde gewartet. Wie ihr wißt, ist sie gekommen, aber sie kam durch den Willen der Tapferen.

Seitdem bin ich von dem Traum geheilt, der das Schicksal

der freien Menschen mit dem Los der Sklaven verknüpft. Wir sind nicht vom selben Holz. Wer weniger unter dem Joch als unter der verlorenen Freiheit leidet, soll gefesselt bleiben. Ich werde ihm nicht helfen. Die Freiheit will verteidigt sein, und ich weiß nicht, wen ich mehr hassen und mehr verachten soll, den, der die Freiheit unterdrückt, oder den, der Angst hat, sie zu verteidigen.
Ich bin Haiduk nur für die Haiduken! ...«

Ein Haiduk

»Und ich bin Haiduk, um die Sklaven zu verteidigen!« Diese unerwartete Antwort aus den Reihen unserer Gefährten zog alle Blicke auf sich. Ein Mann stand auf: *Ein Haiduk.*

Es war der Haidukenälteste. Aber niemand hätte ihn dafür gehalten, denn seine volle, schwarzblaue Mähne wies nur wenige silberweiße Haare auf. Sein Gebiß zermahlte die Oliven mitsamt den Kernen. Sein aufrechter Gang erschütterte die Erde. Er hatte eine heldenhafte Vergangenheit. Den Blicken, die ihn erstaunt betrachteten, entgegnete er wie folgt:

Antwort des Haiduken

»Ich möchte diesem jungen Mann antworten, der so stolz auf seine Abstammung ist und nur die Freiheit der Haiduken verteidigen will.
Arme Sklaven! Ich bedaure ihr Schicksal! Sie finden also nicht einmal bei den Verteidigern aller Unterdrückten Unterstützung? Und dabei heißt es, daß sie Gott lieben und für alle beten, für die Herren, von denen sie zertreten werden, und für die Haiduken, von denen sie verachtet werden. Es stimmt also, daß das Herz des Sklaven groß ist, und daß nur er allein verzeihen kann!
Nach einer Woche verbissener Arbeit bringt der Sklave es am Sonntag noch fertig, zu lachen, zu tanzen und zu singen. Am Ende eines Lebens, dessen Hoffnungen auf Erden enttäuscht wurden, tröstet er sich mit der Aussicht auf ein besseres Leben im Himmel. Rachsucht und Haß vergiften sein Herz nicht. Wie ein Hund vergißt er bei einem zärtlichen Wort die Rutenschläge. Er vergißt sogar, daß die Felder den Herren und die Wälder den Haiduken gehören, und daß er den einen wie den anderen seinen Weizen und sein Fleisch zu ihrem Vergnügen zur Verfügung stellt.
Wirklich, man muß sich fragen, was dringender nottut: daß die Herren sich bessern oder daß die Haiduken zu verzeihen lernen!

Hier ist ein junger Sohn des Waldes, der sich brüstet, Haiduk zu sein, der aber genausogut in einem Schloß zur Welt hätte kommen können. Vom *codru*[1], der Tag und Nacht mit Sturm, Efeu und Fäulnis kämpft, vom ›*codru*, dem Bruder des Rumänen‹, hat er nichts gelernt. Nichts von seinen Kämpfen, nichts von seiner Brüderlichkeit und noch weniger von seiner Großzügigkeit. Wozu also auf diese adlige Herkunft stolz sein? Wozu sich auf diese versklavte Mutter, den Wald, etwas einbilden – auf sie, die ohne zu feilschen dem Verfolgten wie dem Missetäter ihren Schatten und ihre Wärme, Nahrung und sichere Zuflucht gewährt, wenn sie zugleich verachtet und den Vandalen überlassen wird? Denn der Wald ist die große Sklavin, die nur für das Glück einer undankbaren Welt lebt. Für seine zahlreichen Opfer erntet er nichts als Undank: Von dem Kind, das den jungen Trieb bricht, und dem Tier, das seine Knospen abfrißt, bis zu seinen geflügelten Gästen, die ihn mit Kot bedecken, und dem Himmel, der Blitze auf ihn schleudert. Und dennoch hört er wie die von Irimio gehaßte Menschenherde nicht auf, gegen das feindselige Leben zu kämpfen, das ihm zusetzt, und diesen Gott zu lieben, der Läusen gegenüber großzügiger ist als seiner großartigsten Schöpfung.
So ist es. Während der Brombeerstrauch sich mit zahllosen Stacheln bewaffnet, um seine Nutzlosigkeit und sein elendes Dasein zu verteidigen, vollzieht der Wald, seinem Auftrag auf Erden entsprechend, seine Bestimmung. Aber

[1] dichter Wald

während die Axt ihn an der Wurzel trifft, bringen seine Wipfel der Sonne die letzten Lobgesänge.

Irimio! Der Haiduk, der jetzt zu dir spricht, ist der Bastard einer Sklavin und Sprößling eines Adligen (denn du weißt vielleicht nicht, daß die Adligen Menschen sind wie wir – sie nehmen sich, was sie kriegen können).
Nun, ich habe mich also geweigert, den Adligen zu dienen, bin mit zehn Jahren in den Wald gegangen und lebe jetzt seit fünfzig Jahren hier. Ich habe unter dem Befehl des Haiduken Jianu gekämpft, ich habe dem großen *pandur*[1] Tudor Vladimirescu gedient und bin schließlich in der Bande Cosmas, deines Vaters, gelandet. Alle drei waren Tyrannen und ich ihr Sklave. Natürlich war ihre Tyrannei nobel, aber die Sklaverei wurde mir darum nicht erträglicher. Ob man vom Archonten Samurakis oder von Tudor gehängt wird, gehängt ist gehängt. Und du siehst, ich habe mich gebeugt und habe oft schreiende Ungerechtigkeit geduldet. Ich habe es getan, weil es für ›eine Idee‹ war. Und ich habe es getan, weil ich ... Angst hatte. Ich sagte mir: ›Es geht schlecht mit dem Übel, aber ohne Übel wäre es noch schlimmer!‹ Vergiß nicht, daß meine Mutter eine Sklavin war und daß Sklaven feige sind. Aber sag mir, wie sollten sie auch tapfer sein? Seit Jahrhunderten liegt ihnen die Angst im Blut, seit Jahrhunderten werden sie gepeitscht und gehängt, mal von den Tudors, mal von den Archonten.

[1] *pandur* hieß der Soldat im Bauernheer Vladimirescus (Anm. d. Hrsg.)

Du verstehst, mein kleiner tapferer Held, ob Felder oder *codru*, Herren gibt es überall.«

Vom Nebel schwer senkte sich die Nacht sanft auf das Dunkle Tal. In der »Bärengrotte« waren die Gesichter der Haiduken nicht mehr voneinander zu unterscheiden.

Domniţa von Snagov

Diesen Band, der den ersten Teil der *Geschichten um Adrian Zograffi* beschließt, widme ich den beiden Männern, die sich, einander unbekannt, die Hände reichten, um mich zum Schreiben zu bewegen:

dem französischen
Schriftsteller
Romain Rolland

dem rumänischen
Schuhmacher
Gheorghe Ionescu

Nizza, 1926

Panaït Istrati

Auf nach Snagov

I *Haidukenlied*

Der Frühling zeigte sich in diesem Jahr sehr regnerisch, obwohl er früh gekommen und recht mild war. Deshalb konnte unsere Bande ihr Winterquartier etwas früher als üblich verlassen. Für den Augenblick mußten wir jedoch darauf verzichten, ins Flachland hinabzusteigen. Die Straßen waren voller Schlaglöcher und unwegsam; die Fuhrleute mieden sie noch. *Floarea Codrilor,* unsere Anführerin, hatte beschlossen, daß wir die weitere Strecke in der Verkleidung von Fuhrleuten zurücklegen sollten. Mit Recht meinte sie, daß die *potera* uns eher auf den Gebirgspfaden als in den Städten suchen würde. Wir mußten die allzu »notorischen« Gewohnheiten aufgeben, die die Haiduken sonst an den äußersten Rand der Gegenden trieben, wo ihr Bruder, der Bauer, stöhnte, und uns jetzt diesem Menschen nähern, der durch vier Jahrhunderte ständiger Ausbeutung abgestumpft war. Es galt ihm begreiflich zu machen, daß die Haiduken außerstande seien, ihn vom Joch zu befreien, solange er wie ein Tier dahinvegetierte.
Daher würden sich die Aufrührer in brave Fuhrleute verwandeln, sich den endlosen Kolonnen anschließen, die die Fürstentümer der Donau kreuz und quer durchfahren und richtige oder falsche Waren transportieren. Sie würden trinken, lachen, mit ihren Freunden schwatzen und

sich, falls nötig, wie diese auspeitschen lassen. Aber sie würden jederzeit bereit sein, das »sprachbegabte Tier, das den Ochsen an Zähigkeit und das Karnickel an Fruchtbarkeit übertrifft«, aus seinem traurigen Schlaf aufzurütteln. Wenn uns unser Vorhaben, einen Aufstand zu entfesseln, auch selbstverständlich nicht davon abhalten würde, gelegentlich große Verbrecher auszurauben und zu bestrafen, so wollten wir diese Handlungen nichtsdestoweniger als zweitrangig betrachten. Dies sei nur dazu nütze, das Volk wachzuhalten und den Rachedurst eines primitiven und engstirnigen Haidukenlebens zu befriedigen.
Dies war der Plan, den diese Frau mit dem noblen Herzen und dem klaren Verstand in dem langen Winter, der dem Frühjahr 1854 voranging, langsam erarbeitet und gründlich vertieft hatte.
Sie tat noch ein weiteres. Mit Hilfe mehrerer Vertrauter, die in alle Ecken des Landes geschickt wurden, teilte sie ihr Vorhaben einigen großen Haidukenführern mit, unter ihnen Groza, ihr Freund aus Kindertagen. Mit ihnen vereinbarte sie ein Treffen für Anfang Mai in den Niederen Tazlăubergen in der Moldau.
Zum ersten Mal keimte eine derartige Idee in einem Haidukenkopf. Gewöhnlich handelten alle Anführer mit ihrer Bande isoliert von den anderen in der ihnen vertrauten Gegend. Sie strahlten eine Zeit wie Meteore auf, um sogleich wieder zu verlöschen, am Galgen oder im Kampf mit der *potera*.
Und nun ermutigte sie eine Frau – »die Schönste in ganz Rumänien«, wie Cosma ausgerufen hatte –, sich zu sam-

meln: »Kommt, Freunde, auf die Falkengipfel, nahe der Quelle von Tazlău«, sagte sie in ihrer Botschaft. »Nicht ich rufe euch, sondern das Leid des Landes. Ihr seid Patrioten. Ich gehöre zu euch. Ihr verfügt über tapfere Männer, die euch als freie Menschen gehorchen. So wie ich. Aber was macht ihr aus allen diesen großmütigen Herzen? Ihr stiftet sie nur zum Totschlag an. Und? Hat Mord jemals die Pflugschar des Sklaven ein Fingerbreit weitergeschoben? Ist jemals ein Mensch intelligenter, mutiger und würdevoller geworden, weil er einem anderen den Kopf abgeschnitten hat? Wir sind Helden, aber wir benehmen uns wie Mörder und verrecken elender als Hunde. Genug! Schluß mit der persönlichen Rache! Ihr werdet sie beim Anblick meiner schwarzen Augen und meiner weißen Zähne vergessen. Ich werde euch eine Schwester sein, leidenschaftlich wie eine Geliebte. Und wir alle werden uns einer Aufgabe beugen, die schwerer ist als jeder Rachefeldzug, aber wirksamer, um unsere besiegten Brüder wiederaufzurichten. Floarea Codrilor, Anführerin der Haiduken, rechnet fest auf euch in der ersten Woche des Blütenmonats!«

Alle hatten enthusiastisch auf diese Einladung geantwortet. Wir machten uns auf zum verabredeten Treffpunkt.

Vierzehn Männer, vier Ratgeber und Floarea. Das war die Reiterschar, die in das Tal der Bâsca hinabstieg. Eine magere Gesellschaft, um auf Haidukentaten auszuziehen. Wir betrachteten einander melancholisch und zärtlich. In

allen Augen stand derselbe Gedanke: »Wer unter uns wird den nächsten Frühling nicht mehr erleben?«
Der Haiduk denkt nicht oft an den Augenblick der Todesgefahr, aber der Frühling ruft ihn wieder in Erinnerung. Der Wind ist jung, vom Schnee frisch gewaschen und ungestüm wie die Jugend. Er machte sich über Ilies würdigen Bart lustig und kämmte ihn gegen den Strich, erstickte Floarea, die nachdenklich an der Spitze ritt, unter seinen Zärtlichkeiten, was sie sich aber von ihrem »ersten Geliebten« gefallen ließ. Manchmal ging seine Gewalt so weit, unsere spitzen Mützen davonzutragen. Die langen Haare unserer Anführerin flatterten einem Banner gleich. Als wir die Wälder durchquerten, zertraten die Hufe unserer Pferde grausam die reizenden zarten Schneeglöckchen, die wie Zuckerschellen am Hals des ewig neugeborenen Frühlings baumelten.
So ließen wir die zornig aufgerichteten Spitzen der Karpaten hinter uns und näherten uns an einem sonnigen Tag der Hochebene des Pentelău, wo sich die größten Käsereien Rumäniens befinden.
Schon waren Hirten mit Tausenden von Schafen und Lämmern da. Das Bimmeln ihrer Glöckchen, der Klang der Flöten, der Gesang und die Schreie erfüllten die Luft und gaben dem Land einen Lebensatem ein, wie wir ihn seit beinahe sechs Monaten nicht mehr kannten. Floarea Codrilor hielt an und sagte: »Seht, glückliche Menschen! Der türkische *yatagan* und die rumänische Peitsche wagen sich nicht bis hierhin. Aber leider kann sich nicht ein ganzes Land in den Wald flüchten und dort leben!«

In diesem Augenblick bemerkten wir, daß in unserer Nähe ein junger Schäfer damit beschäftigt war, zwei roh gezimmerte Holzkreuze in die Erde zu pflanzen. Zu seinen Füßen sahen wir alte, verfaulte Kreuze. Der Bursche hatte seinen schweren Fellmantel beiseite geworfen, war mit rührender Gewissenhaftigkeit bei der Arbeit und achtete nicht auf uns.
Unsere Anführerin sprach ihn an. Etwas mürrisch gab er zur Antwort: »Das sind die Gräber des Haiduken Gheorghiţa und seiner Geliebten, die beide an dieser Stelle von der *potera* getötet wurden.«
»Mein Gott!« rief Floarea aus und nahm ihre Astrachanmütze ab. Sie kniete nieder: »In meiner Kindheit habe ich von diesen Tapferen gehört.«
»Sie ist vor ihm gestorben. Er wurde getötet, als er sie verteidigte.«
»Und wer hat dich beauftragt, ihre Kreuze zu erneuern?« fragte einer von uns.
»Niemand. Das machen wir selber. Wer, meint ihr, sollte uns damit beauftragen? Die Unterpräfektur?«
Darauf nahm er Mantel, Stock und Flöte und fügte mit der Andeutung einer schlimmen Vorahnung hinzu: »Wer weiß, vielleicht werden wir euch eines Tages denselben Dienst erweisen.«
»Uns?« rief Floarea. »So weißt du, wer wir sind?«
»Aber sicher!«
»Dann sag es uns!«
»He! Na, Haiduken! Reicht das?«
Er ging zu seiner Herde, setzte sich auf einen Felsen und

begann mit tiefer Stimme, wie für sich selbst, die Ballade des Haiduken Gheorghiţa zu singen, dessen Grab er gepflegt hatte[1]:

»Kleines Blatt der Nelke! Wer steigt die Istriţa hoch? Das ist doch der Hauptmann Gheorghiţa, Sohn von Negoiţa, Negoiţa von Cislău, Urenkel des Bürgermeisters.
Grünes Blatt der Erika! In den Bergen irrt Gheorghiaş auf rauhen Wegen von Schäferei zu Schäferei. Überall kostet er von der Sahne und dem Käse. Aber sobald er nur etwas in den Mund nimmt, spuckt er schon wieder aus und sagt, daß es versalzen ist und zu schlecht schmeckt. Dann wühlt er in der Gerberei ... Er sucht ein kleines Fell, um sich daraus eine Mütze zu machen – eine Bergmütze, damit ihn niemand erkennt. Schließlich folgt Donnerstag auf Mittwoch. Der Kühne klettert weiter. Oben auf der Istriţa ange-

[1] Dieser Haiduk ist vielleicht der authentischste von allen, denn er besitzt als einziger ein nachweisbares Grab, das um 1885 von allen Schäfern der Gegend gezeigt wurde, samt einer sehr detaillierten »Biographischen Anmerkung«, viel präziser als seine Balladen. Sie wurde dem Geschichtswissenschaftler durch den Direktor des Gymnasiums von Buzău zugänglich gemacht, der Kreishauptstadt, wo der Haiduk lebte und starb.
Die zwei Versionen der Ballade haben zusammen siebenhundert Verse. Leider besingen sie nur den Haiduken. Die tapfere Geliebte des Haiduken, die ebenso authentisch ist wie er, wird von der volkstümlichen Inspiration völlig übergangen. Der folgende Text folgt dem der Sammlung von M. G. Dem. Theodorescu, *Poesii Populare Române*, 1885. (*Gheorghiţa*, *Gheorghiaş*, *Gheorghelaş* sind Diminutivformen von *Gheorghe*, Georg.) P.I.

kommen, geht er direkt zur Tannenquelle, zur Weide von von Radu. Er trifft Radu den Bergbauern und erzählt ihm folgendes: ›Grünes Blatt der Heckenrose! He, Vater Radu mit dem grauen Bart, mit der Schäferei oben im Wald und der Hütte aus drei Balken auf einer Wurzel, ach, du kennst mein Unglück nicht! Ist dir Macovei bekannt, der Sohn von Vater Matei, der am Bärengipfel haust?‹
›Und ob ich ihn kenne. Sehr gut sogar, denn als Junge habe ich seine Schafe gehütet.‹
›Und ich habe ihm seit meiner Kindheit treu und aufrichtig gedient. Dabei sparte ich mir eine kleine Habe zusammen. Er aber neidete es mir und ließ mich in jungem Alter eine seiner Nichten heiraten. Oh, dieser Lump! Er nahm mir all meinen Besitz, entführte meine Frau und trieb sie mit ihrem Sohn zur Flucht! Aber damit noch nicht genug! Er stahl mein ganzes Vermögen und machte mich so arm, daß ich Haiduk werden mußte. Und auch dann noch ließ er mich von der potera *verfolgen. Er überwältigte mich, legte mich in Fesseln, und als ich auf dem Weg nach Cislău Wasser trinken wollte, versetzte er mir einen Stiefeltritt in den Nacken, daß ich blutiges, mit meinen Zähnen vermischtes Wasser trank. Jetzt weiß ich, daß er sich in deiner Gegend versteckt hält. Sag mir, Vater Radu, hast du ihn nicht gesehen? Hat er dir nicht von mir berichtet und dich um Unterschlupf gebeten?‹*
›Ach, Hauptmann Gheorghiţa! Es ist wahr, ich habe ihn gesehen, vor zwei oder drei Tagen, aber er hat mich nicht um Unterschlupf gebeten und auch nicht nach dir gefragt.‹

›Der verhaßte Feind! Seit sieben Jahren lebe ich verbannt auf der Bâsca-ohne-Weg! Wenn ich ihn in die Finger bekomme, gehört er nicht mehr zu den Lebenden! Aber sag, Bruder, hast du nichts zu verkaufen in deiner Schäferei? Und willst du mich nicht begleiten nach oben?‹
›Ach, Hauptmann Gheorghiţa! Ich sage nicht nein, aber sieh, obwohl du ein liebenswerter junger Mann bist, hast du einen ziemlich schlechten Ruf, denn du treibst dich andauernd in den Schäfereien herum. Überall probierst du Sahne und Käse und spuckst sie wieder aus, weil sie, wie du sagst, versalzen sind und zu schlecht schmecken. Dann wühlst du in den Gerbereien, aber was du suchst, ist keine kleine Fellmütze. Das ist alles Schikane. Du willst wissen, wo Macovei steckt.‹
›Ja, Vater Radu. Es ist so, wie du sagst, aber das ist nicht meine Schuld. Mein Herz ist nicht nachtragend, und wenn ich Macovei hasse, dann, weil er mir sehr viel Leid zugefügt hat.‹
Grünes Blatt der Tulpe! ... Sie sagten, was sie zu sagen hatten, und machten sich dann zur Schäferei auf. Sie kletterten nur ein wenig. Sobald sie oben angekommen waren, ging Gheorghiaş um den Hof herum ... Er durchwühlte alles ... Nichts entging seinen Blicken: ›Vater Radu mit dem grauen Bart! Versteckst du auch niemanden in deiner Schäferei? Ich will keinen Streit mit dir suchen!‹
›Brauchst auch keinen Streit mit mir zu suchen, denn gestern abend in der Nacht hat mein Schäfer zuviel frische Milch getrunken und ist fieberkrank geworden. Jetzt liegt er zwischen den Käseschläuchen in den Fellen. Halte ihn

nicht für Gott weiß wen und mach kein Theater drum!‹ Während er das sagte, zeigte er Gheorghiţa seine Schafherden. Gheorghiţa nahm die Schere und versuchte sie zu scheren, aber er schor nichts. Die Wolle gefiel ihm nicht, er brauchte nichts davon. Aber seine schwarzen Augen suchten weiter und entdeckten Macovei, ja, sie entdeckten Macovei! Mit Mühe unterdrückte Gheorghiţa einen Fluch, aber er geduldete sich noch und bat Vater Radu, ihm seine Felle zu zeigen. Sie waren nicht besonders schön. Gheorghelaş nahm sie in die Hände, warf sie beiseite, drehte und wendete sie und sprang dann, als er den Augenblick für gekommen hielt, auf Macovei, packte ihn an den Haaren und sprach folgendes Urteil: ›Grünes Blatt der Linde! Verflucht seist du, Macovei! Wer hat dich vor meinen Augen auftauchen lassen? Geht dein Leben etwa seinem Ende zu? Oder werden meine Sünden immer mehr? Sieben Jahre habe ich dir gedient . . . Ich war der Prügelknabe deiner Kinder! Dann hast du mich dazu gebracht, deine Nichte zu heiraten, um mir das Fell noch besser über die Ohren zu ziehen. Und diese Schande, die du mir in der Hochzeitsnacht angetan hast, als du mich stockbetrunken mit glühender Asche in den Stiefeln tanzen ließest? Dann jener Tag, an dem ich mir die Zähne ausgeschlagen habe, weil du mich mit dem Mund gegen einen Stein gestoßen hast. Erinnerst du dich dieser Untaten, die mich ins Elend gestürzt haben?‹

Macovei jammerte, Macovei flehte: ›Gheorghiţa, Gheorghelaş! Du bist kühn, jung und anmutig! Nimm mein Pferd und meine Waffen, aber laß mir mein Leben! Verlängere

meine Tage, denn ich habe Kinder zu ernähren und zu verheiraten und Nichten, die um die Vergebung meiner Sünden beten müssen!‹
›Ich werde dir alles nehmen, auch das Leben, damit sich deine Kinder und deine Nichten an deine Sünden erinnern!‹
Als Vater Radu sah, daß der Scherz zur Drohung wurde, ging er dazwischen und meinte: ›Aber Gheorghiţa, Gheorghiaş mit dem jungen und lieblichen Gesicht! Sei doch nicht so gehässig! Deshalb bist du also zur Schäferei gekommen? Komm, laß ihn leben, denn er wird dir sein ganzes Vermögen geben, das er dort vor der Tür vergraben hat!‹
Bei diesen Worten geriet Gheorghiţa völlig außer sich und schrie Radu an: ›Alter Greis mit grauem Bart, du Faulpelz, Schwätzer und Lügner! Deshalb also hast du dich die ganze Zeit versteckt! Und du meintest, ich hätte einen schlechten Ruf, während du bei dir Diebe beherbergst?‹
Er zog sein Schwert und vierteilte Macovei, schloß sich wieder seinen Kumpanen an, ließ sie ein Feuer anzünden und führte sein Pferd spazieren. Aber ... das Unglück harrte seiner!
Grünes Blatt der Klette! Da ist der Poterahauptmann Ştefan! ... Er ist Gheorghiţas Gevatter, denn er hat einst eines seiner Kinder bei der Taufe gehalten und einen schönen Ring von dem Haiduken erhalten, aber jetzt ist er der Anführer der potera *– die Heilige Jungfrau verfluche ihn! Er dringt in den Wald und nähert sich der Lichtung, auf der Gheorghiţa und seine Freunde haltgemacht haben. Dort*

hält Ştefan seiner potera *folgende Rede (es ist die* potera *von Buzău – der Herr möge sie vernichten!): ›Haltet an, meine Kinder, auf daß wir eine Ladung auf Gheorghiţa abfeuern, denn er ist sehr gefährlich und kann uns alle töten!‹*
Darauf hebt er sein zerschrammtes Gewehr, mit Silberkugeln gefüllt, legt an auf den Haiduken und trifft ihn genau, wo die Seele sitzt, unter dem Bauchnabel, wo es die Tapferen besonders schmerzt.
Gheorghelaş greift mit der Hand nach seiner Wunde, zieht einen Ring hervor und spricht: ›In dem Vertrauen, das dir, Ştefan, fehlt (verräterischer Gevatter!), ich schenkte dir diesen Ring, und du bringst mich damit um. Aber muß ich auch bald sterben, will ich dir doch noch eins auf den Pelz brennen!‹
Und nimmt seine Muskete, lehnt sich an einen Felsen und zielt auf Ştefan – da kommt der Tod und nagelt ihn auf der Stelle fest!
Drei Tage lag er da. Niemand wagte sich ihm zu nähern, alle hatten Angst davor! Schließlich kam Beşg Ilie, schnitt ihm den Kopf ab, entfernte das Hirn und trug den Kopf nach Bukarest. Alle, die er auf dem Weg traf, alle, die den Kopf von Gheorghelaş sahen, brachen in Tränen aus, so schön war er! . . .«

Wir hatten dem Hirten hingebungsvoll wie in der Kirche zugehört. Als seine Ballade zu Ende war, folgte er seinen Schafen, ohne sich noch einmal nach uns umzusehen. Das tat uns weh, denn es hätte uns gefallen, wenn er sich unserer Anteilnahme an seiner Erzählung gegenüber empfänglicher gezeigt hätte, denn im Grunde war es unsere Geschichte. Floarea Codrilor schien sehr bewegt. Lange betrachtete sie starren Blicks die beiden frisch gesetzten Kreuze. Als sie sich zu ihrem Pferd wandte, seufzte sie abgrundtief und sagte: »In dieser Welt endet alles mit einem Haidukenlied . . .«

II *Der Sterbende von Bisoca*

Um in die Moldauregion zu gelangen, mußten wir nur den Bezirk von Râmnicu-Sărat durchqueren. Die Vorsicht riet uns, die Bergkette und ihre brüderlichen Wälder nicht aus den Augen zu verlieren, im Falle der Gefahr eine sichere Zuflucht. Floarea war fest entschlossen, nichts zu unternehmen und nichts zu riskieren, ehe sie sich nicht mit den anderen Haidukenanführern in Tazlău abgesprochen hatte. Sie hoffte, bei diesem Zusammentreffen für alle Haiduken einen ganz neuen Kampfplan durchzusetzen. Außerdem waren wir gering an Zahl, gerade zwanzig. Wir brauchten mindestens noch einmal zwanzig »berittene Gewehre«, um richtig angreifen und uns entsprechend verteidigen zu können.
Aber der Mensch ist nicht Herr seiner Handlungen. Ein unvorhergesehenes Ereignis, ein Zufall ließ uns am Tag unseres Aufbruchs eine Heldentat vollbringen, die die Frau, die wir zur Anführerin gewählt hatten, berühmt machen sollte.

Am Abend dieses ersten Reisetages, nachdem wir die Weideflächen des Pentelău hinter uns gelassen hatten, erreichten wir in einer gebirgigen und bewaldeten Gegend das Dorf Bisoca, wo wir einen Teil der Nacht verbringen wollten. Die Bande schlug das Lager auf, nicht ohne sich zuvor vergewissert zu haben, daß alles ruhig war. Ein kleiner verfallener Bauernhof, den wir verlassen glaubten, diente uns als Unterkunft. Zuerst versorgten wir die Tiere mit einem Hafersack um den Hals. Ein tüchtiges Feuer, in der Mitte des Hofs entzündet, sollte unsere verfrorenen Knochen aufwärmen. Movila, unser Koch, briet schnell zwei Milchlämmer. Mit einem guten Stück Käse und einem Krug Wein dabei konnte jeder seinen Hunger stillen.
Nach weniger als einer Stunde waren wir satt. Die vier Gefährten, die Posten standen, kamen ihrerseits, sich zu stärken, dann wechselten wir uns zu viert jede halbe Stunde mit dem Wacheschieben ab.

Die Nacht war eher feucht als kalt. Wir sprachen wenig, reinigten unsere Waffen, dösten vor uns hin und drehten der Glut mal den Rücken, mal die Brust zu. Von Zeit zu Zeit erleuchteten die Flammen der trockenen Äste den Hof und das alte Gemäuer ohne Türen und Fenster mit eingestürzten Dächern. Jetzt konnte man alle Einzelheiten dieses verlassenen Ortes erkennen.
Floarea hatte ständig einen düsteren Winkel des Hofs im Auge und sagte: »Ich glaube, daß hier ein menschliches Wesen lebt, oder daß sich wenigstens tagsüber hier jemand aufhält. Schaut euch einmal die Hütte in der Mauerecke

an. Sie ist frisch verputzt, die Tür ist in gutem Zustand und eine Axt liegt daneben.«
Unsere Blicke richteten sich auf die angezeigte Stelle, aber niemand machte sich die Mühe, sie sich aus der Nähe anzusehen. Es ging uns einfach zu gut am Feuer. Und was hatten wir schließlich von dem Unglücklichen, der diese Hütte bewohnte, zu befürchten? Floarea gab ebenfalls nicht mehr acht darauf, wickelte sich in ihre Decke ein und drehte der Hitze den Rücken zu. Ein wenig später erklärte sie, ein schwaches Stöhnen gehört zu haben. Ich stand auf und ging in die Dunkelheit: »Unsere Anführerin hat recht! Jetzt ist Licht in der Hütte! Man kann es durch die Türritzen sehen.«
Alle liefen hin. Floarea stieß die Tür vorsichtig auf. Wir sahen einen mageren, bärtigen alten Mann. Er lag auf einem Bretterlager, das Gesicht himmelwärts gerichtet und beide Hände über der Brust gefaltet. In den Händen hielt er eine brennende Kerze. Auf seiner Brust, fast unter dem Kinn lag dazu noch eine kleine Ikone der Jungfrau Maria. Der Mann ruhte in schweren Kleidern auf einem Strohsack. Dicht beim Bett ein Krug. In der Ecke eine Truhe mit abgetragener Kleidung. Die Feuerstelle schien lange schon erloschen zu sein. Bei unserem Erscheinen richtete der Greis seine in tiefen Höhlen liegenden Augen auf uns und zeigte sein Erstaunen: »Ich habe euch nicht kommen hören ...«, sagte er mit fast klarer Stimme, »ich bin taub.«
»Nur taub, das wäre nicht schlimm«, rief Floarea. »Aber du bist dazu noch sehr unglücklich. Was hast du? Wer bist du?«

Er erwiderte, ohne seine Lage zu verändern: »Es hat keinen Sinn mit mir zu sprechen... Ich bin taub wie ein Grab.«

Unsere Freundin war hellhörig geworden. Mit dem Gefühl von Machtlosigkeit gab sie ihm durch Zeichen zu verstehen, daß wir ihm in seiner Not helfen oder ihm wenigstens zu essen geben wollten.

»Zu spät! Brauche nichts mehr... Jetzt warte ich auf den Tod, schöne *Domnița*[1]!«

Floarea bat uns, das Feuer im Herd zu entzünden und süßen Wein in einem Topf zu erhitzen. Der Mann weigerte sich hartnäckig, von dem Getränk zu kosten und meinte, das Feuer sei überflüssig: »Ich fühle nichts... ich sterbe ... ihr seht doch, ich ›halte mir‹ die Kerze. Ich will meine Seele nicht wie ein Hund aushauchen. Und vielleicht wäre der Tod schon gekommen, wenn ich nicht Angst hätte, meine Kleider in Brand zu setzen. Seit drei Tagen tue ich nichts anderes, als die Kerze an- und auszumachen... Acht Tage bin ich schon im Bett, ohne zu essen und zu trinken... es geht zu Ende, ich sterbe.«

Er löschte seine Kerze aus und legte sie sich auf die Brust: »Alles, was ihr für mich tun könnt, da der Herr euch einmal zu mir geschickt hat, ist, auf mein Ende zu warten und dann die Kerze anzuzünden... So muß ich nicht befürchten, bei lebendigem Leibe zu verbrennen und kann noch diese Nacht sterben. Tut es um meiner armen Seele willen und beerdigt mich dann. Gott möge eure Wege beschüt-

[1] Herrin, Tochter eines Fürsten oder seine Frau, wenn sie jung ist

zen. Ihr seid Haiduken, ich erkenne euch an euren Waffen und an eurer Menschlichkeit.«
In den Zügen des Sterbenden lag trotz seines Elends eine gewisse Würde, vielleicht durch das tapfer ertragene Leid. Seine Worte waren gleichfalls achtungsgebietend, und er drückte sich gewandt aus. Dennoch war er offensichtlich ein Bauer oder ein ehemaliger kleiner Grundbesitzer. Aber woher kam seine außergewöhnliche Traurigkeit? Welche Geschichte verbarg sich hinter diesem Leben, das sich allmählich davonmachte?
Unsere Anführerin bot alle ihre Kräfte auf, ihm ihren Wunsch, mehr darüber zu erfahren, mitzuteilen. Auf der Truhe neben seinem Lager wärmte sie ihm die Hände und drängte ihn mit Zeichen. Er verstand: »Ach ... schöne Domniţa ... Auf dem Sterbebett fängt man nicht gerade an, sein Leben zu erzählen. Das ist eine lange Geschichte ... Mein Atem ist kurz. Mein Leben und mein Unglück ist das eines ganzen Landes ... Das müßtet ihr Haiduken ebensogut wissen wie ich.«
Der Greis schwieg. Er schien nachzudenken. Seine Augen starrten in die Flammen der Feuerstelle, die auf seinem abgezehrten bärtigen Gesicht tanzten. Dann wandte er den Kopf uns zu, die wir in einer Traube im Türrahmen standen, überaus neugierig zu erfahren, wer dieser Sterbende war, der so verlassen war, daß er sich seine Kerze selber halten mußte.
Mit Gesten bat Floarea ihn fortzufahren. Und er begann zu erzählen: »Da ich weiß, daß ihr mir helfen werdet, wie ein Christ zu sterben und mich beerdigen werdet, will ich

versuchen, euch mein Leben zu erzählen, soweit der Tod es mir gestattet.
Nicht immer war ich so elend wie zu dieser Stunde. Wie die meisten Leute früher stamme ich von einer Familie von Kriegern ab, die unter den einst guten Fürsten den Boden unseres Landes verteidigt haben. Meine Eltern waren *răzeşi*[1]. Damals gab es in Rumänien nur den Fürsten, der wachte und kämpfte, seinen Bojarenrat aus fast ausnahmslos aufrichtigen Männern, uns răzeşi und nur wenige Taugenichtse, die man in jeder Gemeinde an einer Hand abzählen konnte. Meine Vorfahren besaßen mehr Ackerboden, Wälder und Weiden, als sie nötig hatten.
Aber die folgenden Zeiten veränderten das Gesicht der Welt. Die guten Fürsten verschwanden. Die Bojaren vermehrten sich wie Unkraut, wurden ungerecht und habsüchtig und gierten nach der Macht, und sei es auch nur für einige Monate. Da der Thron damals wie heute in den Händen der Türken war und an den Meistbietenden versteigert wurde, brauchten die Bojaren vor allem viel Geld, um sich mächtige Verbündete im Land zu machen und in Stambul die Günstlinge des Sultans zu kaufen. Von da an herrschten Raub und Plünderung. Die *răzeşi* brauchten sie nicht mehr, sondern viel Boden, und um ihn zu bearbeiten, viele Leibeigene.
Es war ganz einfach. Ab und zu verrückten ihre Diener auf unseren Feldern die Grenzsteine um ein Stück. Das Herrschaftsgebiet des Bojaren breitete sich seuchenartig aus.

[1] Bauern, kleine Grundbesitzer

Die Papiere gingen immer verloren. Wir konnten ihnen nichts nachweisen. Aber wir sahen mit bloßem Auge, wie unsere Rechte auf Gottes Erde dahinschwanden. Klagen? Bei wem? Die uns beraubten, waren gleichzeitig Richter beim Diwan. Sie kauften ein paar falsche Zeugen, einen Unterpräfekten, einen Popen, zwei oder drei Säufer. Unsere Zeugen wurden nie angehört.
Hinzu kamen zwei Übel, die uns schließlich zugrunde richteten. Die Steuer ›auf alles Bewegliche und Unbewegliche‹ und für die, die nicht zahlen konnten, die Auspeitschung. In weniger als zwei Generationen vergaßen wir unsere Vergangenheit. Der einstmals stolze Mensch wurde zu einem verängstigten Tier, das seinen Hut vor jeder Vogelscheuche zog, die zeternd vor seiner Haustür auftauchte. Der Fleißigste wurde zum Faulenzer, der Weiseste zum Säufer. So teilte sich das Land in Leibeigene und Bojaren, und manche dieser Bojaren besitzen heute bis zu zwanzig Ländereien, die zehn bis zehntausend Hektar groß sind.
Ach! Dieses Unglück zog ein anderes, noch entsetzlicheres, nach sich. Als die Türken und Griechen in Stambul merkten, daß die rumänischen Bojaren ihr eigenes Vaterland wie besetztes Land behandelten, fielen sie wie die Heuschrecken über uns her. Sie wollten bloß gemeinsame Sache mit denen machen, die uns seit langem ausbeuteten, um uns nun in schöner Eintracht mit diesen das Blut vollends auszusaugen. Unsere Bojaren fügten sich ohne große Widerrede, denn ihnen ging es vor allem darum, die eigene Haut zu retten.

Viele unserer Herren traten also auf Kosten unserer Haut in die Gunst der Hohen Pforte. Sie verpachteten einflußreichen Griechen eine oder mehrere Ländereien und akzeptierten sie nicht selten als ihre Schwiegersöhne. Diese Pachtverträge ließen uns den Tag verfluchen, an dem unsere Mütter uns zur Welt gebracht hatten. Wir sanken auf die Stufe versklavter Zigeuner. Ja, sogar noch tiefer, denn die Sklaven hatten wenigstens noch zu essen, wir hingegen starben vor Hunger.

Und Türken und Griechen stürzten sich um die Wette auf unsere Töchter und unsere Frauen.

Ach! Erbarmungsloser Herrgott! Wehe der Ärmsten, die, verheiratet oder nicht, schön war und dem Eindringling gefiel! Wehe dem armen Jungen, wenn er den Türken über den Weg lief! Entehrung, Folter und Tod erwarteten sie, oft vor den Augen ihrer Eltern, die manchmal mit umgebracht wurden.

Und nun zu meiner eigenen Geschichte: Als um 1821 Ypsilanti und seine *Hetärie*[1] die Griechen in den Krieg gegen die Türken riefen, war ich noch ein wohlhabender Mann. Ich wohnte mit meiner Frau und unseren beiden Kindern, einem Mädchen von zwanzig und einem Jungen von zwölf Jahren, in einem Landkreis am Donauufer. Der erstgeborene Sohn war verheiratet und lebte in einer benachbarten Gemeinde.

Zu jener Zeit konnten wir Gott noch danken. Obwohl wir

[1] griechischer Geheimbund zur Befreiung der Griechen von der türkischen Besetzung

vom Leben schwer geprüft und auf das Nötigste beschränkt waren, hatten wir weder Verluste unter den Unsrigen zu beklagen noch physische Gewalt zu erleiden. Aber da erklärten die Griechen den Türken, ›unserem gemeinsamen Feind‹, wie sie sagten, den Krieg. Wir sollten uns darüber freuen. Sie waren Christen wie wir und ihre Sache die richtige. Eine Schwächung der osmanischen Macht konnte uns nur gut tun.

Ach, Worte! Zauber der Worte! Brot der Armen und Glück der Tyrannen!

Die griechischen Horden, vaterlandslose Gesellen ohne Glauben, verwechselten den Aufstand mit einem Raubzug, hielten Rumänien für ein türkisches *vilaiet*[1], und ehe sie den *hanger*[2] ihres Herrn fühlten, stürzten sie sich mit wahrem Enthusiasmus auf unsere Frauen und unsere Habe.

Vergeblich verkündete Ypsilanti, der einzige rechtdenkende Mensch und der einzige Patriot der Hetärie, daß unsere Erde heilig sei, und vergeblich statuierte er unter den Schuldigen einige strenge Exempel.

Aber wie sollte es auch anders sein, wenn schon die tapferen rumänischen Panduren unter unserem Tudor Vladimirescu, dem rumänischen Ypsilanti, dem Vergnügen nicht widerstehen konnten, den abschreckenden Hinrichtungen durch den Strick zum Trotz, unsere Mädchen zu vergewaltigen und alles, was ihnen unter die Finger

[1] türkischer Verwaltungsbezirk

[2] Krummdolch

kam, mitgehen zu lassen! Und wenn auch das Scheitern der Hetärie in den Donaufürstentümern dem griechischen General eine große Enttäuschung bereitete, die er nur dadurch überwand, daß er öffentlich die Verantwortung für das gescheiterte Unternehmen seinen Nichtsnutzen zuschob, so bezahlte der arme Tudor, den die Seinen verraten und verkauft hatten, mit seinem Kopf.
Ich freue mich zu sterben und nichts mehr von der Welt zu wissen! Diese schreckliche Meute, die schlägt oder geschlagen wird und kaum die Mitte zwischen diesen beiden Scheußlichkeiten kennt! Heute weiß ich, daß die Herren der Welt unmenschlich sind, die Welt aber um kein Stück besser ist als ihre Herren. Schade um die Gerechten der Erde!
Mit den Banden der Hetärie zogen wir uns mehr recht als schlecht aus der Affäre. Unsere Gemeinde hatte nicht allzuviel darunter zu leiden, einige Vergewaltigungen, einige Überfälle, aber kein Mord. Ich verteidigte meine Familie wie eine Wölfin ihre Jungen. Mein Sohn kam mit einigen materiellen Schäden davon. Wir hielten die Gefahr für gebannt, als eines schönen Morgens die Bevölkerung gewarnt wurde, daß die türkischen Soldaten das Land mit dem Ziel besetzt hätten, die Griechen zu verfolgen und die Hetärie im Keim zu ersticken.
Diese Besatzung! Obwohl wir mit dem Aufstand der Griechen nichts zu tun hatten und der Padischah ›für das Leben und die Habe seiner treuen raias‹ bürgte, mußten wir für die Zeche aufkommen.
Zum erstenmal hatten wir Bauern Gelegenheit, uns dar-

über klar zu werden, daß sich die Welt in Starke und Schwache teilt, daß die Starken sich untereinander nicht auffressen, und daß die Schwachen keine Heimat haben.
Sobald die türkische Armee in unserem Land Fuß faßte, war es die patriotischste Sorge der Bojaren, ihr Vermögen vor den Verwüstungen in Sicherheit zu bringen, die seitens der muselmanischen Soldaten zu befürchten waren. Die berüchtigten *otuzbirs* waren für ihre Roheit bekannt. Der türkische Kommandant sicherte jedem Herrn im Austausch gegen gespickte Goldbörsen einen Bürgen zu, meistens einen Aga. Dieser Aga wurde bewirtet, untergebracht und anständig bezahlt und hatte die Aufgabe, den Hof des Bojaren zu verteidigen, für den er gegen die Angriffe der *otuzbirs* bürgte.
Das bedeutete den Frieden für unsere Herren, aber wieviel menschliches Stöhnen dieser Frieden kostete, dafür waren allein schon die Klagen unserer Kinder beredt genug!
Kein Ruin und keine Trauer dieser finsteren Zeit kommt den Leiden gleich, die die Haut der kleinen Kinder ertragen mußte.
Ich rede erst gar nicht von den Lösegeldern in Silber und Naturalien, die die Bauern der Unterhalt der türkischen Armee kostete. Bald hatten viele nicht einmal mehr das Hemd auf dem Leibe und mußten, vom *topuz* verstümmelt, in die Berge flüchten, nachdem sie Heim und Familie verloren hatten. Auch ich war dabei, aber ich vergoß nicht eine Träne um den Verlust meiner Güter. Die Habe ist ersetzbar, während die Geschöpfe, die die Lebens-

freude ausmachen, für immer verloren sind. Und diese Geschöpfe wurden bis zum letzten vom Sturm hinweggefegt!
Herrgott! Du bist mächtig, aber du hast kein Herz! Wo ist deine Großherzigkeit?
Hört, Haiduken, was sich in einer Woche eines Menschenlebens zutrug, und sagt mir dann, ob die Tiere den Menschen an Grausamkeit übertreffen.
An einem Samstagabend drang der Aga unseres Bojaren in Begleitung von zwei *otuzbirs* gewaltsam in unseren Hof ein. Diese schrecklichen *başbuzucs* versetzten meine Frau und meine Kinder in Schrecken. Ich ließ sie kommen, ergriff eine Axt und schrie ihnen auf türkisch zu, ich würde jeden, der die Schwelle meines Hauses beträte, erschlagen. Kaum hatte ich diese Drohung ausgesprochen, als ein flacher Hieb mit dem *hanger* gegen die Brust mich zu Boden warf, wo ich die Besinnung verlor.
Als ich wieder zu mir kam, den Mund voller Blut, sah ich meine Frau erwürgt in einer Zimmerecke. Die Finger ihrer Hand umklammerten ausgerissene Schnurrbarthaare. Die Tochter und der Kleine waren nicht mehr da. Von neuem wurde ich ohnmächtig. Spät in der Nacht kam ich wieder zu mir, fühlte meinen Körper in kalten Schweiß gebadet und verstand durch den Schmerz, der meine Brust zerwühlte, daß alles, was ich für einen Alptraum hielt, wahr sein mußte. So verging die Nacht.
Am Morgen des folgenden Tages, einem Sonntag, läuteten die Kirchenglocken traurig den Todeskampf eines niedergemetzelten Volkes ein. Ein Nachbar kam und gab mir ein

wenig Branntwein zu trinken. Er war bei meinem Sohn gewesen, der mit seiner Frau in einem Dorf in der Nähe lebte und mir vorschlug, mich in seinem Speicher zu verstecken. Ich konnte keinen Finger rühren, noch weniger aufstehen und die zwei Kilometer zu Fuß gehen.
Der Bauer ging weg und schickte Frauen, die sich um die Tote kümmern sollten. Ein anderer Bauer kam am darauffolgenden Tag und berichtete, wie die *otuzbirs* die Kirche geplündert hätten, wie sie ihre Pferde hineinführten, die Heiligenbilder zertrümmerten und die Wertgegenstände herausschleppten, um sie auf der Straße zu verkaufen. Überall verstreut lagen Blätter der zerfetzten heiligen Bücher und der alten Urkunden. Unser guter Priester, den die Türken für reich hielten, wurde solange gefoltert, bis er seine Seele aushauchte.
›Das ist das Ende der Welt!‹ fügte der Bauer hinzu. ›Die Gemeinde ist fast verlassen. Nur der Bojar bleibt ungeschoren, sein Aga verteidigt ihn und kostet ihn nur Geld. Aber uns kostet dieser Bürge das Leben.‹ Mühsam stand ich auf und schleppte mich bis zum Hof unseres Herrn, den man einen der ›sieben Pfeiler des Landes‹ nannte. Der gute ›Pfeiler‹ weigerte sich, mich anzuhören. Sein Verwalter rief den Aga und wagte es, ihm schüchtern das an meiner Familie begangene Verbrechen vorzuwerfen. Er bat ihn, mir meine beiden Kinder zurückzugeben.
›Wie bitte?‹ schrie der sogenannte ›Bürge‹ auf. ›Keine Mädchen und Jungen mehr nehmen? Das geht nicht, *bre*[1]!‹

[1] türkischer Ausruf des Erstaunens

Der Verwalter, dem es nicht an einem guten Herzen fehlte, versicherte mir, daß er alles tun würde, was in seiner Macht stünde, um meiner Tochter, die der Aga selbst im Hof des Bojaren eingesperrt hatte, zur Flucht zu verhelfen. Was den Jungen anging, so war er noch in den Händen der *otuzbirs*.

Ich ging zurück zu meinem Haus, wo meine Frau, von Kerzen umrahmt, auf zwei Tischen aufgebahrt lag, inmitten von klagenden Frauen.

Mein ältester Sohn kümmerte sich allein um die Beerdigung. Ich konnte mich nicht auf den Beinen halten. Meine Brust war schwarz, ich bekam keine Luft mehr und glaubte zu sterben. Das veranlaßte meinen Sohn, an diesem Abend bei mir zu bleiben. Er weinte die ganze Nacht.

Am nächsten Mittag, ich war allein, stürzte ein Mann in den Hof und schrie: ›Vasile! Vasile! Lauf schnell, die *otuzbirs* wollen deinen Jungen auf dem Kirchplatz »zum Türken machen«!‹

Ich sprang, als hätte ich keine Schmerzen. Inmitten einer großen Menge vor der Kirche hatte man meinen Jungen auf einen Stuhl gesetzt. Er war völlig teilnahmslos und hatte blaue Flecken im Gesicht. Ein Türke wickelte ihm ein langes Bauerntuch um den Kopf und schrie: ›Von nun an ist dieses Kind Türke, und wer es anrührt, wird umgebracht!‹

Kraftlos hob ich die Arme und heulte: ›Heiden! ... Das ist mein Kind!‹

Im selben Augenblick sah ich, wie mein großer Sohn Hals über Kopf herbeistürzte. Barhäuptig, mit aufgerissenen

Augen, in jeder Hand eine doppelläufige Pistole. Er feuerte viermal auf die *otuzbirs* und brachte drei um.
Das war alles, was ich sah, denn das Blut schoß mir aus Mund und Nase, und ich brach zusammen.
Zwei Tage lang schwebte ich zwischen Leben und Tod, nicht wissend, was in meinem Haus geschah. Leute hatten mich hingebracht.
Meine Augen wären besser für immer geschlossen geblieben, denn im Haus warteten meine beiden Söhne, die gleich nach meiner erneuten Ohnmacht umgebracht worden waren, darauf, mit ihrer Mutter vereinigt zu werden.
Es war der Donnerstag meiner Passionswoche.
Am Freitag war meine Tochter an der Reihe, den Weg der anderen zu nehmen. Sie ging nicht allein. Dem Aga entkommen, hatte sie bei ihrer Schwägerin, der Witwe meines Sohnes, Zuflucht gesucht. Sie wurden zusammen erwürgt.
Ist es nicht wahr, daß die Schultern eines Mannes allein zu schwach sind, um all das in einer Woche zu ertragen?
Gut. Ihr werdet sehen, daß nach Ablauf von siebenundzwanzig Jahren, das heißt, heute vor sechs Jahren, ein weiteres Unglück meine alten Schultern niederdrückte.
Es blieb mir eine Tochter von sechzehn Jahren, die hier in Bisoca wohnte, in diesem Bauernhof, den ihr in Trümmern seht, und der meinem Bruder gehörte. Der arme Mihai war zwar zärtlich und auch wohlhabender als ich, hatte aber nie heiraten wollen. Mit Recht sagte er sich, ›je mehr man sich an die Wesen hängt, die man liebt, um so unglücklicher wird man, wenn man sie verliert.‹ Der Verlust eines geliebten Hundes hatte ihn zu dieser Überzeu-

gung gebracht. Doch konnte er nicht der Liebe widerstehen, die er für meine Tochter Măriuca empfand. Sie erwiderte diese Liebe, und so bat er mich, sie seiner Obhut zu überlassen.

›Ich werde sie an einen vortrefflichen Jungen verheiraten und ihr mein ganzes Vermögen hinterlassen.‹

Ich gab sie in seine Hände. Sie war damals gerade zwölf Jahre alt. Seither hatte ich beide nicht wiedergesehen, denn ich hatte schwere Zeiten durchgemacht, und Bisoca lag acht Tagesreisen mit dem Wagen von meinem Haus entfernt. Aber nun, da ich meine Familie und fast die ganze Habe verloren hatte, spannte ich zwei Pferde an, verließ den Ort des Unglücks und stürzte mich in ihre Arme.

Für mich sollte das Leben voller Tränen bleiben. Zehn Jahre lang. Meine Augen waren so ausgetrocknet, daß ich sie nicht mehr schließen konnte. Ich wurde für die Bauern aus Bisoca zum ›Gespenst aus dem Buchenwald‹.

Meine Tochter, jung und lebenslustig, wurde von ihrem Onkel verwöhnt und dürstete nach Liebesglück. Sie gab den geliebten Toten ihren Tribut an Tränen und kehrte dann schnell wieder zu der Fröhlichkeit der Jugend zurück, die ihre Ansprüche auf sie geltend machte. Es wäre nicht recht gewesen, ihr das übelzunehmen. Der gute Mihai hingegen, durch mein Unglück bis ins Herz getroffen und in der Richtigkeit seiner Lebensauffassung bestätigt, nahm die Hälfte meiner Schmerzen auf sich, ein Mensch, der dazu geboren war, mitzuleiden. Mit Inbrunst marterte er seine Seele und verlosch wie ein Heiliger zwei Jahre nach meiner Ankunft in Bisoca.

Ich blieb allein mit meinen Tränen, meinem Wald und meinen Schafen. Meine Tochter vergaß ich. Sie dagegen suchte nach Zärtlichkeit und machte sich die Weltanschauung ihres Onkels, was die Gefährlichkeit der Gefühle anging, in genau entgegengesetzter Weise zu eigen. Sie weigerte sich gleichfalls, eine Familie zu gründen, aber aus Mangel an Mutterliebe und um sich desto ungestörter einem ausschweifenden Leben voller zügelloser Leidenschaften hingeben zu können. Während ich also durch die Wälder streifte, machte Mǎriuca auf den *clacas*[1] die Runde. Die Unglückliche wurde schwer gestraft, denn mit fünfundzwanzig Jahren ließ sie sich ein Kind machen, das ihr das Leben kostete, als es zur Welt kam.
Ihr Tod berührte mich nicht über die Maßen. Ich hatte mich daran gewöhnt, getrennt von ihr zu leben. Ich betrachtete sie als fremd in unserer Familie. Hingegen vernarrte ich mich in ihr Kind, ein liebes, kleines Mädchen, das mein Leben mit Freude und Glück erfüllte.
Keine Tränen, keine Verzweiflung mehr. Eine süße Last gab meinen alten Tagen jetzt wieder einen Sinn. Meine Toten nahmen in ihr wieder Gestalt und Leben an, ihre Zärtlichkeit strahlte in den schwarzen Augen meiner kleinen Anghelina. Ich umsorgte sie mit einer Liebe, die das Kind eines Fürsten neidisch gemacht hätte, und das Herz ging mir so über, daß die Bauern glaubten, ich hätte den

[1] Lange, vor allem im Winter gemeinsam verbrachte Abendstunden unter Bauern, in denen Jungen und Mädchen gemeinsam arbeiten und sich mit Spielen, Singen und dem Erzählen von Märchen vergnügen

Verstand verloren. Mit meinen sechzig Jahren kletterte ich bis in die Wipfel der Bäume, wo ich für sie den Kuckucksruf nachahmte. Ich zog das Fell eines Bären über, den ich selber erlegt hatte, und tanzte vor Anghelina, die, sechs Jahre alt, mit ihren Händchen auf meinen Rücken trommelte und dazu sang – nach Art der Zigeuner, wenn sie ihre dressierten Bären tanzen lassen:

Tanz schön, lieber Marin!
Brot und Oliven geb ich dir hin!

Ach, lieber Gott! Ein Affenzirkus von morgens bis abends, um sie zum Lachen zu bringen! Ihre Stimme klang wie die höchsten Töne eines Akkordeons. Selbst die Müdigkeit erschien mir wie eine Lust, wenn ich im Winter mit Anghelina auf dem Rücken und dem Schlitten unterm Arm hundertmal am Tag den Hügel hinaufstapfte und bis zum Bauch im Schnee versank – bis zur Atemlosigkeit. Aber kein Großvater war glücklicher als ich, wenn ich mit meiner Puppe auf den Knien den Hang hinuntersauste.
Völlig in Anspruch genommen von Anghelina, erlebte ich die schönsten Jahre meines Lebens, meines ganzen Lebens. Nur machte mir mein hohes Alter, als sie auf die fünfzehn zuging, einige Sorgen. Ich mußte an das Schicksal der Kleinen denken, das ihr bevorstand, wenn ich eines Tages von ihr gehen mußte. Sie war schön wie jede Frucht einer verbotenen Liebe. Als wäre sie gezeugt von einer schönen Zigeunersklavin und einem ebenso schönen Grundbesitzer, die beide in einer Sommernacht den

Verstand verloren hatten. Ihr Charakter war dem unseren ähnlich, ihrer Mutter glich sie nicht. Sie liebte mich und zeigte mir zärtlich ihre Zuneigung. Sie war brav und häuslich. Ihre Spaziergänge führten sie nicht über die nähere Umgebung hinaus. Niemals ging sie allein. Ob zu Fuß, zu Pferd oder im Wagen, wir waren unzertrennlich. Und da ihre Schönheit nur von ihrem Mitgefühl übertroffen wurde, war sie bald der Engel all derer, die der Winter ohne Holz, Mehl oder Käsevorrat überraschte.
Wie, grausamer Gott, hätte ich in diesem großen Glück an den Feind denken können, der von weitem sein Auge auf meine Anghelina, meinen Lebensinhalt, geworfen hatte? Warum war es mir nicht vergönnt, mein früheres Unglück zu vergessen, das zu genießen, was ich für eine göttliche Entschädigung hielt, und die Wildheit des Menschen nicht mehr zu fürchten? Hatte ich sie nicht genug mit dem Blut der Meinen getränkt?
Hätte ich indessen eine einzige Minute die selige Trunkenheit eines verrückten Alten abgestreift, wäre es mir ein leichtes gewesen, diesen Feind zu erkennen, denn mehrmals hatte ich meine Augen in seine gesenkt und seine Stimme gehört.

Er war der Klostervorsteher von Orbu, ein kutzovlachischer Bandit, der aus Mazedonien stammte, dieser Gegend, deren Einwohner die Nationalität öfter wechseln als das Hemd und oftmals weder Rumänen noch Griechen noch Bulgaren noch Menschen sind. Er war als großer Intrigant bekannt und hatte einflußreiche Beschützer,

aber über sein Treiben als Lüstling waren nur Gerüchte im Umlauf. Sein Kloster gehörte zu denen, die den armen Bauerngemeinden die meisten Ländereien und bewaldeten Berggebiete weggerafft hatten. Auf seinem Land wimmelte es nur so von versklavten Zigeunern.
Der *stareț* von Orbu geruhte zuweilen, unsere Sonntagabendmessen mit seiner Gegenwart zu beehren. Ich war dort regelmäßig mit Anghelina. Er sah das Täubchen und wickelte es mit seinen flammenden Blicken ein. Seitdem wurden seine Besuche häufiger, bis er eines Sonntags auf uns zukam, mich ansprach, seinen rechten Handrücken an unsere Lippen führte, darauf beide Hände auf den Goldkopf des jungen Mädchens legte und sie mit heißen Worten segnete: ›Möge dich die himmlische *pronia*, meine schöne Anghelina, schützen und deine Schritte auf den Pfad des Glücks lenken. *Amen.*‹
Die Bauern, die Zeugen dieser Auszeichnung wurden, beneideten uns. Acht Tage später beneideten sie uns nicht mehr, als ich mit Anghelina zu einem Spaziergang in die Wälder aufbrach und wir von einer bewaffneten Bande überfallen wurden, die mein Kind blitzartig entführte und mich leblos zurückließ. Ein Hagel von Knüppelhieben auf den Kopf hatte mir sofort jeden Begriff vom Bestehen der Welt geraubt und ließ mich glauben, diese sei gleichzeitg mit mir verschwunden.
Ich bin nicht gestorben, denn ich muß wie die Katze ›sieben Leben‹ haben, aber seither sind meine Ohren taub und gleichgültig gegenüber jedem Geräusch.
Das ist jetzt sechs Jahre her.

Das Kloster Orbu, dieses Nest weltlicher Lust und göttlicher Heuchelei, beherbergt in seinen Mauern immer noch dieses Ungeheuer, das sich ›Superior‹ nennt.
Meine Anghelina ist dort nicht mehr!
Drei Monate nach ihrer Entführung habe ich das Bett verlassen und bin, ein tauber und kraftloser Greis, nach Bukarest gegangen, um mich beim Diwan des Landes zu beschweren. Ein wenig verärgert über diese Klosterskandale, versprach der Diwan mir, eine Untersuchung durchzuführen. Diese stellte schließlich fest, daß ›diese Anghelina, die Tochter einer mannstollen Frau, vielleicht nicht ganz so unschuldig war, wie ihr Großvater behauptete ...‹
So war alles, was ich erreichen konnte, daß die Tore des Klosters sich sechs Monate nach dem Tag, an dem sie sich hinter meinem Kind geschlossen hatten, wieder öffneten und Anghelina in meine Arme fiel. Aber das war nicht mehr meine Enkelin. Das war ein Gespenst.
Den Klang ihrer Stimme konnte ich nicht mehr hören. Aber das war nicht notwendig, denn sie sprach nicht, hatte halb den Verstand verloren und starb nach drei Wochen.
Ich habe mich von der Welt getrennt, habe den Hof verlassen und nur noch Brot und Wasser zu mir genommen, um schneller ein Ende zu machen.
Aber ihr seht, sogar der Tod ist hart gegen die Unglücklichen!«

Das Pferd wartet nicht auf eine Einladung zum Haferfressen, sagt man bei uns, aber der Haiduk wartet noch viel weniger darauf, seinen Rachedurst zu stillen.

Als wir wieder ums Feuer versammelt waren und unsere Anführerin die unbeweglichen Gesichter ihrer Männer mit einem Blick um Rat zu fragen schien, las sie darin von einem zum anderen Ende der Reihe nur eine einzige Antwort: »Ja«, sagten diese kupferroten Gesichter, »den Superior von Orbu strafen. Es muß sein!«
»Abgemacht«, entschied Floarea Codrilor. »Aber ich warne euch, daß von allen Potentaten der Erde die Mönche diejenigen sind, die sich am besten verteidigen können ...«
»Um so besser, um so besser!« schrien wir, Spilca der Mönch als erster.
Ilie der Weise hatte sich jedoch nicht gerührt. Alle Blicke richteten sich auf ihn.
»Was sagst du dazu, Ilie?«
»Ich bin der gleichen Ansicht wie Floarea. Die Mönche wissen sich auf Erden wie im Himmel zu verteidigen ...«
»Das ist nicht alles«, hob unsere Anführerin wieder an. »Ihr wißt nicht, daß der Superior von Orbu der frühere Prior des Klosters von Snagov ist, der schreckliche Vater Kiriac ...«
»Vater Kiriac? Dieses Ungeheuer?«
»Genau der. Der Mann, dessen Intrigen drei tapfere Bojaren, aufrichtigen Patrioten, die Köpfe kosteten, und der einen Terror entfesselte, der die Bevölkerung eines ganzen Landkreises dezimierte. Des weiteren wißt ihr nicht, daß dieser Hund mich sehr wohl kennt. Ich habe zu seiner Zeit in Snagov gewohnt, ich war sein Gast und er der meine, bevor er sich als der, der er wirklich war, zu erkennen gab. Bei der Erzählung meiner Geschichte habe ich es nicht für

nötig gehalten, euch alles zu erzählen. Ihr habt es auch nicht getan. Man lernt sich mit der Zeit kennen.
Gut, ihr sollt also wissen, daß ich, bevor ich nach Konstantinopel ging, in Snagov, nicht weit von Bukarest, ein Haus hatte, das seinerzeit von der sogenannten ›Elite des Landes‹ besucht wurde. Dieses Haus existiert noch heute und gehört mir. Dort bin ich Haiduk auf mein Art gewesen, das heißt, das meiste Wohl dem Volk, das meiste Übel seinen Feinden, aber ohne die Gesetze zu brechen. Im Gegenteil, unter dem Schutz des Gesetzes. Eine Frage weiblicher List. Sie will ich wiederfinden, denn der beste Haiduk ist der, der die Gesetze zu seinen Gunsten beugt.
Wir haben es also mit einem *Geistlichen* zu tun, dieser Geistliche ist *Vater Kiriac*, und dieser Vater Kiriac *kennt mich.*
Es gibt noch einen vierten Punkt, und das ist der wichtigste von allen: das *Unvorhersehbare*, das an dem meisten Unglück im Leben schuld ist.
Es geht nicht allein um Tapferkeit. Ich halte euch allesamt für mutig genug, euch den Kopf an den gepanzerten Toren der Festung einzurennen, die das Kloster Orbu darstellt. Aber was dann?
Nein, Freunde. Sterben ist einfach, Leben ist es weniger. Und während wir jetzt nach Orbu reiten, werde ich an alle diese Schwierigkeiten denken. Denkt ihr auch darüber nach!«

Nach vier Stunden Ritt in der schwarzen Nacht gründlich durchgerüttelt, kamen wir zu dem dichten Wald, der oberhalb von Orbu steht. Menschen wie Tiere waren durch das Brombeergestrüpp und die Zweige völlig zerkratzt. Unsere Laune hatte wie die der Pferde nichts Liebenswürdiges mehr an sich. Und diese Nässe! Sogar unsere Taschen waren voll davon! Verfluchte Jahreszeit! Die Morgendämmerung des neuen Tages kündete sich ebenso düster an wie die Ungewißheit des ganzen Unternehmens. Das ganze Tal, das vom Prior regiert wurde, war verschlungen von einem starren Nebelmeer und lag ebenso finster da wie das schreckliche Kloster, dessen gräuliche Masse auf einer Anhöhe zynisch aus dem Dunst auftauchte.
Movila, unser *vătaf*, drohte ihm mit der geballten Faust. Ein kaum wahrnehmbares Glockenläuten antwortete. Die Mönche machten sich im Gänsemarsch auf, Gott zu bitten, daß das Reich der Klöster auf Erden nie enden möge.
Wir wollten ein Feuer entzünden, diesen ersten Freund des Haiduken nach dem Gewehr, dem Pferd und dem Wein. Floarea war dagegen.
»Kein Feuer! Wir sind am Waldessaum, der Rauch könnte uns verraten. Aber da wir hier den ganzen Tag bis spät in die Nacht verbringen müssen, aber nicht fünfzehn Stunden mit den Zähnen klappern können – wißt ihr, wie man Feuer ohne Rauch machen kann?«
Niemand wußte zu antworten.
»Nun, geht zwei Kilometer weiter, dort findet ihr eine Köhlerei. Gegen diese Kalebasse Branntwein werden euch die Arbeiter soviel Kohlen nehmen lassen, wie ihr wollt.

Versteckt eure Waffen gut und redet nicht zuviel!«
Die düsteren Gesichter hellten sich auf.
»Hoch sollst du leben, Anführerin!« rief Movila. »Ach, jetzt bin ich ganz sicher, der Prior wird heute nacht an einer solchen Geliebten seine wahre Freude haben!«
Zwei Männer machten sich auf und kamen nach einer knappen Stunde wieder, jeder mit einem Sack Kohlen auf dem Rücken.
»Zündet sie nach und nach an und nährt das Feuer gleichmäßig«, befahl Floarea.
Als die Hitze und der dampfende Kaffee aus unseren Bechern die Geister belebten, setzte sie uns ihren Plan auseinander: »Ihr wißt, daß die Haiduken sich gewöhnlich auf den Feind stürzen und ihn töten, ohne sich viele Gedanken über das unschuldige Blut machen, das sie dabei vergießen. Das sollte nur in der Ausnahme gelten. Vergessen wir niemals, daß die Domestiken, die einen Herrn verteidigen, dies nicht immer mit Begeisterung tun. Wir sollten sie soweit wie möglich schonen!
Heute abend wird es keinen Angriff geben, wenn alles so läuft, wie ich vermute. Also. Gegen zehn Uhr werde ich mich mit meinem Sohn beim Prior anmelden und ihn für diese Nacht um seine Gastfreundschaft bitten. Zwei Männer müssen noch dabei sein. Der eine wird Ilie sein. Und der andere?«
»Ich«, sagte Spilca. »Ich war Mönch, ich kenne mich aus.«
»Sehr gut ... Ilie und Spilca werden uns begleiten. Jetzt hört: Die Arbeit wird von uns vieren nach folgendem Plan ausgeführt. Jedes Kloster hat einen Mönch als Pförtner,

der in der Nacht Wache hält, und als Helfer einen versklavten Zigeuner, stark, furchtlos und gefährlich. Sobald wir empfangen werden – und das ist so gut wie sicher, denn ich werde meinen richtigen Namen nennen –, müssen diese beiden Männer aus der Nähe von Ilie und Spilca überwacht werden; ihr bleibt also unten an der Pforte. Falls die beiden verdächtig werden, das heißt, falls der Prior ihnen eine besondere, uns betreffende Anweisung gibt, wird es nötig sein, sie geschickt zu töten und das Tor zu besetzen. Tötet den Zigeuner an der Pforte nicht, bevor er euren Vorschlag, uns zu folgen, abgelehnt hat!
Bis hierhin ist das alles. Was den Prior angeht, so kümmere ich mich alleine um ihn, oder, je nachdem, mit Irimios Unterstützung. Ich hoffe, daß ich Erfolg habe, indem ich mich auf die drei Dinge verlasse, die eben noch gegen uns waren: Er ist *Geistlicher*, folglich ein Mann, der hochbeglückt sein wird, es mit einer schönen Frau zu tun zu haben. Dieser Geistliche ist *Vater Kiriac*, ein Ungeheuer, und wird, gerade weil er mächtig ist, nichts fürchten; schließlich *kennt er mich* als ehemalige Kokotte in Snagov und bedeutende Händlerin von Seiden von der Levante.
Aber! Der vierte Punkt ist gegen uns, das *Unvorhersehbare*. Es lohnt sich nicht, darüber zu reden. Alles, was wir tun können, ist, damit zu rechnen.
Für den Fall, daß dieses Unvorhergesehene meinen Plan durcheinanderbringt, wird Movila, der hier mit seinen vierzehn Männern wartet, es wissen, wenn er uns bis Mitternacht nicht zurückkehren sieht. Wir sind vielleicht

nicht tot, aber gefangen. Dann wird er an das Tor der Klosterpforte anklopfen, immer noch mit der Bitte um Unterkunft, wird die Pförtner überraschend überwältigen und das Kloster mutig stürmen.
Rechnet aber mit dem Schlimmsten!«

Nein und abermals nein! Die früheren Gefährten Cosmas waren nicht an eine so kühl berechnende Anführerin gewöhnt. Sie erhitzten sich lieber die Köpfe mit Wein und zogen es vor, nicht zuviel vorherzusehen und viel aufs Spiel zu setzen. Was den Ausgang eines Abenteuers anging, so war das eben Glückssache. Und schließlich stirbt man nur einmal!
Stattdessen verlangte man nun von ihnen, Fuhrknechte zu spielen, ein ganzes abgestumpftes Volk aufzuklären und sich Handschuhe anzuziehen, um ein Schlangennest auszuheben.
Und der Klosterschatz? Durfte man daran auch nicht rühren? Floarea war wortlos darüber hinweggegangen. Nobel. Aber Haiduken berauschen sich nicht an derartig noblen Einstellungen.
Deshalb nahm Ilie Movila beiseite und sagte ihm: »Du wartest mit deinen Männern nicht bis nach Mitternacht. Dieses Kloster ist eines der reichsten überhaupt. Wenn wir das Kloster nicht verlassen, um den Galgen zu besteigen, müssen wir es beladen mit Gold verlassen. Folgt uns deshalb nach einer Stunde und haltet euch eine Gewehrschußweite entfernt. Kommt uns beim ersten Pfiff schnell zu Hilfe und tut, als sei die Anführerin nicht da.«

Movila gab diesen Befehl an die Haiduken weiter, als sie ihre Waffen reinigten und heiterte sie so ein wenig auf. Ilie verstand, weise wie er war, sie noch besser aufzumuntern. Er nahm sich drei Männer, ging mit ihnen der Teufel weiß wohin, und kam gegen Ende des Nachmittags mit einem schönen Schaf auf den Schultern wieder. Die drei Gefährten trugen jeder eine große Korbflasche mit je zehn *oca* Wein.
Diese guten Dinge füllten die Leere aus, die sicher nicht dazu geeignet ist, Mut zu machen. Die Haiduken lieben es weder zu fasten noch zu beten. Floarea selbst leistete uns dabei Gesellschaft, obwohl sie nach ihrer Gewohnheit wie eine richtige *domniţa* nur an allen Speisen nippte.
Inzwischen verabschiedete sich die Sonne von uns, indem sie plötzlich die Nebelschicht durchbrach. Rotglühende Schneiden durchfurchten gleißend den Himmel am Horizont. Einige Strahlen stahlen sich durch die Baumstämme und vergoldeten unsere Gesichter. Ilie begrüßte sie mit den gedämpften Klängen seiner Flöte.
Unsere Anführerin erhob sich, öffnete ihren Ballen und zog die kostbarsten Kleidungsstücke heraus, einen Hermelinmantel, eine weite, bestickte Seidenhose, wie sie die türkischen Frauen anstelle von Röcken tragen, eine kurze Samtweste und ein persisches Schultertuch, verziert mit Goldschmetterlingen. Sie schmückte sich mit ihren Ringen und einem Diadem und schob einen Dolch mit vergifteter Spitze in den Gürtel.
Als Sohn einer so großen Dame mußte ich meine Astrachanmütze aufsetzen, meine Stiefel aus russischem Lack-

leder anziehen und meine Kleidung dem Anlaß anpassen.
Spilca und Ilie tarnten sich ebenfalls und machten sich so »bieder« wie möglich, spickten aber ihre Gürtel mit Pistolen und Messern. Ihnen stand es zu, über den Mänteln gut sichtbar Gewehre zu tragen, mit der Ehrbarkeit von Männern, die im Gefolge eines Stinkreichen auf ungewissen Wegen reisen.
Die Nacht tauchte die Welt in Dunkelheit.
»Bedeckt die Glut mit Asche«, sagte die Anführerin. Wenig später schlugen unsere vier Reitpferde den Weg zum Kloster ein.
Ein weitläufiges viereckiges Gebäude, von Mauern umschlossen und fern jeder menschlichen Behausung auf einer Anhöhe errichtet. Kein Licht war zu sehen, weder im Wirtschaftshof noch in dem der Gäste.
Wir klopften an das Tor dieses Gästehofs, das sich jedem auftat, der eine Nacht in der *arhondărie*[1] zu verbringen wünschte. Eine Glocke läutete, unsere Ankunft bekannt zu geben. Das mit Metallbeschlägen schwer beladene Portal drehte sich in den Angeln, und ein Mönch, die Laterne in der Hand, ließ uns eintreten.
Die Pferde am Zaum haltend traten wir in den Hof, als plötzlich im schwachen Schein der Stallaterne ein Teufel vor uns auftauchte – und wir glaubten tatsächlich, es sei ein Teufel, Haiduken, die wir waren! Der Mönch, dem unsere Furcht auffiel, erklärte: »Das ist ein versklavter

[1] für Gäste bestimmte Wohnräume

Zigeuner. Er war entflohen, da haben wir ihn eingefangen und in Ketten gelegt, wie es hier üblich ist.«
Diese Eisen und ihr Gebrauch, wovon wir bereits gehört hatten, waren die reinste Barbarei. Der vor uns stehende Koloß von einem Zigeuner hatte nichts Menschliches mehr an sich. Riesige Eisenhörner ragten zu beiden Seiten seines Kopfes hoch. Sie waren mit einem Ring verkettet, der, gleichfalls aus Eisen, seinen Schädel in Stirnhöhe zusammendrückte. Und dieser Ring war wiederum, damit er nicht abgenommen werden konnte, mittels zweier senkrecht verlaufender Schienen an einem anderen Ring befestigt, der seinen Hals umschloß.
Außerdem schleppte dieser Mensch eine lange Kette an seinem rechten Knöchel hinter sich. Das andere Kettenende war in der Nähe seines Lagers in der Mauer eingelassen.
Dieser Unglückliche mußte in dieser Lage leben, seinen Dienst verrichten und die Nacht unter der Marter der Hörner und des dazugehörenden Apparats verbringen.
Unsere Freundin betrachtete ihn lange Zeit, zitternd vor Wut. Er sah uns gleichfalls an. Mit menschlichen Augen. Aber nur Gott weiß, was sich in seinem Kopf abspielte! Sein Herkuleskörper, wie gemeißelt und nackt, starrte vor Dreck.
Der Mönch schloß das Portal hinter uns, führte unsere Pferde in den Stall und forderte uns auf, ihm zu folgen. Floarea bat ihn, uns beim Superior anzumelden.
»Seine Heiligkeit empfängt heute nicht mehr«, meinte der Pförtner.

»Melde ihm bitte, daß es die *jupîneasa*[1] Floricica von Snagov ist, die ihm einen Besuch abstattet. Er wird uns empfangen.«
Der so Fortgeschickte entfernte sich mit kurzen Schritten, die Stallaterne in der Hand, kehrte aber plötzlich, als er bereits in der Hofmitte war, um: »Folgt mir bis zum Warteraum. Es ist zu weit, als daß ich zweimal denselben Weg machen möchte, für den Fall, daß ihr empfangen werdet.«
Wir schritten durch einen langen Flur, in dem es nach Moder roch, dann eine endlos lange Galerie entlang, die in ein Refektorium voller Schränke und Truhen mündete, und schließlich befanden wir uns im Warteraum, der schwach von zwei Nachtlichtern erhellt war.
Hier brach das schreckliche Unvorhergesehene, von dem Floarea gesprochen hatte, wie ein Blitzschlag über uns herein. In dem Augenblick, als der Mönch uns verlassen wollte, um beim Prior einzutreten, hob er die Laterne in Höhe unserer Gesichter und musterte uns unverhohlen. Als sein Blick den Spilcas traf, rissen beide die Augen auf und fuhren zurück. Aber nur eine Sekunde lang, dann senkte der Pförtner den Kopf und verschwand durch eine Tür.
Alleingelassen schlug sich Spilca mit beiden Händen ins Gesicht und flüsterte uns zwischen den Zähnen zu: »Wir sind verloren! Dieser Mönch kennt mich vom Berg Athos, wo ich meinen Prior getötet habe, der auch seiner war! Er wird mich verraten!«

[1] junge Frau eines Bojaren oder reichen Händlers

Seine Bestürzung machte uns einige Augenblicke stumm ... Ilie hatte gerade noch Zeit, der Anführerin zuzuraunen: »Nur die Ruhe! Wir kümmern uns um das Nötige, unsere Männer werden bald vor den Mauern des Klosters sein.«

Die Tür öffnete sich, und Vater Kiriac erschien. Eingehüllt in eine lange Wollkutte, den Kopf unbedeckt. Ein riesiger Kerl mit dickem Bauch, das Gesicht rot und blutunterlaufen, mit dem Blick eines Besessenen.

Mit geheuchelter Höflichkeit, die kaum seine innere Unruhe verbarg, rief er, wobei seine Stimme wie die eines Trinkers umkippte: »Sieh an ... Floricica! Oder *Domniţa von Snagov*, wie sie einst von Bauern und Bojaren genannt wurde! Kommt doch herein! Was die Begleitung von Madame angeht, so folge sie bitte dem Bruder Pförtner!«

(Während er das Wort »Begleitung« aussprach, senkte er seinen Blick in Spilcas Augen.)

»Zu dieser Begleitung, erwiderte Floarea, gehört auch mein Sohn Irimio, dieser junge Mann. Falls es Euch nicht allzusehr stört, hätte ich ihn gerne bei mir.«

»Ach! Euer Sohn? Ihr habt einen Sohn? Das war mir nicht bekannt. Nun gut, er soll eine Minute in diesem Raum warten. Kommt Ihr zuerst herein.«

Er blieb auf der Türschwelle stehen, ohne uns den üblichen Segen zu erteilen. Floarea ging ruhig in das Zimmer des Priors, der hinter sich die Tür schloß.

Wir wußten jetzt, was uns zu tun übrigblieb, aber wußte der Pförtner es?

Das Kinn auf der Brust blieb er einen Augenblick unbeweglich, während er nachdenklich den Boden betrachtete, der ihn vor der vom Prior angegebenen Minute verschlingen sollte.

Aber urplötzlich trippelte er mit schnellen kleinen Schritten davon, durchquerte, gefolgt von Spilca und Ilie, den Warteraum und das Refektorium, worauf er die Tür zur Galerie öffnen wollte.

Da!

Wie ein Tiger stürzte sich Spilca auf ihn und knebelte ihn. In der nächsten Sekunde wurde sein Herz von Ilies Messer durchbohrt – kein Schrei, kein Stöhnen.

Der Schlüssel zum Portal wurde ihm entrissen. Der Körper, der noch in Krämpfen zuckte, wurde in einen Schrank geworfen. Darauf flogen beide Freunde in wilder Flucht der Rettung entgegen.

In Angst, der Prior könnte jeden Augenblick wieder auftauchen, beobachtete ich vom Warteraum aus das kurze Mordgeschehen mit der Ruhe eines Mannes, der mit den Augen dem Spiel einer Katze mit einem Wollknäuel folgt. Als es beendigt war, schloß ich die Tür zum Refektorium und nahm wieder Platz.

Nach fast einer Viertelstunde öffnete »seine Heiligkeit« die Tür und rief mich: »Ich habe Euch doch nicht zu lange warten lassen?« fragte er in einem schroffem, eisigen Ton, der mich durch seine Bösartigkeit in Erstaunen setzte. Auch sein Gesicht hatte die aufgesetzte Maske der Liebenswürdigkeit abgelegt. Was war geschehen? Himmel und Erde hätte ich darum gegeben, es zu erfahren, aber aus dem flüchtigen Blick, den ich mit Floarea wechselte,

um ihr zu verstehen zu geben, daß *alles in Ordnung* sei, konnte ich nichts entnehmen.
Wir befanden uns in dem Bibliotheksempfangsraum, dessen außergewöhnliche Schlichtheit, ja, eher Unbequemlichkeit, nichts anderes zeigte als die Vortäuschung der Armut, die den Geistlichen gewöhnlich auszeichnet. In der Mitte ein großer wurmstichiger Tisch und einige wakkelige Stühle.
Der Prior setzte sich und forderte mich auf, es ihm nachzutun. Darauf wandte er sich Floarea zu: »Ist es lange her, daß Ihr von Konstantinopel zurückgekehrt seid?« fragte er mit einem kampflustigen Blick unter den buschigen rötlichen Augenbrauen.
»Einige Monate ...«
»Ihr seid, wenn ich mich nicht täusche, in Begleitung des Archonten Samurakis zurückgekehrt?«
»Wozu die Frage?«
»Der Archont ist ein guter Freund von mir ...«
»Ja, es stimmt. Wir sind zusammen gekommen ...«
... Und ihr habt gemeinsam sein Haus in der Nähe des Sereth bewohnt? Nicht wahr?«
Unsere Freundin spürte das drohende Unheil und ließ es gefaßt an sich herankommen.
»Ich merke, Vater Kiriac, nachdem Ihr mir gerade vorgeschlagen habt, mit Euch zu schlafen, unterzieht Ihr mich nun einem wahren Kreuzverhör!«
»Genau das, liebe ›Domniţa von Snagov‹, und Ihr werdet mir das Rätsel dieses Abenteuers erklären, das dem Archonten das Leben gekostet hat.«

»Ich habe Euch nichts zu erklären ...«
»Das werden wir ja sehen!«
Da er in der Nähe der Tür saß, durch die wir hereingekommen waren, erhob er sich gemächlich, drehte den Schlüssel im Schloß und steckte ihn in die Tasche – eine Geste, die mich nach meinen Pistolen greifen ließ, aber Floarea winkte mir mit einem schnellen Zeichen ab. Und das zu Recht, denn im selben Moment öffnete sich eine Flügeltür hinter uns, und vier Männer kamen herein. Im Handumdrehen waren wir gefesselt. Wir leisteten keinen Widerstand.
Aufrecht in der Mitte des Raums stehend und finster wie ein Henker, machte der Prior den Eindruck, als wolle er uns mit den Blicken seiner zusammengekniffenen Augen erdolchen.
Floarea sagte: »Habt Ihr vor sechs Jahren ein junges Mädchen aus Bisoca gekannt, das Anghelina hieß?«
»Mag sein ...«
»Habt Ihr ähnliche Mittel angewandt wie diese, um den Willen des Mädchens zu Euren Gunsten zu brechen?«
»Nicht ganz ...«
»Und glaubt Ihr nicht, daß Ihr euch, wenn Ihr mich für eine Anghelina haltet, an mir die Zähne ausbeißen könntet?«
»Ich sehe nicht ganz wie, denn zur Stunde werden eure beiden Gefährten bereits das Ziel eures Besuchs im Kloster Orbu gebeichtet haben. Euch werde ich weniger gnadenlos behandeln als man sie vielleicht bereits behandelt hat, wenn Ihr mir sogleich gesteht, welchen gottlosen

Anteil Ihr an der Ermordung des Archonten Samurakis hattet.«
»Welchen gottlosen Anteil? Ihr wagt es, von Gottlosigkeit zu sprechen? Ihr, der junge Mädchen entführt, sie vergewaltigt und ermordet? Ihr, der Köpfe zum Fallen bringt und eine unschuldige Bevölkerung zertretet? Ihr, der den Wesen, die Euch dienen, und die Gott mit Sprache begabt hat, Eisenhörner aufsetzt? Du sprichst von Gottlosigkeit, Du? Du Schwein von einem Mönch!«

Niemals habe ich Floarea Codrilor so schön gesehen wie in diesem Augenblick. Die Hände auf den Rücken gebunden, stand ihr Gesicht in Flammen der Wut, der von Diamanten geschmückte Kopf war stolz in den Nacken geworfen, und die schwarzen Augen waren weit aufgerissen und blitzten.
Der Prior erblich und verlangte nach einer Schere. Die Haidukin saß unbewegt auf ihrem Stuhl. Er entriß ihr das Diadem und den Mantel, zerschnitt ihre Kleider von oben bis unten, beseitigte die Fetzen und entblößte ihren Rükken. Darauf schrie er einem seiner Kerkermeister zu, der einen Ochsenziemer in der Hand hielt: »Schlag zu!«
Er blickte Floarea in die Augen: »Es hat keinen Zweck, Lärm zu schlagen. Hier hört man nur, was ich hören will!«
Der Unmensch schlug mitleidlos zu. Ein roter Striemen, der sich sogleich verfärbte, zog sich über ihre Schulterblätter.
Kein Laut. Nur ihr Körper zitterte . . .
Ich war stolz, der Sohn einer solchen Frau zu sein!

»Gestehe, Abenteurerin!« heulte der heilige Mann.
Keine Antwort.
Auf ein Zeichen des Superiors folgte ein zweiter Peitschenhieb, der die Gemartete erschütterte. Die Schwellung platzte an zwei Stellen auf und ließ das Blut herausquellen.
Immer noch kein Schrei. Ach, wie heiß war mein Verlangen, ihre Stelle einzunehmen und ihr zu zeigen, wie sehr auch ich Haiduk war!
Die Vitrine mit heiligen Büchern in ihrem Blickfeld, dachte unsere Anführerin vielleicht daran, wieviel barmherzige Weisheit zum Folterwerkzeug geworden war, als sich der Türgriff zum Warteraum leicht bewegte.
Der Henker spürte das leise Geräusch im Schloß und zuckte zusammen: »Bist du es, Marco? Was ist?«
Die Antwort war ein Krachen, das das ganze Gebäude erzittern ließ. Die Tür flog gegen den Prior, der zu Boden stürzte, und auf der Tür lag die schwarze Masse des gehörnten Zigeuners, hinter dem die Haiduken eindrangen. Der Krach und der Schreck waren dergestalt, daß niemand die Zeit fand, sich zu fragen, was vorging. Mit Säkken und Stricken bewaffnet, brauchten der Zigeuner von der einen und unsere Gefährten von der anderen Seite nicht lange, um den Prior und seine vier Schurken zu fesseln und ihre Köpfe bis zum Ersticken zu umwickeln. Kaum war dies erledigt, da ließ der Sklave seinen Herrn los und gab sich einem Blutbad hin, wie ich es in meinem ganzen Haidukenleben nicht gesehen habe. Wie eine Schleuder wirbelte er die schwere Kette herum, die noch

vor einer Stunde an seinem Knöchel gehangen hatte, um sie wieder und wieder auf die Schädel der vier am Boden liegenden Büttel niederfahren zu lassen. Säcke, Knochen und Hirn vermengten sich bald zu einem scheußlichen Brei. Ohne ein Wort kam der schreckliche Dämon darauf zum Prior, riß ihm die Kleider vom Leib, entblößte seinen Kopf, stemmte das Knie auf seine Brust und begann ihn, Auge in Auge, mit seinen gewaltigen Pranken allmählich zu erwürgen. Der tyrannische Mönch schien bereits halb tot zu sein, denn wurde der Druck zu stark, blieben seine Augen immer länger geschlossen, bevor sie sich wieder öffneten. In diesen Augenblicken sprang der Zigeuner durch das Zimmer, nur um sich wiederum auf sein Opfer zu werfen. Er biß ihn in Nase, Ohren und Kehle und stach ihn mit einer derartigen Wut mit seinen Eisenhörnern, daß er sich selbst dabei an der Stirn verletzte und das Blut ihm über das Gesicht rieselte.

Schließlich ergriff er die Kette und zerschmetterte ihm den Kopf.

Währenddessen befreiten unsere Freunde uns die Hände und durchwühlten die Gemächer von Vater Kiriac, wo eine fette Beute an Gold auf sie wartete.

Die Glocken des Klosters Orbu riefen die Mönche zur Mitternachtsmesse, als unsere Bande, um zehntausend Dukaten und einen ehemaligen, von seinen Hörnern befreiten Sklaven reicher, den Weg ihrer Bestimmung nahm. Nur Floricica hatte einigen Grund, sich zu beklagen.

»Tausend- und abertausendmal quält Traurigkeit in einem Menschenleben die großherzige Seele. Aber nichts geht ihr so nahe wie das Leid des Nächsten, genau so ist die Haidukenseele!

Die Erde ist so schön, unsere Sinne sind so mächtig und die Bedürfnisse des Mundes so gering, daß man wahrhaftig blind, herzlos und gierig auf die Welt gekommen sein muß, um nichts anderes zu tun, als seinesgleichen zu zertreten und das Leben hassenswert zu machen, statt lieber Gerechtigkeit, Mitgefühl und das Recht des anderen auf Glück walten zu lassen.

Hier stellt sich der Haiduk gegen die Gesellschaft der Unersättlichen und wird ihr Feind.

Er ist nicht grausam, und noch weniger blutrünstig. Wenn er tötet, tut er es, weil ihn die Grausamkeit seiner Feinde dazu zwingt.

Der Haiduk ist ein Mensch, der gütig geboren wird. Und nur die Güte unterscheidet uns vom Tier. Sie ist das einzige, was das menschliche Leben auszeichnet.

Jeder wahre Haiduk bleibt gütig, wenn er in die Wälder flüchtet und das Gesetz übertritt. Er ist nicht nachtragend, und den Schwächen anderer gegenüber bleibt er nachsichtig. Er vergißt vor allem nicht, daß das Mitgefühl die Größe eines Anführers ausmacht. Sonst könnten genausogut die Gospodare auch hier die Macht ergreifen. Ebensowenig vergißt er, daß er ein großherziger Aufrührer ist. Totschlag und Raub sind nicht sein Ziel.

Der Haiduk ist kein Bandit. Jeder Mensch muß Haiduk sein, damit die Welt besser wird.«

Mit diesen Worten eröffnete Floarea Codrilor die Versammlung der Haiduken bei Tăzlau.
Anwesend waren die vier schönsten Erscheinungen jener Zeit: Groza, Jianu, Codreanu und Bujor. In ihrer Begleitung ungefähr zweihundert Männer. Eine bewegende Zusammenkunft von Brüdern mit denselben Gefühlen, von derselben *potera* verfolgt und von demselben Schicksal überschattet.
Ein jahrhundertealter Wald, großenteils noch unberührt, schützte sie vor jeglicher Überraschung. Bären, Wölfe, Wildschweine und Murmeltiere waren seine einzigen Bewohner, weit gerechter und ungefährlicher als der Mensch. Ihre Nähe war spürbar und kein Anlaß zur Beunruhigung. Die guten Tiere gaben sich damit zufrieden, heute ein Schaf, morgen ein verwildertes Schwein zu reißen und flüchteten vor dem Wesen, das von keinem Tier an Gefräßigkeit übertroffen wird.
Das Lager der Ausgestoßenen war auf einer weiten, von Farnsträuchern gesäumten Wiese errichtet, durchströmt vom Duft des Honigklees, den ein leichter Wind von den Feldern hertrug. Tief unten im Tal stürzte sich der aufgewühlte Şoim in die Arme seines älteren Bruders, des Tazlău, der ihn mit dem Murmeln freundschaftlicher Vorwürfe umfing, während die Amseln sich vor Wut heiser schrien, irritiert, das Geräusch des Wildbachs nicht übertönen zu können.

Diese Haidukenwelt erwartete uns dort seit einigen Tagen. Zur Begrüßung unserer Anführerin, die ein dunkelbraunes Rennpferd ritt, flogen zweihundert Mützen in die Luft, bis in die Wipfel der Bäume.

»Es lebe Floarea Codrilor!

Es lebe die Haidukin!«

Groza, ihr Freund aus Kindertagen, und Joakim, ihr Griechischlehrer, stürzten als erste auf sie zu, um sie zu umarmen. Die anderen Anführer taten es ihnen nach, ohne erst lange um Erlaubnis zu bitten, so wie es unter Haiduken eben üblich ist. Sie umfing alle mit der Zuneigung der »leidenschaftlichen Schwester«, aber an den guten Joakim richteten sich ihre innigsten Zärtlichkeiten: »Mein Freund! Mein Geliebter! Du bist recht alt geworden! Wirst du mich wie früher lieben? Wie schmeckt dir das Haidukenleben?«

Der Kantor klagte: »Oh, Floricica! Mein Liebe gilt nicht mehr dieser Welt, und mein Haidukenleben ist ein einziger abgrundtiefer Seufzer! Ich lebe wie die Bäume, die den Vögeln des Herrgotts kein Leid zufügen. Morgens wie abends staune ich über das, was ich sehe und weine viel.«

Wir waren überrascht, daß die Kunde von unserem Anschlag auf das Kloster Orbu uns vorangeeilt war, aber die Anführer bestätigten, daß die Urheber unbekannt seien und Groza verdächtigt werde.

Diese Glanzleistung wurde in Anbetracht der Handvoll Leute, die wir in unserer Bande waren, für sehr waghalsig gehalten und verschaffte Floarea genau das Prestige, das sie brauchte, um mit Autorität zu den vier Anführern und zweihundert der berühmtesten Haiduken zu sprechen.

Sie warf alle Prinzipien des primitiven Haidukenlebens über den Haufen und bekannte ohne weiteres ihre Verachtung für den Aufrührer, der nicht gleichzeitig Idealist ist. Mutig fuhr sie fort, ihre Ideen auszuführen: »Es ist einfacher, einen Menschen zu töten, als ihn zu überzeugen. Schon immer sind die Völker eher den Rufen ihrer Führer in Blutbäder gefolgt, als sich von der Richtigkeit eines weisen Wortes zu überzeugen.

Hier liegt die Wurzel des Übels, an dem die Menschheit leidet, aber niemand trägt die Schuld an diesem Übel, und deshalb müssen wir es so hinnehmen. Wir müssen das Leben verstehen, wie es ist, so wie wir es vor uns sehen. Der Stoff, aus dem die Menschen sind, ist sehr verschiedenartig. Das Gute ist nur spärlich vorhanden und wird von dem Schlechten verdeckt. Nutzpflanzen und Blumen ersticken am Unkraut.

Wen trifft die Schuld, daß die Welt so und nicht anders ist? Ihre Tyrannen sind nicht vom Mond herabgestiegen, um sie zu unterjochen, sondern entstammen sehr wohl dem Menschengeschlecht. Entweder man ist Sklave oder Sklavenhalter, so stellt sich das Leben für die meisten dar. Der Mittelweg zwischen diesen beiden scheußlichen Extremen des Lebens, der gerecht empfindende Mensch, ist genauso selten wie ein Diamant zwischen Kieselsteinen. Nehmt von tausend Erdbewohnern neunhundertneunundneunzig, und schaut sie euch genau an, es sind einfache Menschen. Tastet ihre Schädel ab, und ihr werdet dort den Wulst entdecken, der auf ihre Veranlagung zum Tyrannen hinweist.

Es gibt fast keinen Elenden, der nicht einen noch Elenderen tyrannisiert, sei es seine Frau, seinen Esel oder seinen Hund. Erzählt mir also nichts von einer zweigeteilten Menschheit. Ich erkenne nur den Unterschied zwischen *gerecht* und *ungerecht*, zwischen *gut* und *schlecht*.
Die Welt in *oben* und *unten* einzuteilen, den oben nur Fehler zuzuschieben, den unteren nur Vorzüge, die einen vernichten zu wollen, um die Welt den anderen zu geben, hieße, nichts an dem heutigen Leben zu ändern. Denn es finden sich selten Erwürgte, die nicht selber gerne würgen möchten. Die großen Verbrecher bleiben zweifellos diejenigen, die die Welt regieren und ihre einzige Pflicht nicht erfüllen, nämlich Gerechtigkeit auf Erden zu schaffen, indem sie selbst den Anfang machen und gerecht sind.
Diese Verbrecher muß der Haiduk verfolgen, denn während der Mensch nicht die Schuld an seiner Bösartigkeit und Gefräßigkeit trägt, solange er ein Unterworfener ist, so wird sein Fehler an dem Tag zum Staatsverbrechen, an dem er das Ruder ergreift, nur um das Volk besser zertreten zu können.
Haiduken! Solange, bis die Meute der Wölfe zu einer Herde Schafe wird, muß sich unsere Hoffnung auf ein besseres Leben an die Menschen klammern, die leiden. Es gibt deren zweierlei: die Menschen, die in Schmerzen leben, und die, die von der Großmut ihres Herzens gequält werden.
Ich könnte euch nicht sagen, welcher von beiden der Gütigste ist, aber ich weiß, daß man einem Menschen solange Vertrauen schenken kann, wie er leidet.

Gnadenlosen Krieg dagegen all denen, die dem Elend der Welt gleichgültig gegenüberstehen, und vor allem dem, der die Macht der Rechtsprechung innehat, sie aber nicht ausübt.

Diesen gleichgültigen Menschen heißt es aufzuspüren, wo immer auch er sich befindet, und ihn als unseren Feind zu betrachten, selbst wenn es unser eigener Bruder ist. Denn die Tyrannen haben es besonders der Gleichgültigkeit und den Gleichgültigen zu danken, daß sie ihre Macht aufrechthalten können.

Ebenso müssen wir den edlen Menschen aufspüren, der mit den Getretenen dieser Erde mitfühlt, vor allem, wenn er ein vom Glück Begünstigter oder sogar ein Mächtiger ist. Diese edlen Menschen sind nicht besonders zahlreich, aber es gibt sie. Ich kenne einige von ihnen und weiß, daß sie bereit sind, zur Rettung ihres Landes alles aufs Spiel zu setzen. Verwechselt sie nicht mit der blendenden Horde der sie umgebenden Tyrannen. Es wäre eine schreiende Ungerechtigkeit, einem Menschen das Recht auf Edelmut, Güte und Aufrichtigkeit abzusprechen, nur weil er durch seine Geburt unter den Unterdrückern ist. Wer wird schon da geboren, wo er gerne möchte? Und in welchem Umfeld fühlt sich ein gerecht denkender Mensch am besten aufgehoben?

Wir haben ein schlagendes Beispiel dafür vor Augen, unseren Freund Jianu. Er wurde adlig und vermögend als jüngster einer Reihe von Brüdern geboren, die alle unsere Feinde sind. Er selbst wäre zwangsläufig unser Feind geworden, wenn sein Haidukenherz ihn nicht veranlaßt hätte, unser Leben aufzunehmen. Heute teilt Jianu unsere Lage und unser Schicksal. Auf seinen Kopf ist derselbe Preis ausgesetzt wie auf die unseren, und ist er auch der Sohn eines großen Bojaren, so ist es doch nicht ausgeschlossen, daß er am Galgen endet.

Es ist wahr, Jianu ist nicht der einzige Bojar mit einem Haidukenherzen. Doch nicht jeder kann in die Berge flüchten. Und im übrigen bezweifle ich stark, daß der, der das Gesetz übertritt, der beste Haiduk ist. Aus diesem Grund habe ich, gestützt auf eine begeisterte Jugend, zuerst in Snagov, dann in Konstantinopel, mehr bewirkt als alle Haiduken im *codru.*[1]

Teilweise dank meiner Verbindungen zu den Gesandten Frankreichs und Englands in Stambul, General Aupick und Lord Canning, wurde der Räuber Mihai Sturdza gestürzt und bestieg der human denkende Grigore Ghica den Fürstenthron der Moldau. Gleichermaßen habe ich in Brussa den Geheimbund junger Bojaren geschützt, die ihr ›1848‹ im Kleinen versuchten und dann nach Anatolien ins Exil gingen. Ich habe zu ihrer Heimkehr ins Vaterland beigetragen und befinde mich in engem Kontakt mit ihnen. Sie haben die Bildung des Abendlands genossen und sind empört über die Unterdrückung, ob sie nun das Werk von Fremden oder das ihrer Landsleute ist. Um sie zu zerstören, werden sie die Mithilfe jedes Patrioten freudig begrüßen.

An ihrer Spitze befindet sich ein Mann, für dessen Auf-

[1] dichter Wald

richtigkeit ich mit meinem Kopf bürge. Ihr könnt euch selbst davon überzeugen, denn ich habe auch ihn eingeladen, an dieser Versammlung teilzunehmen, und vermutlich wird er bald von Iaşi hier eintreffen. Es ist der Hetman Miron, den ich auf den Posten der Kommandantur der Moldaumiliz gebracht habe ...«
Ein Raunen des Erstaunens übertönte die letzten Worte der Sprecherin.
Groza schrie auf: »Ein Hetman unter den Haiduken!«
»Ja«, antwortete Floarea, »ein Haidukenhetman!«
Jianu – ein Aristokrat mit feinen Gesichtszügen, anmutigen Bewegungen und stets ernster Miene – erhob sich und sagte mit Feuer: »Seid unbesorgt! Floricica irrt nicht. Ich kenne Miron. Er ist mein Freund. Gemeinsam sind wir in Paris und Lunéville ausgebildet worden. Er ist tatsächlich ein Haiduk. Ist er Hetman der Moldaumiliz, um so besser für das Vaterland, das wir schmieden wollen.«
»Ohne den Beistand dieser Jugend können wir nichts Dauerhaftes bewirken«, bestätigte unsere Anführerin. »Wir werden den Zustand unseres Landes um kein Jota ändern, wenn wir fortfahren, mal hier, mal da einen Griechen oder einen rumänischen Bojaren zu töten. Das Leben der Tyrannen interessiert uns nicht, und ihr Tod kann uns kaum Befriedigung verschaffen. Was wir brauchen, ist das Land, das sie den Bauern gestohlen haben, und gute Gesetze für jedermann. Das läßt sich aber nur erreichen, indem man den heutigen Absolutismus durch eine gerechtere Herrschaft ablöst, deren Grundlage das Volk selbst ist.
Wo aber ist der Volkswille, der neue Menschen zu dieser

Aufgabe treibt? Es gibt ihn nicht. Das Volk wird von jeder ideellen Bewegung ferngehalten. Und ohne Volk, mit wem beginnen? Mit euch, den Idealisten, die von unten kommen. Und mit den aufbegehrenden Mirons, die von oben kommen.

Ich schlage euch folgendes vor. Die Reize einer Frau sind nicht dafür geschaffen, Bäume zu verhexen. Laßt mich also mein Haidukenleben dort führen, wo es starke Männer gibt, die sich vor einer geheuchelten Zärtlichkeit wie Weiden beugen. Diejenigen, die sich nicht beugen, werden wie Glas zerbrechen, was für eine, die es mit der Liebe hält wie ich, aufs gleiche herauskommt.

In Snagov – nahe bei Bukarest und noch näher dem berüchtigten *codru* von Vlassia, wo soviele Tyrannen ihre Börse und mit dieser ihr Leben gelassen haben – haben sich viele Männer der ›Domniţa von Snagov‹ gebeugt, andere sind zerbrochen und manche, die stolz auf ihre Grausamkeit waren, haben sich auf erbärmliche Weise davon überzeugen müssen, daß nichts der Härte einer Frau gleichkommt.

Ich werde in mein Haus zurückkehren, das das Haus der Haiduken werden soll. Ich werde die Türen weit öffnen, und von Zeit zu Zeit werden sie sich hinter einigen allzu verstockten Mächtigen schließen. Diese Angelegenheiten werden uns lediglich einen Knebel und einen dicken Stein kosten. Der weite See, in dem sich meine Balkone und meine Vordächer spiegeln, wird den Rest übernehmen.

Wir werden der Dummheit der Großen zu schmeicheln wissen, die unseren Umtrieben entgehen wollen. Mit de-

nen, die den Handel akzeptieren, werden wir ein offenes Spiel spielen und bar bezahlen.
Sollte es nötig sein, mit meinen Fingern einen weißen Bart zu streicheln, so bin ich dazu bereit.
Vor allem aber werden wir aufrichtig mit den Aufrichtigen sein, gerecht mit den Gerechten, ehrlich mit den Ehrlichen und gut mit den Guten in diesem Haidukenhaus, das nur aus einem einzigen Grund besteht: *von den Menschen Gerechtigkeit für dieses arme Land erlangen, oder aber ihnen ihre Macht entreißen.*
Denn wer hofft, muß zu allererst sein Herz öffnen und sich sogar auf einen Stein werfen, um ihn mit der Hitze seines Bluts zu wärmen. Spuckt man ihm aber zum Empfang ins Gesicht, dann muß er mit den Füßen nach allem treten, was böse ist, denn nicht einfach der *Mensch* macht die Menschlichkeit aus, sondern der *gute Mensch.*
Das habe ich in meinem Leben gelernt.
Dazu habe ich gelernt, den Menschen hoch zu achten, der wegen seinesgleichen kein Brot hat. Der Hunger frißt den Geist auf, und der Mensch sinkt tiefer als das Tier.
Solch ein Mensch ist nur noch ein Bauch. Wie aber spricht man mit einem Bauch? Wie sagt man dem, der am Boden schnüffelt, um einen Knochen zu finden – *erhebe deine Stirn, mein Bruder, und betrachte die Sonne!*
Ach, ich weiß, das Leben der Menschen besteht entweder darin, daß sie aus Not am Boden schnüffeln oder aus Eitelkeit in die Sonne gucken. Aber da ist mir der Eitle lieber als der Ausgehungerte. Wir sind alle so. Unser Haidukenleben als Beweis.

Und deshalb sage ich euch: laßt uns beginnen mit dem Tier, das uns anhören *kann*, dann wenden wir uns dem zu, der *es nicht kann!*«

In diesem Augenblick tauchte die schlanke Gestalt des Hetman Miron auf, begleitet von einem Führer. Der junge Bojar war in Zivil. Er trug den damals üblichen Gehrock und rote Lederstiefel. Er warf sich in die ausgebreiteten Arme Jianus, der ihn mit seiner Umarmung fast erstickte. Darauf wandte er sich zu Floricica, küßte ihr hingebungsvoll die Hand und sagte: »Von welchem ›Tier‹ sprachst du?«
»Ich sprach von *zwei* Tieren . . .«
»Und welches Tier kann uns zuhören?«
»Du. Du leidest keinen Hunger.«
»Verzeihung, wenn dem so ist – ich habe einen Bärenhunger!«
»Na gut«, meinte die Anführerin, »wir werden erst einmal essen. Danach werden wir uns zuhören. Ich glaube, der Hunger ist allgemein.«
Zur allgemeinen Freude schrie Movila: »Einen Augenblick! Sie platzen gleich!«
Es handelte sich um Schafe. Nicht weniger als dreißig Stück brutzelten, jedes für sich, in einer kleinen erhitzten Grube wie in einem Ofen, jedes in seiner Haut und einem Aschenhaufen – eine lange Reihe gleicher Gräber wie auf einem Kinderfriedhof, deren Hitze jedoch infernalisch war. Das Tier wird nicht weiter zubereitet, sondern nur getötet, mit Salz und Pfeffer gefüllt und in das bis aufs

äußerste geheizte Bett gelegt, wo es, von einem Haufen Glut bedeckt, nach einiger Zeit platzt, als Zeichen dafür, daß es gar ist und man es essen kann. Das nennt man ... *Schaf nach Haidukenart.*

Sie platzten eines nach dem anderen und schleuderten ihre unliebsame Bedeckung hoch in die Luft. Jeder Knall wurde von einem wahrhaft kannibalischen Geheul begrüßt.

Und natürlich wurden die ersten Braten den Anführern gebracht, denn die Anführer werden immer und überall als erste bedient, selbst wenn sie Haiduken sind.

Beim Essen erläuterte Floarea dem Hetman ihr Vorhaben. Miron hörte ernsthaft zu. Schließlich sagte er: »Alles gut und schön. Ihr könnt mich zu denen zählen, die eurem patriotischen Ideal am treuesten ergeben sind, aber unter der Bedingung, Anschläge wie den auf das Kloster Orbu nicht zu wiederholen.«

»Wie, man weiß bereits Bescheid in Iaşi?« fragte Floricica.

»Man weiß es sogar in Bukarest, wo *auf den Kopf dieser unbekannten Abenteurerin tausend Dukaten ausgesetzt sind* – das ist zumindest der Wortlaut des gegen dich erlassenen Haftbefehls.«

»Das ist also der Geist der neuen Herrschaft, mit dem sich unsere großherzige Jugend brüstet?« rief Jianu aufgebracht.

Der Hetman antwortete: »Bruder Iancu, ich weiß, daß du aufbrausend bist, aber ich wußte nicht, daß du auch naiv bist. Du willst doch nicht etwa, daß sich die Diwane beider Länder aus Haiduken zusammensetzen. Und dann er-

laube mir zu bemerken, daß ich den Sinn eurer individuellen Mordtaten nicht ganz sehe ...«
»Du verstehst vielleicht die Folgen eurer Massenmorde unter der Bevölkerung besser!«
»Halt! rief Floarea Codrilor. Hier bin ich euer Hauptmann. Und ich gebiete euch einzuhalten. Wir alle hier sind von dem Wunsch beseelt, uns einig zu werden und zukünftig zusammenzuarbeiten. Warum also über Vergangenes diskutieren? Derjenige, der etwas vollbringt, wird letztlich doch Recht behalten. Also, an die Arbeit!«
Sie betrachtete Miron mit kraftvollem Blick: »Hetman! Die Stunde naht. Ich komme aus Konstantinopel mit der Überzeugung, daß die Russen den Krimkrieg verlieren werden. Napoleon sagt dies für das nächste Jahr voraus. Aber die Türken werden gleichfalls um den Preis ihres Sieges kommen, wenigstens was unsere Fürstentümer betrifft. Frankreich und England werden die ›Unionisten‹[1] unterstützen. Im Ausland ist diese Arbeit schon weit fortgeschritten. So muß es auch in den Fürstentümern werden. Wie ist unsere Lage?«
»Jeden Tag gewinnen wir an Boden. Die besten Leute, ob jung oder alt, sind für die Union. Dennoch bleiben die Separatisten ziemlich stark, vor allem hier bei uns in der Moldau, wo der *caimacam*[2] offen gegen die Vereinigung der Fürstentümer intrigiert und hier und in Stambul in

[1] Parteigänger einer Vereinigung der Fürstentümer Moldau und Walachei zum rumänischen Nationalstaat (Anm.d.Hrsg.)
[2] Regent

der Hoffnung Parteigänger kauft, sich den Moldauthron zu sichern. Das gefällt allen unseren Feinden, den Russen, den Türken wie den Österreichern.«

»Ja, aber Frankreich, unserem Freund, gefällt das nicht. Und Frankreich wird das letzte Wort behalten. Auch den *caimacam* fürchte ich nicht, trotz des gewaltigen Vermögens seiner Frau, der reichsten Erbin des Moldaulandes, denn selbst sie hegt Sympathien für die Ideen der Unionisten. Außerdem habe ich mich bemüht, ihn in den Augen der Hohen Pforte als von den Russen gekauft und als Befürworter einer Niederlage der Türken darzustellen. Was ich fürchte, ist unsere Schwäche oder unsere Unfähigkeit; denn bedenkt, daß Frankreich, um uns bis zum Schluß unterstützen zu können, von uns den Treueschwur zur rumänischen Nation verlangt, und ich weiß nur zu gut, daß unser armes Volk auf einige tausend egoistische und ehrgeizige Intriganten zusammengeschmolzen ist.

Aus diesem Grund, Hetman Miron, setze ich meine ganze Hoffnung, was die Moldau angeht, auf dich und auf Alexander Cuza, diesen Kerl mit der brutalen Offenheit und der Sinnlichkeit eines Hundes, der aber gut und uneigennützig ist. Spielt er seine Rolle in der Armee des *caimacam* gut, wird er binnen kurzem Oberst sein. Versuche, ihm ein wenig Selbstbeherrschung und Heuchelei beizubringen. Du wirst vielleicht eines Tages sein erster Minister sein…«

»Und was dann? Du träumst davon, ihn zum Präfekten von Galaţi zu machen?«

»Zum ersten Fürsten eines neuen Rumänien!«

Die Menge der Haiduken erhob sich wie ein Mann. Sie hatten von der Geradheit dieses Adligen gehört, der streng war mit den Räubern seiner Klasse, schlicht in seinem Auftreten und bis zur Verachtung anspruchslos gegenüber jeder seinem Range entsprechenden Position. Man hielt ihn für den einzigen, der fähig war, »das Fleisch der Bojaren in Stücke zu schneiden«.
Ein phantastisches *Hurra* brauste durch die Luft. Zwanzig Flöten begannen, die *bătuta* zu spielen, den teuflischsten unserer Bauerntänze.
Von dieser plötzlichen Begeisterung mitgerissen, verzichteten die Anführer darauf, ihre Unterhaltung fortzusetzen und faßten sich an den Händen. Dieser erste Kreis wurde umringt von einem zweiten größeren, aus den Unteranführern, und dieser wiederum wurde von einer dritten Kette der Haiduken in die Mitte genommen. Der Boden bebte unter der Erschütterung von zweihundert hart aufstampfenden Sohlen.
Bujor und Codreanu sangen mit ihren tiefen, vollen Stimmen:

»Erschienen ist das Buchenblatt!
Und ich habe mein Dorf verlassen,
habe meine Axt als Waffe genommen,
denn für die Reichen habe ich nur
einen teuflischen Gedanken.

Hol dich der Teufel, du Reicher,
Du bist reich und alleine,
schleifst mich gefesselt durchs Dorf
und tust so, als würd' ich die Steuer dir schulden!

Grünes Quittenblatt!
He, Jianu, wo bist du her?
Na, von hier, überm Jii.
Jianu, was hast du da gekauft?
Gold und Silber gab ich
eben für fünf Kilo Blei.
Die bring ich meinen Burschen in den Wald,
denn sie sind verwirrt
und verschwenden zuviele Kugeln,
wissen nicht wie ich zu zielen:
geradewegs in das lebendige Fleisch!«

In Snagov, im Haus der Haiduken

I

Freund, der du mir zuhörst, ich bin ein Mann von achtzig Jahren, dessen Herz jedoch kein Alter kennt. Weißt du nicht, was das heißt, dann verlier nicht deine Zeit, mir zuzuhören! Denn das soll heißen, daß es in dem menschlichen Ameisenhaufen Menschen gibt, die nicht genug an ihrem eigenen Leben zu tragen haben, an ihrem Leid und an ihrem Glück, sondern die das Gefühl haben, alle Leben der Erde zu leben. Tausend Glückseligkeiten können sie nicht daran hindern, ein Stöhnen zu vernehmen, tausend Schmerzen berauben sie nicht einer einzigen Freude.
Das sind die *Echomenschen.* In ihnen klingt alles wider! In der Nacht hören sie den Schrei des menschlichen Fleisches, das den Biß der wilden Lust verspürt. Am Tag schrecken sie mit allen anderen Körpern hoch, die von der bestialischen Anstrengung ungeliebter Arbeit zerrissen werden.
Ich bin einer dieser Menschen, ich bin Haiduk!
Bist du es nicht, bist zu zufrieden mit deinem Leben, dem deiner Eltern und deiner Freunde, oder bist du nur unzufrieden über das, was dir und den Deinen geschieht, dann wirst du mich nicht verstehen können. Denn anders als du liebe ich es, mich unter alles Menschliche zu mischen, und es ist mir überhaupt nicht gleichgültig, ob meinesglei-

chen unter einer gerechten Herrschaft lebt, oder ob es notwendig ist, diese einzuklagen.
O! Halte mich nicht für einen Reinen oder einen Apostel! Nein. Ich bin fähig, Böses zu tun, aber meine Sünde gehört zu denen, die im Leben unvermeidlich sind. Und da, wo die Güte nichts mehr vermag, kann auch ich nicht mehr tun. In diesem Haidukenhaus, dessen Andenken mir so teuer ist, haben wir geliebt und sind wir geliebt worden. Das ist es, woran ich mich erinnere. Der Haß ... der Teufel soll ihn holen! Ich verjage ihn aus meinen Gedanken. Wir sind mit dem Verlangen dorthin gegangen, die Welt zu verändern! Wir haben nur wenig getan, und der Preis war unser Untergang. Das als Bilanz eines Lebens, das die Welt umarmen will!
Aber welch unvergeßliche Stunden wir dort erlebten!
Das Land von Snagov ist eine wahre Oase der Liebe in der weiten walachischen Ebene, die Bukarest wie in einer Wüste begräbt. Der Wald von Snagov, in den Sommertagen von einer unbarmherzigen Sonne gebadet, ist um seiner Einsamkeit willen um so beliebter. Sein See, der einige hundert Hektar bedeckt, ist von buschbewachsenen Inselchen übersät, die sich wie riesenhafte Berghüte, die auf seiner Oberfläche treiben, zickzackförmig von ihm abheben. Wild, Fische und Krebse gibt es im Überfluß. Ein langer Schilfgürtel, zehn Fuß hoch, krönt den See fast allerorts, bietet den Hasen Zuflucht und beschattet Tausende von Fröschen, die vor der sommerlichen Hitze flüchten. Einige griesgrämige Trauerweiden beugen sich übellaunig und indiskret wie eine Reihe wilder Mönche,

unverdrossen, wie es wahre Bekenner sind, über seine Oberfläche. Hier und da eine Seerose, die Königin der Reinheit. Sie taucht mit ihrem Hofstaat saftstrotzender Blütenblätter auf und wacht stolz über die Einsamkeit der Seewelt.

Einsam war es eigentlich nicht, denn das Haus der Freundschaft, der Liebe und der großmütigen Kämpfe erfüllte die Luft mit allerhand Lärm, zu den Zeiten, in denen sich seine schöne Herrin dort aufhielt.
Das Haus war auf einer Anhöhe gelegen, die es erlaubte, weit über den See zu blicken. Man gewann den Eindruck, gleich wolle sich das Haus unter Zuhilfenahme seiner wie Flügel spitz zulaufenden Vordächer in die Lüfte erheben. Türen, Fenster, Galerien und Balkone waren gegen die Wetterunbilden geschützt. Und keine Einfriedungsmauer, nicht einmal eine Hecke oder ein Zaun, schützte es vor der Außenwelt. Verstreut lagen von Hopfen überwucherte Gartenhäuschen. Etwas abseits lag der lärmende Wirtschaftshof, wo alle im Haus anfallenden Arbeiten verrichtet und die Tiere versorgt wurden – Pferde, Kühe, Schafe, Schweine, und im Hühnerhof unzählige Hennen, Gänse, Enten, Pfauen und Tauben. Große Schäferhunde waren die einzigen Wächter. Ein Dutzend Zigeunerfamilien, deren Anzahl sich durch ihre Kinder verfünffachte, lebte dort frei, zu einer Zeit, als die Sklaverei noch selbstverständlich war. Sie waren die ersten Zigeuner im Land, die ihre Freiheit wiedererhielten. Als Floricica sie gleichzeitig mit dem Land wie Vieh kaufte, erklärte sie sie in der Öffent-

lichkeit für frei. Kein Grund für sie, sich darauf etwas einzubilden, aber sie empfand große Genugtuung darüber, daß die Zigeuner ihre treuesten Freunde wurden. Ein Teil von ihnen war »seßhaft« geworden, die anderen vagabundierten von Ende April bis in den September durch das ganze Land, wobei sie die unterschiedlichsten Handwerke ausübten: Sie waren Bärenführer, Kesselflikker, Verzinner und Schlosser, sie stellten Holzlöffel und Waschtröge her. Ihre Frauen betätigten sich als Wahrsagerinnen.
Ironie des Schicksals! Das Volk der Erde, das am meisten nach der Freiheit dürstet, wurde von den Vertretern einer Nation versklavt, die selber durch den Großtürken am härtesten unterdrückt wurde! Die Throne wurden in Stambul unter der Hand an den Meistbietenden verkauft, und der rumänische Bojar, selbst ein verachteter raia, versteigerte seine Zigeuner öffentlich wie Vieh. Und dennoch blieb dieses halbnackte Volk, über das andere das Recht über Tod und Leben ausübten, in seiner guten Laune völlig unerschütterlich. Bei unserer Ankunft in Snagov empfingen sie uns am aufrichtigsten und herzlichsten.

Ein Achtspänner holte uns aus Galaţi ab, wo sich Floricica als direkt aus Konstantinopel kommend ausgegeben angekündigt hatte. Nur wir beide, sie und ich, saßen im Wagen. Unsere achtzehn Gefährten, in eine Garde verwandelt, die einer »Domniţa von Snagov« würdig war, folgten uns zu Pferde. Ihre Heimattrachten aus weißem Stoff, bestickt mit bunter Wolle, erregten die Bewunderung aller Dorfbe-

wohner. Dagegen jagte die Erscheinung des riesenhaften Trăznila, des befreiten Zigeuners vom Kloster Orbu, den Kindern in den Dörfern einen Riesenschrecken ein. In der Tat war er schrecklich anzusehen mit seinem Teufelsgesicht und seinem gewaltigen Körper, der das kräftigste Pferd in weniger als einer Stunde zuschanden ritt, weshalb er die meiste Zeit zu Fuß ging und das Tier am Zügel im Schweiße seines Angesichts hinter sich herzog. Da verwandelte sich der Schrecken der Bauern in allgemeines Gelächter. Floricica lachte Tränen auf der ganzen Reise.
Aber das Allerkomischste und Köstlichste dieser Heimfahrt war Trăznilas Erscheinen in Snagov. Die Zigeunersippe war in vollzähliger Besetzung mit Kind und Kegel, Katzen, Hunden und sogar einigen Schweinen vor dem Haus versammelt. Verbrannte und leuchtende oder vom Schmerz gezeichnete Gesichter. Vor Erregung aufgerissene Augen, weiße Zähne, nackte Körper. Unmöglich, in diesem Sturm von Gesten und Gezeter auch nur ein Wort zu verstehen. Es war offensichtlich, daß es fröhlich zuging. Aber es war so wenig eindeutig, daß man es ebensogut für Feindseligkeit hätte halten können. Vor dem Wagen wurden ganze Eimer Wasser ausgeschüttet – damit wünschten die Zigeuner uns Überfluß. Die tollsten *geamparales* wurden getanzt. Die Kleinen schlugen Purzelbäume und kugelten sich auf der Erde herum. Und alle wollten die Kleider ihrer Herrin mit der Hand berühren.
So ging es zu, bis die lustige Gesellschaft die Anwesenheit Trăznilas, der uns als letzter folgte, zur Kenntnis nahm. Als die Bande anhielt, und der ehemalige »Gehörnte« sich

den Augen der Sippe zu erkennen gab, schnürte die Verwirrung im ersten Augenblick alle Kehlen zu. Und dann ging ein neues Spektakel los: Schonungslos stürzten sich alle auf den glücklichen Trăznila. Schnell war es um seine Masse, seine Kraft und sein besticktes Kostüm geschehen. Die Zigeunerfreude kennt keine Grenzen und unterscheidet sich kaum von der Aggression. Im Handumdrehen wurde unser Koloß bei den Händen, Füßen und am Kopf gepackt und verschwand unter dem Ansturm dieser erschlagenden Sympathie. Sie begruben ihn unter sich, und wir wußten nicht, ob sie ihn küssen oder beißen wollten. Das Gebrüll in der Zigeunersprache machte es noch unmöglicher, etwas zu verstehen.

Floricica glaubte, sie würden ihn lynchen und schrie aus Leibeskräften: »Bringt ihn nicht um!... Er gehört zu euch!...«

»Zum Teufel! Natürlich sehen wir, daß er einer der Unseren ist!« gab eine Frau zurück, die das Handgemenge betrachtete. »Deshalb streicheln wir ihn ja. Bei einem solchen ›Zigeunerbraten‹ lohnt es sich schon, ihn ein bißchen ›aufzufressen‹!«

Und da tauchte Trăsnila verstaubt und halbnackt auf den Schultern einer dichtgedrängten Menge auf, die ihn im Triumphzug zu Floricica trug und im Chor schrie: »Domniţa!... Domniţa!... Wir wollen Trăznila als *baş-buluc-başa*[1]!« Die Herrin gab ihren Segen.

[1] Oberster von mehreren Zigeunergemeinden, die jede ihren buluc-başa (Hauptmann) haben

»Es soll so sein!...«
Sie verschwand von uns gefolgt im Haus, während Trăznila sich von einer Runde tanzender Untertanen umringt sah, die in ihrem Glück, frei zu sein, diese Freiheit dazu gebrauchten, sich einen Herrn zu wählen.

II

Ich weiß nicht, wem die einstige Schäferin aus Lipia das bezaubernde Landgut von Snagov zu verdanken hatte. Durch welches glückliche Geschick hatte das kleine barfüßige Mädchen aus dem räuberischsten Dorf im Kreis von Buzău – Grozas Freundin, die jungfräuliche Geliebte Cosmas, meine Mutter Floricica – die *Domniţa* von Snagov werden können?
Diese Seite ihres Lebens blieb mir immer dunkel. Es war mir peinlich, sie danach zu fragen, und sie hat mir niemals davon erzählt.
Als wir in Snagov ankamen, hoffte ich, dort die Person anzutreffen, die ihr dieses wahrhaft königliche Geschenk hatte zuteil werden lassen. Aber daraus wurde nichts. In zehn weiträumigen, einfach, aber bequem eingerichteten Zimmern wohnten zwei Frauen und ein Mann, Pensionsgäste auf Lebenszeit, alle drei völlig alterslos, von demütiger Haltung und einfachem Gemüt.
Jeder dieser drei hatte sein Geschichte, die seine Anwesenheit im Haus der Haidukin erklärte. Zwei von ihnen verdienen eine kurze Erwähnung. Die dritte, die unglück-

liche Evghenia, weckte nur Mitleid. Als jüngste Tochter wenig begüterter Eltern, die aber stolz und herzlos waren, hatte man sie zugunsten ihrer älteren Schwester geopfert und ins Kloster geschickt, aus dem sie, als die grausamen Urheber ihres Lebens gestorben waren, floh und in Snagov strandete. Die Vertrauten des Hauses nannten sie »die Nonne wider Willen«. Und obwohl sie ein wenig spät zu dem Leben kam, das man ihr so lange Zeit verweigert hatte, gelang es Evghenia doch, so erloschen wie sie war, in die Frucht zu beißen, die unser ein und alles ist, »solange unsere Ohren glühen und die Schläfen hämmern«, wie Cosma zu sagen pflegte.

Weit amüsanter war die Geschichte der anderen Frau, der fröhlichen Marinula. Ihren Beinamen »Rittmeisterin« erhielt sie durch ein Liebesabenteuer, das sie vom siebten Himmel der Galanterien geradewegs in die Hölle des beißendsten Spotts beförderte.

Als große Bojarendame war sie mit einem reichen und völlig einfältigen Edelmann verheiratet. Sie war schön wie eine Pfingstrose, intelligent wie ein Schaf, ging wie eine Ente und besaß ein Temperament, das in einer Nacht eine ganze Schwadron lendenlahm machte.

Wie in den meisten vornehmen Häusern ihrer Zeit, fanden die flotten Offiziere der russischen Besatzungsarmee bei Marinula eine stets offene Unterkunft und jene Zugabe, die die orientalische Gastfreundschaft so unvergeßlich macht. Der glückliche Ehemann hatte nicht den geringsten Verdacht. Marinula sorgte sich dagegen allein wegen

der widerwärtigen Andenken, die die unwiderstehlichen Eroberer, bis aufs Mark verdorben, häufig ihrer unvorsichtigen Geliebten hinterließen. Alles andere war ihr gleichgültig.
Und tatsächlich kam das Unglück nicht etwa durch eine der unzähligen Belagerungen, denen sie standzuhalten hatte, sondern durch die schmeichlerische Gleichgültigkeit eines Kavallerieobersten. Der Bösewicht redete von der Treue, die er angeblich seiner Frau schuldete, verwandelte sich dann aber eines Tages in einen herzensbrechenden Kosaken und verdrehte der armen Marinula den Kopf:
»Ja! Ich will dich! Aber nur für mich, für mich ganz allein!«
»Wie das?« stammelte sie entzückt.
»Sehr gut. Du wirst mit mir kommen. In drei Tagen reisen wir. Der Kaiser ruft uns.«
Am Morgen der Abreise fand der Oberst Marinula am vereinbarten Treffpunkt in den Schlitten gekauert. Die Schlittenfahrt begann, nachdem er sich zuvor davon vergewissert hatte, daß seine »Rittmeisterin« Gold und Schmuck bei sich trug.
Die Reise war nicht sehr lang. Unser rumänischer Gott duldete nicht den Raub dieser Parzelle Moldauer Erde. Eine Liebesnacht in Ungheni, ein kurzer Halt vor dem vereisten Pruth, eine Tracht Prügel auf Kosakenart und ein ebenso ritterlicher Raub- und Marinula erwachte aus ihrem Traum! Vor ihr das heilige Rußland ihres galanten Obersten, hinter ihr ein Ehemann, der sich inzwischen von seiner Kurzsichtigkeit erholt und die Scheidung eingereicht hatte.

Aus Wut über die ihm angetane skandalöse Beleidigung stürzte er sie in das abgrundtiefste Elend. Sie verkaufte alles, nur um leben zu können, bis zu ihren Pelzen und ihrer kleinen Astrachanmütze, die sie immer so verwegen über einem Ohr getragen hatte. Ihre tugendhaften Freundinnen, die sie wegen dieser Schmähung der guten Sitten bestrafen wollten, verschlossen die Türen vor ihr.
Sie schleppte sich durch den Schnee, den Kopf von einem Schal umwickelt, und hörte, wie auch noch die Gassenjungen in den Straßen ihr die Rechnung aufmachten, und sei es auch nur für den Verlust ihrer Mütze:

Ma-ri-nu-la! Ma-ri-nu-la!
Wo hast du die că-ciu-la?

In diesem Zustand entdeckte Floricica sie eines Tages. Sie stellte ihr keine Fragen und bot ihr eine Gastfreundschaft, der es an nichts fehlte.

Die Geschichte des dritten Pensionsgastes im Haus, des guten Alecachi, entbehrte hingegen nicht einer gewissen Tragik.
An einem schönen Frühlingsmorgen bemerkte Floricica, die im Wagen des Pascha von Silistra saß, als dieser gerade eine Inspektionsfahrt durch seinen *paşalik* machte, wie zwei türkische Henker und ein Aga sich anschickten, einem Menschen den Kopf abzuschlagen. Sie schleppten ihn zu einem Brunnen, fesselten ihm die Hände auf dem Rücken, stellten den Richtblock und das Schwert bereit.

Unsere Freundin ließ den Wagen halten und stieg ab: »Ich will wissen, worum es hier geht!« sagte sie zum alten Pascha.

»Worum es hier geht?« mauzte der Satrap[1]. »Aber das siehst du doch, meine Liebe! Man schlägt einen Kopf ab. Du willst doch nicht etwa heute überall anhalten, wo ein Kopf abgeschlagen wird, *nur um zu wissen, worum es geht?*«

Es ging aber um den armen Alecachi, der auf Floricicas Bitte unverzüglich das Folgende zu erzählen begann: Als Zolleinnehmer in Silistra galt Alecachi als ehrlichster Mann im ganzen *vilayet.* Er war verwitwet. Seine drei Kinder, ein Junge und zwei Mädchen, halfen ihm bei der Arbeit, die seit ungefähr fünfzehn Jahren darin bestand, im Schneidersitz auf einer Matratze zu sitzen und den Eingangszoll auf die Waren zu erheben, die an seiner Anlegestelle an der Donau eintrafen. Nie war eine Beschwerde gegen ihn erhoben worden. Die vereinbarten Summen, die er dem Sultan jeden Monat abgeben mußte, wurden vom Aga persönlich einkassiert. Und hier wurde die Sache kompliziert.

Der Zöllner, gesellig wie alle Orientalen, verbrachte seine Zeit damit, endlos mit seinen Freunden zu schwatzen, für die es immer noch Platz auf seiner Matratze gab. Sie tranken ein Täßchen Kaffee nach dem anderen und rauchten *cibucs* dabei.

Unterdessen schafften seine Töchter und sein Sohn das Geld heran, gaben es dem Vater und kehrten auf ihre

[1] Statthalter einer Provinz

Posten zurück. Alecachi hob eine Matratzenecke, stopfte das Geld darunter und ging weiter seinem Vergnügen nach, das erst spät in der Nacht ein Ende nahm. Er haßte es abzurechnen. Seine Energie reichte gerade noch dafür, das Geld unter die Matratze zu stecken und ab und zu etwas davon für die Bedürfnisse der Familie herauszuholen.

Aber wahrscheinlich war er nicht der einzige, der sich bediente, denn als der Aga am Monatsende kam, um seinen Anteil einzufordern, hob der Zöllner die Matratze vergebens, drehte und wendete sie, durchstöberte das Zimmer und fand gerade hier und da einige Piaster und einige *irmilics*! Fassungslos erklärte er dem Gesandten des Sultans: »Keine Geschäfte! Kein Geld, Aga!«

Der Aga war Araber und begnügte sich mit einem Wort als Antwort: *»Maleş!«* (Was soviel hieß wie »macht nichts!«) Und entfernte sich duldsam. Aber Alecachi bemerkte eines Tages, daß der Aga sich ein wenig lange damit aufhielt, mit seinen Töchtern an der Anlegestelle zu scherzen. Da der großzügige Beamte jedoch an jedem unglückseligen Monatsende wieder und wieder *»Maleş!«* zur Antwort gab, verschloß der Zöllner die Augen vor der Tatsache, daß der Aga in Naturalien bezahlt wurde, vergaß die Rechenfehler der verfluchten Matratze und widmete sein ganzes Herz seinen guten Freunden. Bis zu dem Augenblick, als seine älteste Tochter zu ihm kam und ihm eröffnete, daß der Aga sie geschwängert hätte. Da geriet der Vater in Aufregung und rief den Missetäter. Dieser entgegnete: – *»Maleş!«* Macht nichts!

Und machte den Schaden wieder gut, indem er einen armen Teufel von einem *raia* die jugendliche Mutter heiraten ließ.
Kurze Zeit später ging die zweite Tochter der Zöllners den Weg der ersten. Ein neues *maleş!* und ein zweiter *raia* folgte.
Jetzt lebte Alecachi glücklich. Der dankbare Aga antwortete schon von weitem auf seine monatlichen Defizite mit einem *maleş* und ging weiter. Und Töchter hatte der gute Vater nicht mehr zu vergeben.
Der Aga dagegen hatte deren zwei. Und diesmal war es der Sohn des Zöllners, der sie schwängerte, um seine Schwestern zu rächen. Worauf er in der Welt verschwand, ohne auch nur einen Gedanken an seinen armen Vater zu verschwenden, den er auf der Matratze wie auf glühenden Kohlen zurückließ.
Diese unüberlegte Handlung hätte beinahe schwerwiegende Folgen gehabt. An jenem schönen Morgen, als Floricica gerade mit dem Wagen vorbeifuhr, kam der Aga in Begleitung von zwei Henkern, um Alecachi zu holen. Der Aga liebte kein langes Gerede und sagte einfach: »Ich bin gekommen, dir den Kopf abzuschlagen!«
Der Zöllner vernahm es, sah das Schwert und den Richtblock und fühlte, wie seine Haare ergrauten.
Er hatte jedoch die Kraft zu fragen: »Warum den Kopf abschlagen, Aga?«
»Weil dein Sohn meine beiden Töchter geschwängert hat . . .«
»Und du, hast du mit meinen nicht dasselbe getan?«

»*Maleş*! Du hast mich nicht bezahlt.«
»Aber Aga! Du hast doch gesagt, daß das nichts macht!«
»*Maleş*! Steh auf und folge uns!«

Floricica bat den Pascha von Silistra, die sofortige Freilassung von Alecachi anzuordnen, was der gute Pascha auch tat, indem er nur seinen Zeigefinger hob. Unsere Freundin legte die fehlende Summe in die Hände des Beauftragten des Sultans.
»Und meine zwei schwangeren Töchter?« rief der Aga aus.
»*Maleş*, Aga!« erwiderte Domniţa von Snagov.

III

Am Tag nach unserer Ankunft empfingen wir den Besuch des Priesters von Snagov und seiner Pfarrkinder, die kamen, um uns überaus geräuschvoll ihrer Freude zu versichern, sich wieder von der »guten Domniţa Floricica« beschützt zu wissen. Danach tat das Haus der Haiduken seinen ersten Schritt in den Kampf.
Ein komischer und für mich unerwarteter Schritt. Zwei wichtige Persönlichkeiten entstiegen eines Tages einer Karosse und wurden zum Mittagessen mit Ehren empfangen, die sie noch lächerlicher machten, als sie ohnehin schon waren – platt wie Wanzen in einem leerstehenden Haus, mit schlenkernden Armen wie Hampelmänner und zum Totlachen häßlich.
Ich platzte ihrem Anblick förmlich vor Lachen – was

Floricica veranlaßte, mich beiseite zu nehmen: »Du Kasper! Willst du dich wohl anständig benehmen? Weißt du, wer die beiden sind?«
»Das sehe ich: die ›Spatzenvogelscheuchen‹ – wie Cosma sagen würde!«
»Wie du willst, aber merke dir, daß der mit Fez und Brille Hood-Bey ist, erster Dolmetscher der Hohen Pforte und unser bester Freund. Sein Begleiter ist Herr Isidor, ein deutscher Jude und Vertreter einer Anzahl von Fabriken, die alles herstellen werden, was unser Land braucht, damit seine Bewohner aufhören, mit den Fingern zu essen, auf der Erde zu schlafen und sich wie Osmanen zu kleiden.«
Ich vermutete, daß Hood-Bey einer der Mächtigen war, die Floricica vermögend gemacht hatten, die aber ihre Freundin nicht in jeder Hinsicht kannten. Er war sehr reich und sprach neun Sprachen, darunter vier orientalische. Doch sein Rumänisch war nur mittelmäßig.
Herr Isidor hingegen sprach es sehr gut, genauso wie deutsch, französisch und englisch, wie man sagte.
Der Dolmetscher des *Padischah* war mütterlicherseits ebenfalls Jude, und die Anwesenheit beider Männer im Haus der Haiduken fand ihre Erklärung in dem Plan der Haidukin, den sie nach dem Essen zu verstehen gab.
In dem mit Sofas und Diwanen vollgestopften Raum, der nur den engsten Vertrauten vorbehalten war, erstarrte der englische Bey zur Mumie. Den *cibuc* in der Hand und die Brille auf der Nasenspitze blickte er ins Leere und öffnete den Mund nur, um abwechselnd »ja« oder »nein« zu sagen.

Er war derjenige der beiden Juden, der goldene Worte redete, das heißt Worte in *Pfund Sterling*.
Die andere Bohnenstange, äußerlich weit sympathischer und anziehender durch sein lebhaftes Temperament, hielt nicht eine Minute inne, das Zimmer von hinten bis vorne zu durchschreiten. Er rauchte schöne Zigaretten und spottete über den *cibuc* des Bey, den er »Nikotinspucknapf« nannte.
Im übrigen machte er sich über alles lustig, was nicht abendländischer Herkunft war.
»Seht euch dieses Intérieur einer eleganten Europäerin an«, sagte er, »ein Zimmer, das einen zwingt, sich mit gekreuzten Beinen hinzusetzen! Nirgends sieht man einen gut gearbeiteten Stuhl, einen Schrank, ein Buffet oder anständiges Geschirr. Die reichsten Rumänen konservieren ihre asiatischen Sitten, obwohl sie von der westlichen Sprache und Kultur begeistert sind. Sie waschen sich am Brunnen, beleuchten ihre Räume mit stinkenden Kerzen und betten ihre Freunde auf an der Erde liegenden Matratzen. Sie sprechen Französisch und tragen *şalvars*. Ihre Kleider bewahren sie in unbequemen Kisten auf. Es ist einfach lächerlich! Und ausgerechnet die Rumänen besitzen dieses wunderbare Sprichwort: *Sprich, wie du dich kleidest, oder kleide dich, wie du sprichst.*«
»Ich bin ganz Ihrer Meinung, Herr Isidor«, pflichtete ihm Floricica bei. »Auf eine gewisse Weise sind Sie ein Haiduk!«
»Ich, Haiduk?« schrie der deutsche Repräsentant auf. »Haben Sie jemals von einem jüdischen Haiduken reden ge-

hört? Oh nein! Und das ist bedauerlich, denn wüßte mein Volk mit Waffen umzugehen, dann wäre es heute nicht der Sündenbock aller möglichen sozialen Katastrophen!«
»Ich sagte ›auf eine gewisse Weise‹, was auch der Wahrheit entspricht. Verausgaben Sie sich nicht dafür, im Orient mehr Lebensart und folglich auch mehr Wohlstand zu verbreiten? Das ist Haidukenart. In diesem Sinne ist auch Hood-Bey Haiduk!«
Den Bey überlief ein leichter Schauer, und er ließ beinahe seinen *cibuc* fallen.
»Erklären Sie das gefälligst, Floricica! Und hüten Sie sich jedenfalls, dies dem Sultan zu sagen – es könnte mich den Kopf kosten!«
»Keineswegs, mein Freund. Ihre Haidukenart besteht darin, daß Sie mit Ihren Revolutionen gleichzeitig das Gold in die Tresore jeder Industriemacht fließen lassen. Denn Sie fördern den Absatz Ihrer Produkte dadurch, daß Sie den Händlern Kredite zur Verfügung stellen.«
Auf diese Weise beruhigt, blieb den beiden »Haiduken« nichts weiter übrig, als den Handel abzuschließen, wegen dessen sie gekommen waren. Isidor verpflichtete sich, jüdische Kaufleute verschiedener Branchen einzusetzen. Hood-Bey stellte das Geld zur Verfügung, und Floricica übernahm den Transport der Waren zwischen den Grenzorten und den Geschäften, die in einigen Hauptpunkten der Fürstentümer eingerichtet wurden.
So wurde ein Handel auf rumänischem Boden eröffnet, der, in der Hauptsache von Juden ins Leben gerufen und getragen, eine Quelle nationaler Energie freisetzen sollte,

um Rumänien in die Reihe der zivilisierten Länder einzugliedern.
Die Belohnung, die den Juden für ihre motivierende Beteiligung und uns für die Erleichterung des Handels zuteil werden sollte, sah allerdings ganz anders aus, als seine Urheber geplant hatten.

Im übrigen bestand Floarea Codrilors Ziel nicht etwa darin, Geschäfte zu machen. Sie machte sich lediglich das Bedürfnis der reichen Klasse zunutze, auf westliche Art leben zu wollen, und den unwiderstehlichen Ansturm der ausländischen Industrie, Absatzmärkte in unserem Land zu schaffen. Auf diese Weise propagierte sie ihre Haidukenideen – die Rückgabe der Bodenbesitztümer an die Bauern, die Überführung des geistlichen Besitzes in weltlichen, die Abschaffung der Versklavung von Zigeunern und die der Todesstrafe, die Vereinigung der Fürstentümer und verfassungsmäßige Garantien.
Ein europäischer Kongreß sollte binnen kurzem beide Länder auffordern, ihre Ansprüche durch die Wahl von Nationalversammlungen zu formulieren, von denen das Schicksal des gesamten rumänischen Volkes abhing. Es galt deshalb, alles zu tun, um die reaktionären Machenschaften zu durchkreuzen und nur die Männer zu wählen, die mit dem Programm der Jugend sympathisierten.
In dieser Absicht wagte es Floricica, den Kampf auf beiden Seiten zugleich aufzunehmen – unten durch die Unterstützung einer starken Volksbewegung, und oben durch die Entlarvung der Unmenschlichkeit der Bojaren und die

Freisetzung aller der Sache des Volkes förderlichen Kräfte. Aber es war unendlich schwer, die Bauern, die vier Jahrhunderte Unterdrückung abgestumpft hatten, aufzurütteln! Wie mühsam ist es doch, die Menschheit auch nur ein wenig in Bewegung zu setzen!

Wir gingen mit missionarischem Eifer daran, die Massen zu erobern. Hunderte von Ochsenfuhrwerken und Pferdewagen begannen die Fürstentümer zu durchziehen. Jede Kolonne wurde von einem Haiduken angeführt und war bereit, dem Guten zum Sieg zu verhelfen oder zu sterben. Jeder Haiduk hatte auf den Lippen die Parole: Seid mutig! Fordert eure Rechte! Unterstützt unseren guten *voda*[1]!

Jahre hindurch kämpften wir abwechselnd gegen Regen, Schlamm, Schnee, Wind, erstickende Hitze, wilde Tiere und Läuse, aber von alledem machte uns die Trägheit der Angesprochenen am meisten zu schaffen.

Für den einfachen Menschen ist die Macht der Obrigkeit eine okkulte, göttliche oder teuflische Angelegenheit. Er weiß nicht, woran er mit ihr ist, kann aber nicht anders, als sich ihr zu beugen.

Mein Leidensgefährte, Feind meiner Freiheit, hast du denn nicht wie ein jeder einen Kopf, zwei Arme und Beine? Was ist dein Gebrechen? Wo muß ich dich packen, um den Fels deiner Dummheit an seiner empfindlichen Stelle zu treffen, um dir einen Dienst zu erweisen und mir das Leben zu geben, um das du mich bringst?

[1] Fürst

Bitter wie Galle war das Leben der Haiduken in jenen Jahren erzwungener Selbstaufgabe. Von Kindheit an ist der Haiduk ein verbitterter Feind all derer, die nicht so sind wie er. Er verachtet Zukunft und Tod, schätzt nur die Minute, die er in Freiheit verbringt, und verlangt man von ihm, einen Menschen von irgendetwas zu überzeugen, bringt er dafür kaum Geduld auf. Bevor er Haiduk wurde, hat er sich heiser geredet und weiß heute, daß seine Worte nur auf taube Ohren trafen und kaum dazu beitrugen, den Würgegriff der Machthaber auf sein Dorf zu lockern. Und schließlich sagte er sich: man wird als Haiduk geboren, wie man als Sänger geboren wird. Und zerriß die Bande, die ihn an seinesgleichen fesselten.
Trotzdem gab es sehr viele Gefährten, die sich freiwillig für diese undankbare Aufgabe zur Verfügung stellten. Ihr Einsatz stand dem eines vom Glauben Verzückten in nichts nach, obwohl er nicht dem eigenen Bedürfnis entsprang.
Nachts, wenn die Finsternis den Glanz unserer Augen dämpfte, sprachen wir leise mit den Fuhrleuten, die rauchend dem Knirschen schlecht geölter Achsen folgten. Während der friedlichen Rast inmitten der Felder redeten wir auf sie ein, wenn sie dösten und sich den Rücken an ihren wiederkäuenden Ochsen wärmten.
Wir versuchten nicht, sie mit der bloßen Kraft der Worte für die gerechte Sache zu gewinnen. Wir zeigten ihnen auch unser Herz und nahmen, ohne dazu verpflichtet zu sein, Anteil an ihren Schmerzen, wenn die Fuhrwerke im Morast steckenblieben oder im Wildwasser umstürzten, wenn sich Tiere und Menschen bei der Arbeit schier

umbrachten. In der Nacht führten wir allein die Kolonnen auf leicht zu gehenden Wegen und ermöglichten es den Fuhrleuten, in ihren Wagen zu schlafen. Und immer boten wir ihnen einen Liter Wein, einen Imbiß oder einige Kleinigkeiten als Mitbringsel für ihre Familien an – wie Bänder, Stoff, angeschlagenes Geschirr oder Taschenmesser. Darüber hinaus hatten wir für die Sklaven immer Mitgefühl und Brüderlichkeit übrig. Und fehlte ihnen ein Lasttier, ein Pflug, eine Hütte oder das Nötigste für die Heirat eines Kindes, dann waren wir zur Stelle, die wir viele Dukaten verdienten und keine Lust hatten, selbst ein Vermögen zu machen.

Ohne lange zu überlegen, fanden sich manchmal die Haidukenanführer oder Domniţa von Snagov selbst in dem Dorf ein, wo unsere Kolonnen sich ausruhten. Sie mischten sich bei Tauf- und Hochzeitsfeiern unter die Gäste, tanzten wie besessen und verteilten das Gold mit vollen Händen: »Freunde, Brüder!« riefen wir dann in die vom Leid gezeichneten Gesichter. »Schaut, wie schön das Leben für alle sein könnte, wenn es die Tyrannei der Gospodare nicht mehr gäbe! Faßt euch ein Herz und tötet diese Ungeheuer! Wir werden euch dabei helfen!«

IV

Parallel zu dieser Arbeit »unten« entwickelte sich in Snagov eine andere, weit wichtigere.

Floricica wollte zeigen, wie man auf die westlichen Lebensformen reagieren sollte und gestaltete das Innere ihres Hauses völlig um. Angefangen bei ihrer Kleidung bis hin zu den Möbeln – wobei sie die Koketterie so weit trieb, in ihrem Besteck Zuckerzangen einzuführen –, ersetzte sie alles durch Sendungen aus Wien, Paris, Dresden und Leipzig. Ein Butler trat an die Stelle des berühmten *sufragiu* des rumänischen Bojaren, dieses armen versklavten Zigeuners, der sich mit eben den Fingern schneuzte, die er sodann benutzt, um den Salat seines Herrn zu wenden. Sie richtete bequeme Schlafzimmer ein mit Betten aus Holz oder lackiertem Eisenblech, die mit Szenen aus der rumänischen oder ausländischen Geschichte bemalt waren. Fügt ihr dieser Innenausstattung die Reize ihrer Herrin hinzu, die wie eine wahre *domniţa* zu empfangen wußte und jede modische Kleidung mit der ihr eigenen Anmut trug, könnt ihr euch eine Vorstellung davon machen, welchem Ansturm das Haidukenhaus in einem Land standhalten mußte, in dem es weder an reichen Stutzern fehlte, die glänzen wollten, noch an einfallsreichen Leuten mit ausreichenden Mitteln, sich ihre Wünsche ohne große Mühe erfüllen zu können. Floarea Codrilor öffnete die Türen ihres Hauses all denen, die eintreten wollten und erklärte sich gleichzeitig bereit, das Heim eines jeden Bojaren ähnlich dem ihren einzurichten.

Die Gäste strömten von überall im Fürstentum zu ihr, und mit ihnen kamen die Aufträge. Der »Hof« von Snagov rivalisierte, was Empfänge anging, mit den Höfen der beiden regierenden Fürsten. Tag und Nacht hielten Sechs- oder Achtspänner vor ihrem Haus, und man sah lange, weiße Bärte – wie sie einzig und allein von den höchsten Adligen getragen werden – und hohe öffentliche Würdenträger mit ihren zerbrechlichen Gattinnen, die huldvoll geruhten, die Gastfreundschaft der »Krämerin«, »Intrigantin« oder »Abenteurerin« anzunehmen, wie die Bojaren insgeheim diese Gastgeberin nannten, die ihnen an Vermögen fast gleichkam und sie an Lebensart übertraf.
Mit einem Lächeln auf den Lippen, schön und kokett wie die von den Frauen jener Zeit so beneideten Pariserinnen, empfing Floricica und zeigte ihr Haus. Sie gab strahlend schöne Feste und bezauberte alle.
Wenn während des Festes einer dieser adligen Graubärte der *protipendada* durch das Haus irrte und dann die falsche Tür erwischte, stieß er unweigerlich auf den Patriarchenbart Ilies des Weisen, der ergeben, aber unerschütterlich im Schneidersitz der Erfüllung der Gerechtigkeit auf Erden harrte.
Er wartete und wachte als Sittenhüter des Haidukenhauses.
Ohne Strenge, aber mit Toleranz verstand Ilie alles, entschuldigte alles und hielt ruhig mit sanften Augen, diskreten Ohren und heiterem Gesicht Wache.
Was soll's! Diese Sanftmut, diese Diskretion und Heiterkeit ließen uns Ilies Gegenwart bei den Feierlichkeiten

nur noch mehr spüren, genau wie zu der Zeit, als Cosma gerade das tat, was ihm richtig erschien, dabei aber regelmäßig über das »ärgerliche« Schweigen des Haidukenpatriarchen stolperte.

Gewiß, Floarea Codrilor war nicht Cosma, und ich, Irimio, gab mir Mühe, so wenig wie möglich sein Sohn zu sein. In Snagov folgten wir dem glühenden Wunsch, bessere Haiduken als Cosma zu werden, aber hätten wir etwa die Schreie unserer Herzen dadurch eher als er ersticken können? Kann man das Gute auf Erden wollen, ohne die Wohltaten des Lebens zu spüren? Mit anderen Worten, kann man ein trauriger Haiduk sein?

»Genießt das Leben und freut euch daran«, rief Floricica den herumziehenden Haiduken zu, wenn sie von ihrer Arbeit am Volk zurückkehrten. »Eßt, trinkt, liebt und kämpft freudig dafür, daß alle Welt bald eurem Beispiel folgen kann! So werdet ihr euch nichts vorzuwerfen haben. Derjenige, der die anderen nicht am Leben hindert und für das Glück aller kämpft, hat selbst Anspruch auf das ganze Leben!«

Dem Schwarm junger Mädchen und Männer, die unser Liebesnest unwiderstehlich anzog, gebot sie: »Brecht mit der Vergangenheit! Folgt nicht dem Weg eurer Eltern! Dort, wo Haß und Egoismus regieren, gibt es keine Moral, wie sie die Alten liebten. Glück erst recht nicht, denn man bricht nicht ungestraft mit den Gesetzen des Lebens. Diese Art von Nicht-genug-Bekommen weckt ein Unbehagen, das unweigerlich zu einer seelischen Verkümmerung führt.

Diese nennt man: *ich weiß nichts mit meiner Haut anzufangen.*«
Und um zu zeigen, daß sie mit der ihren sehr wohl etwas anzufangen wußte, wies sie allen einen neuen Weg.

Dieser »Weg« war nicht sehr weit vom Haus entfernt und befand sich auf dem Wasser. Ein Dutzend Barken mit gepolsterten Sitzen lagen wie zufällig in jedermanns Reichweite, um den Zugang zu erleichtern. Wie sollte man da nicht den Haß vergessen? Und wie der Einladung dieses Sees in den Feennächten des August widerstehen?
Jeden Tag stießen zu den in Snagov Beherbergten die Gäste aus Bukarest, die in einer Kalesche oder zu Pferd für einen Nachmittag oder einen Teil des Abends kamen. Debatten über aktuelle Fragen nahmen Frauen und Männer gefangen. Floricica kämpfte wie eine Löwin um einflußreiche Mitstreiter. Später besänftigten Müdigkeit und Hitze das Stimmengewirr. Scherze und Flirts traten an die Stelle des Ideenaustauschs. Die Alten gingen schlafen. Die Hausherrin nahm den Arm des strahlenden Hetman Miron und verschwand.
Ilie sah von seinem Fenster aus die erste Barke, die sich vom Ufer löste und auf den See hinausfuhr. Er sagte nichts, dachte sich aber seinen Teil. Die anderen Paare zögerten nicht zu folgen. Nacheinander verließen die Barken den Steg, glitten über die Seeoberfläche und verloren sich in den nächtlichen Schatten, glitten den schweigsamen Inseln und dem verlassenen anderen Ufer entgegen. Einsame Gäste kehrten zuletzt nach Hause zurück.

Von seinem Platz aus sah Ilie das alles und auch das, was danach geschah. Denn was folgte, war vielleicht der schönste Teil des Abends.

Nach dem Verschwinden der Anführer der Volksverschwörung kamen die Haiduken auf leisen Sohlen wie Ratten aus allen Ecken. Ihr leises Pfeifen rief ein halbes Dutzend schöner *ţigăncuşas*[1] herbei. Die Dienerinnen, die gerade die Lichter gelöscht hatten, kamen auf nackten Füßen gelaufen. Ihre Augen waren im Dunkeln weit aufgerissen, und sie zitterten vor Verlangen und Sehnsucht. War der Vorrat an Barken noch nicht erschöpft, schiffte sich das neue Rudel Verliebter um die Wette ein. War es nicht mehr möglich, der im Wasser gezogenen Spur zu folgen, blieb nichts anderes, als den Weg in den Wald einzuschlagen. Trăznila, der *baş-bulucbaşa*, nahm diesen Weg mit schöner Regelmäßigkeit, ohne daß er ihm gezeigt worden wäre. Er liebte das Wasser nicht.

Dieser Pförtner einer Behausung ohne Schloß und Toreinfahrt wartete, bis Herren und Knechte sich verdrückt hatten. Dann sah ich vom Pavillon, wo ich meinen *cibuc* rauchte, seine schwarze Masse im Laufschritt auftauchen, eine große Puppe im Arm. Zärtlich drückte er sie an sich, flüsterte ihr mit sanfter Stimme unverständliche Liebkosungen zu und stürzte sich auf Bärensohlen in den geheimnisvollen Wald.

[1] kleine Zigeunerinnen

In der schwülen mondhellen Nacht schien der funkelnde Himmel einen gewaltigen Sprung in die Höhe getan zu haben. Aus der Ferne schickte die weit entfernte Glocke des kleinen alten Klosters von Snagov ihren reinen Bronzeklang, dem die Bäume, das Schilfrohr und der See in andächtiger Unbeweglichkeit lauschten.
In diesem Augenblick trat die glückliche Marinula am Arm ihres Geliebten aus dem Haus: eines hitzigen Zigeuners mit einer schönen Stimme, Floricicas Leibkutscher. Die »Pfingstrose« sang gleichfalls mit Talent. Und beide – Arm in Arm, die Köpfe ein wenig nach hinten gebogen, die Leiber nach vorn gewölbt – schmetterten ihr Lieblingslied in die Lüfte:

Die Feinde haben sich verschworen,
uns in den Federn aufzuspüren,
uns zu fesseln Seite an Seite,
und uns der ganzen Stadt zu zeigen!

Gelächter scholl von dem Balkon, wo Alecachi, der ehemalige Zöllner, und Evghenia, die »Nonne wider Willen« sich die Zeit damit vertrieben, den Mondschein zu bewundern.
Die beiden waren unzertrennlich, vor allem weil es Evghenia niemals satt wurde, Alecachi nach den Umständen, die ihn beinahe den Kopf gekostet hätten, zu befragen.
In dieser Nacht hörte ich, wie sie ihren Schicksalsgenossen zum hundertsten Mal befragte: »Hast du an jenem Tag am Brunnen sehr viel Angst gehabt, Alecachi?«

Dieser antwortete unverändert: »Sehr viel Angst, ... Evghenia!«
Nach der Parade der Verliebten suchte Evghenia manchmal Ilie an seinem Fenster auf und fragte ihn ohne Hintergedanken: »Was haltet Ihr, Ilie, von diesen Leuten?«
»Mein Gott, ich denke, daß sie sich amüsieren ... zum Wohle des Volkes.«

V

Wenn Ilie sagte, daß man sich im Haidukenhaus »zum Wohle des Volkes ... amüsierte«, dann schlich sich möglicherweise eine Spur Ironie in die Gedanken des aufrichtigen Mannes.
Er sagte jedoch die reine Wahrheit.
Die freimütige Lust gefällt jedem, und sogar insgeheim den Heuchlern. Denn man soll weniger an das Böse als an das Dumme im Menschen glauben.
Den Beweis dafür, daß auch die größten Bösewichter ihre Herzen gern der Freude und Lust aufschlossen, lieferte die Bedeutung, die Snagov innerhalb von zwei Jahren für eine zurückgebliebene Klasse Adliger gewann, die jeder freien Idee gegenüber feindlich eingestellt gewesen waren.
Zu diesem Zeitpunkt, als Frankreich und England über das zaristische Rußland triumphierten, hatten schließlich selbst die unzugänglichsten und stolzesten Bojaren Zugang zu unserem Haus gefunden und erkannten zumindest an, daß Floricica »aufrichtig und uneigennützig« war.

Sie erklärten sich nicht für geschlagen, denn der Hunger nach Ehren und Würden beherrschte diese »*gărgăuni*[1] des Reiches«, wie man sie nannte, vollständig. Unser Einfluß auf die schönen Geister jener Zeit war jedoch unbestritten, und eines Abends hatten wir das Vergnügen, zwei neue Mitglieder ersten Ranges aus ihren Reihen bei uns zu empfangen.
Es waren der Abt Uhrich, ein Franzose aus Lunéville, der Erzieher des rumänischen Hochadels, und der Konsul Frankreichs, der vor kurzem in Bukarest eingetroffen war. Das Urteil beider Männer wog in der Waagschale der inneren Angelegenheiten unseres Landes weit schwerer als alle Berechnungen der reaktionären Clique.
Glücklich über ihre Anwesenheit bereitete die Gastgeberin ihnen den entzückendsten Empfang, ohne jedoch in Schmeichelei zu verfallen. Sie wußte, daß der, der in seiner Uneigennützigkeit Stärke zeigt, sich den Luxus erlauben kann, stolz zu sein und kein Blatt vor den Mund zu nehmen.
So wie noch an jenem Abend.

Es war im tiefen Winter, am letzten Tag des Jahres. Kniehoher Schnee, Schlitten mit Glöckchen und ein Wind, daß die Bäume krachten. Der See ein Spiegel aus blankem Kristall.
In dem großen Empfangsraum, der voller Gäste war, stritten sich *Unionisten* und *Separatisten* um die Wette. Abt

[1] Hornissen

Uhrich, der in einer Ecke saß, wies den Konsul auf die russischen Spitzel hin und informierte ihn über die rumänischen Verhältnisse: »Wir sind in einem Land, wo ein jeder regieren will«, sagte er zu ihm. »Diesen Leuten ist es egal, ob ihre Zwiste die Fürstentümer ruinieren und die finstersten sozialen Mißstände heraufbeschwören, solange jeder Bojar den Thron besteigen und sich sechs Monate darauf halten kann. Das nennt man *voda* sein. Unter diesen Umständen läßt sich verstehen, daß die Vereinigung beider Fürstentümer nicht ihre Sache ist.«
Floricica kannte die Geradlinigkeit von Abt Uhrich und die »unionistischen« Ideen des französischen Diplomaten, wußte aber nicht, inwieweit sie mit beider Unterstützung rechnen konnte. Deshalb hielt sie sich, bevor sie zum Angriff überging, abseits der stürmischen Redegefechte und beobachtete den Abt und seinen Landsmann diskret.
Letzterer langweilte sich amüsiert, wie alle Diplomaten. Sein neugierig umherschweifender Blick befaßte sich lieber mit dem weiblichen Teil der Gesellschaft, der gerade an jenem Abend durch eine große Anzahl schöner Frauen glänzte. Der Konsul war noch jung und schien ein Spötter zu sein.
Dahingegen war es bekannt, daß Abt Uhrich – ein bejahrter Mann von kleiner und sehr hagerer Gestalt – seit zwanzig Jahren durch das rumänische Land reiste und, aus christlicher Überzeugung, ein glühender Verteidiger des unterdrückten Volkes war. Die Haiduken, die Pfaffen nicht leiden können, hatten von seiner Güte sprechen

hören und nannten ihn, weil sie sich seinen Namen nicht merken konnten, den *Haidukenpopen.*
Ich freute mich, ihn zu sehen. Sein von tiefen Furchen durchzogenes Gesicht gefiel mir. Das Interesse, das er unserem Tun gegenüber bezeugte, ließ ihn in meiner Achtung nur noch steigen. Wirklich, man kommt nicht umhin, solchen Männern Respekt zu zollen, selbst wenn es Geistliche sind. Und als mich Abt Uhrich an diesem letzten Nachmittag des Jahres schließlich durch seinen mutigen Einspruch in unseren Streitgesprächen überraschte, habe ich ihn lieben gelernt.

Die Gelegenheit dazu ergab sich von selbst.
Man servierte den Tee. Der Unverstand unserer Gegner wurde durch die Schönheit des Teegedecks aus dem feinsten Meißner Porzellan geblendet. Der alte Bojar Daniel Crăsnaru, der für seinen Reichtum und seine Eitelkeit bekannte Führer der *Separatisten*, war am Ende seiner Weisheit angelangt und hielt es nun für richtig, sich an dieses unglückselige Geschirr zu klammern, um Floricica in einen Widerspruch zu verwickeln.
»So also verraten Sie Ihre wahren Gefühle!« rief er, die Tasse in der Hand. »Sie behaupten, eine Freundin des Volkes zu sein, aber Ihr Luxus übersteigt den unseren bei weitem. Oder sehen Sie etwa einen Unterschied zwischen dem, was wir und dem, was Sie sind?
»Ich sehe einen, und sogar mehrere«, antwortete die Hausherrin, die unter einer Maske aufgesetzter Ruhe vor Wut kochte.

Während alles schwieg, richteten sich die Blicke der Gäste, der Freunde wie der Feinde, auf Floricica.
»Es ist richtig, daß mein Luxus größer ist als der Ihre: Sie aber, und gerade Sie, Herr Crăsnaru, sind hundertmal reicher als ich. Stimmt es nicht, daß Sie der unumschränkte Herrscher von fünfzig Bauerngemeinden sind, die alle zu einer einzigen Domäne gehören, welche sich über viele Quadratkilometer Boden, Wald, Weiher und Weiden erstreckt? Tausende von Sklaven arbeiten nur für Sie allein. Diese haben kein Hemd auf dem Leib, doch Sie erklären, nicht einen einzigen Porzellanteller zu besitzen!
Ist denn das kein Unterschied? Wo sind die Menschen, die sich für mich abplagen und Grund zu klagen hätten? Was gehört mir außer dieser Bude? – Das Land? Der Wald? Der See? – Es gehört alles den Bauern. Ich bezahle für die Dinge, die ich zum Leben brauche. Und mit welchem Geld? Mit dem, was ihr Bojaren mir, der »Krämerin« gebt, die ihr verachtet, die euch jedoch zu leben lehrt.«
Gelächter und feindseliges Murmeln erhoben sich. Crăsnaru wollte antworten, Floricica jedoch hinderte ihn mit einer entschiedenen Geste daran.
»Verzeihung! Ich habe das Recht, mich zu verteidigen. Es mag Ihnen gefallen, den gutgläubigen Menschen einzureden, daß ich eine Räuberin bin. Ich aber sage: nein! Was Sie hier sehen, ist nützlich und schön, und jeder hat das Recht, ehrlich zu kämpfen, um die Häßlichkeit zu besiegen und sich die Schönheit anzueignen. Würdet ihr euch nur an diese Art von Luxus halten, gäbe es keine Sklaverei und auch kein Arbeiterelend.

Aber wenn ihr auch die Bequemlichkeiten des Lebens und die einfachste Körperpflege nicht kennt, so habe ich doch gesehen, wie ihr in Konstantinopel Tausende von Goldbörsen verteilt habt, um euch die Throne der Fürstentümer zu kaufen, wie man einen Esel kauft! Ihr wascht euch nicht ordentlich und wollt Könige sein! Und was tut ihr, wenn ihr erst einmal rittlings auf einem Fürstentum sitzt? Ihr verschachert die öffentlichen Ämter an die grausamsten Blutsauger, die fürchterlichsten Folterer des Landes, die unser Volk zu Tieren gemacht haben!
Seid ihr denn wenigstens glücklich bei einem solchen Handel? Schaut euch die schreckliche Bilanz eurer Taten an – nicht ein einziger von euch hat nicht mindestens ein Familienmitglied geköpft beerdigen müssen! Sogar der Fürst, der heute die Moldau regiert, noch einer von den besten, hat einen Großvater zu beklagen, der von der Hohen Pforte ermordet wurde, und sein Vater ruht enthauptet in der Kirche des heiligen Spiridon zu Iaşi, während sein Kopf in irgendeiner Gosse Konstantinopels verfault!
Wohin führt euch dieser Weg? Was muß geschehen, damit ihr eure Eitelkeit und eure Reichtümer satt habt?
Zeigt Menschlichkeit, Bojaren! Seid Vorbilder, und das Volk wird euch erlauben, von Goldtellern zu speisen, wenn ihr Spaß daran habt!«

Unter dem allgemeinen Gezeter der Separatisten erhob sich Daniel Crăsnaru, um fortzugehen. Abt Uhrich legte ihm die Hand auf die Schulter: »Herr Crăsnaru, gestatten

Sie einem Ausländer, dazu Stellung zu nehmen? Sie kennen mich, und, um ehrlich zu sein, wissen Sie auch, daß ihr, die Rumänen, nach den Franzosen meine zweiten Landsleute seid. Aber war ich auch der Erzieher reicher Rumänen, bin ich doch immer der Freund der Armen geblieben. Mehr als das, in der Hoffnung, den letzteren einen Dienst erweisen zu können, habe ich meine ganzen Kräfte darauf verwandt, die ersteren zu bilden.
Nun, ich gestehe Ihnen meine Unzufriedenheit! Ich beschuldige niemanden, aber ich kann es nicht unterlassen, eine Reihe beklagenswerter Dinge feststellen zu müssen. Ich habe ein Viertel meines Lebens dafür geopfert, die beiden Söhne eines regierenden Fürsten zu unterrichten, den jeder kennt. Einer der beiden ist geistesgestört, der andere *beizade* ist noch schlimmer. Er hat es sich in den Kopf gesetzt – wahrscheinlich, um seinem geistlichen Erzieher alle Ehre zu machen – Tag für Tag auf seinen Schultern ein Kalb spazieren zu tragen! Und er wollte diese Übung solange fortsetzen, bis nach dem Vorbild des Milon von Kroton[1] aus dem Kalb ein Ochse geworden wäre.
Höre ich nun aber, wie man mich manchmal den »Erzieher des *Kalbsprinzen*« nennt, so ist mir das sehr zuwider. Um zu solch einem Ergebnis zu kommen, war es nicht nötig, mich aus Lunéville herzuholen! Und nirgendwo in den Fürstentümern hat sich der westliche Einfluß auf bessere Weise durchgesetzt.

[1] eine geschichtliche Tatsache!

Französisch spricht man fließend. Die Jungen sind alle Anhänger Voltaires. Die Alten überbieten einander in Stiftungen an die Kirche. Aber dann werden zwischen einer Huldigung an Voltaire und einer Opfergabe an Christus dem auf der Erde liegenden Zigeunerkoch wegen des geringsten Vergehens fünfzig, hundert oder zweihundert Peitschenhiebe übergezogen! Ich habe gesehen, wie Sklaven nur deshalb geschlagen wurden, weil der Bojar in seiner Wut nicht wußte, an wem er sich abreagieren sollte. Aber die Frage der Sklaverei wiegt weit schwerer. Ich glaube, ich erzähle Ihnen nichts Neues, wenn ich Ihnen sage, daß fast alle Bojaren, ob jung oder alt, sich junger Zigeunermädchen und sogar *kirchlich getrauter Frauen* ›bedienen‹, ohne sich über das Verbrechen, das sie damit begehen, im klaren zu sein. Ohne sich um die moralischen Nöte der armen Ehemänner und Verlobten zu kümmern, die zwar Sklaven, aber nichtsdestotrotz Menschen sind! Es kommt noch besser! Den Gästen, die sie auf ihrem Landsitz empfangen, schicken diese guten Christen jeden Abend dieselben Frauen und Zigeunermädchen mit dem Auftrag zu, dem schlummernden Bojaren die Füße zu reiben. Schönes Reiben!

Dieselben Gepflogenheiten werden in allen Klöstern, diesen Stätten öffentlicher Unzucht, diesen Harems hochgehalten! Die Zigeuner werden als Vieh betrachtet, man paart sie zu bestimmten Zeiten, man verfügt über ihre Frauen und Töchter, über ihr Leben.

Was den Bauern angeht – diesen Sklaven, der von seinem Herrn weder Nahrung noch Obdach erhält, und dessen

einzige Freiheit darin besteht, vor Hunger krepieren zu dürfen –, so schont ihn der Bojar ebensowenig wie den Zigeuner, nachdem er ihm sein Land geraubt hat. Und jeder weiß, daß vor mittlerweile zwanzig Jahren Graf Kiselev in seiner berühmten Schrift über die ›Organische Verfassung[1]‹ sich dem Bauern gegenüber weit menschlicher gezeigt hat als alle rumänischen Patrioten zusammen. Dieser russische General tat als überzeugter Voltairianer alles, was in seiner Macht stand, um die Großgrundbesitzer zu bewegen, ihren Griff zu lockern, obwohl er der Adjutant eines absolutistischen Zaren war. Er wies ihnen nach, daß ihre Vorfahren einst nichts anderes als die *Oberhäupter* jener Bauerngemeinden waren, deren *Eigentümer* sie heute widerrechtlich sind. Da war nichts zu machen. Der großzügige und weitblickende *Ausländer* hat sich an der Gier der Adligen, ihre *Nation zu vereinnahmen,* die Zähne ausgebissen und ist gescheitert.
Das sind Wahrheiten, meine Herren! Drehen und wenden Sie sie unter allen Gesichtspunkten, es bleiben Wahrheiten.
Und jetzt erlauben Sie mir, Ihnen zu erklären, daß ich dieses Haus schätze, über das ich soviel Schlechtes und sowenig Gutes gehört habe. Die Offenheit seiner Herrin hat mir meinerseits gestattet, offen zu sein und das laut auszudrücken, was ich schon immer gedacht habe.«

[1] zur Reform der rumänischen Fürstentümer nach dem Vorbild der westlichen konstitutionellen Monarchie (Anm.d.Hrsg.)

Vor dieser machtvollen Stimme des Westens traten unsere Feinde den Rückzug an. Niemand wagte zu antworten. Niedergeschmettert nahm Daniel Crăsnaru wieder seinen Platz ein. Ein verständliches Unbehagen lastete auf allen. Es war Nacht.
Plötzlich ließ ein überraschender Tumult im Hof die Anwesenden zusammenfahren, das Geschrei von Fuhrleuten, Glockenklänge und Peitschenknallen.
Der Konsul, der nahe am Fenster stand, spähte in die Dunkelheit. Floricica lächelte und sagte: »Beunruhigen Sie sich nicht, *Monsieur le Consul!* Sie werden nichts Schlimmes zu Gesicht bekommen!«
Der Konsul blickte weiter nach draußen und meinte: »Herrje, ziemlich seltsam, was ich da sehe – ein Pflug im Schnee! ... Zwei prächtige weiße Ochsen ... das ganze mit Bändern geschmückt ... dann sechs Bauern, von denen einer die Glocke läutet und an der Tür wie ein Wasserfall redet; drei knallen mit der Peitsche, und die zwei anderen trommeln auf einem Fäßchen, daß es sich wie Stiergebrüll anhört.«
Er wandte sich zu der Gastgeberin: »Was hat diese Komödie zu bedeuten?«
»Ja, das ist unser traditionelles Pflugfest, *pluguşor*, der Tag des Pfluges ... Heute ist der letzte Abend des Jahres, und da gehen die Bauern von Haus zu Haus, um allen Landwirten ein Jahr mit reichen Ernten zu wünschen. Der Mann, der ›wie ein Wasserfall‹ redet, berichtet uns von dem Ernteertrag seines *älteren Bruders Trajan.* Dieser Bruder zählt achtzehnhundert Jahre, ist aber in der Erin-

nerung des Erzählers noch sehr lebendig[1]. Und nur um seine phantastische Erzählung zu verstehen, die fünfhundert Verse lang ist, würde es sich lohnen, Rumänisch zu lernen!«
Der Konsul und auch Abt Uhrich erhoben sich, um abzureisen. Als er Floricica die Hand zum Abschied gab, sagte der erstere: »Ihr seid ein erstaunliches Volk, das ein besseres Schicksal verdient hat. Tut eure Pflicht, die Unterstützung Frankreichs ist euch sicher!«

VI

In allen Teilen der Fürstentümer kam die lang zurückgehaltene Wut in Aufständen zum Ausbruch und brachte uns im Frühling 1856 zwei schöne Siege – die Abschaffung der Todesstrafe und die Befreiung der versklavten Zigeuner.
Domniţa von Snagov beschloß, die Aufnahme des fröhlichsten Völkchens der Erde unter die freien Menschen spontan und auf eine noch nie dagewesene Art und Weise zu feiern. Sie schickte unseren Freunden und auch einigen sympathisierenden Gegnern folgende Botschaft:
Floriçica veranstaltet heute in acht Tagen ein Essen zu Ehren der Befreiung der Zigeuner. Falls dieses Ereignis

[1] Er ist niemand anderes als der römische Kaiser Trajan, der in den Jahren 101–107 n. Chr. die dakischen Ureinwohner Rumäniens unterwarf. (Anm.d.Hrsg.)

Ihre Freude gefunden hat, teilen Sie sie mit den anderen Gästen, die daran teilnehmen werden.
Bekanntlich speisen die Reichen oft zu Ehren der Armen, aber die Gefeierten nehmen niemals an diesen für sie veranstalteten Essen teil.
Bei der Feier von Snagov war es anders. Der Tisch der Herrschaften wurde für zwanzig gedeckt. Der Tisch der Zigeuner für hundert. Beide wurden am See auf dem jungen Gras zu einer einzigen Tafel zusammengerückt.
Natürlich mußten die Zigeuner sich gehörig waschen und so ordentlich wie möglich kleiden, bevor sie am Tisch Platz nahmen, denn die besseren Herrschaften haben die Angewohnheit, den arbeitenden Menschen, der schwitzt und stinkt, in ihrer Nähe nicht zu ertragen. Und obwohl die Ärmsten den gesamten Seifenvorrat von Snagov aufbrauchten, in der Absicht, sich eine Stunde lang am Tisch ihrer Herren erträglich zu machen, gab es doch im Augenblick der größten Freude einige empfindliche Nasen, die jene tausendjährige Grimasse zogen, welche die Hochgeborenen in solchen Fällen nicht unterdrücken können.
Floricica hatte es übernommen – wohlverstanden aus Güte, und weil einmal keinmal ist –, Trăznilas Pfoten sauber zu reiben und seine verdreckten Nägel zu schneiden. Diese Geste, die vor der ganzen Sippe vollzogen wurde, machte sie in den Herzen des Zigeunervolks unsterblich. Bei Tisch setzte sie ihn zu ihrer Rechten und empfahl ihm, »nicht mit vollem Mund zu sprechen und zu trinken, sich nicht zu weit über seinen Teller zu beugen, nicht mit der Zunge zu schnalzen, und auf gar keinen Fall

seine Finger in die Soße zu tunken und sie dann abzulekken«. Diese Vorschriften brachten den *vătaf* des Hofs außer sich, und er schrie aufgebracht: »Also, Domnitza! Das ist also die Freiheit?«
Dieser Unglücksschrei erheiterte die Tischgenossen, denen die vorübergehende Gleichmacherei nicht zusagte, und erlaubte es ihnen, sich darüber herzlich lustig zu machen. Es ist zu schön, seinen Nächsten in irgendeiner Weise zu übertreffen, und sei es in der Art zu kauen.
Am Ende des Mahls sagte Floricica: »Trăznila, jetzt möchten wir eine Zigeunergeschichte hören. Weißt du eine?«
Trăznila antwortete heiter und selbstzufrieden: »Eine ›Zigeuner‹-Geschichte? Ich weiß eine. Meine. Aber ich glaube, sie ist eher eine *Menschen*geschichte.«
»Gut, erzähl sie uns!«
»Also, *verehrungwürdige Bojaren*! Ihr dürft aber nicht mit einer amüsanten Geschichte rechnen. Dafür sind Zigeuner zwar manchmal die richtigen. Ich aber nicht. Nicht meine Schuld.

Der Anfang meiner Geschichte erinnert mich an das berühmte rumänische Sprichwort: *Wird ein Zigeuner Kaiser, läßt er als ersten seinen Vater aufknüpfen.*
Armer Kaiser! Er muß einen Vater wie ich gehabt haben. Wenn ich meinen auch nicht aufgeknüpft habe, so hätte ich doch Lust dazu gehabt. Und auf den Thron hätte ich gern verzichtet.
Mein Vater ist ein rumänischer Bojar aus der Gegend von Calafat. Er lebt noch immer, fett und in Wohlstand. Ich bin

nicht der einzige Sohn. Wir waren ein ganzer Haufen Zigeuner, Jungen und Mädchen, die ihm das Leben zu verdanken hatten, ohne ihm deshalb bis in alle Ewigkeit Dank zu schulden. Denn genau wie alle anderen Herren tat er nichts anderes, als die schönsten Jungfrauen der Zigeunersippen zu schwängern, die ihm, dem Despoten, unterstanden. Hunde tun das mit weit mehr Anstand.
Nach dem, was meine Mutter mir an einem Regentag erzählte, wußte ich über ihn das: Er hatte das ganze Vermögen seines Vaters geerbt, als er sehr jung war und gerade sein Studium beendet hatte. Er hatte sich niemals verheiraten wollen, ›weil Frauen betrügen‹, war von den *Franţuşcas* mit tiefer Verachtung für die parfümierten Frauen zurückgekehrt und von nun an nur noch auf Zigeunermädchen aus.
Als mir bewußt wurde, wie schmachvoll unsere Sklaverei war, stand er im besten Mannesalter. Wenig später, ich war gerade achtzehn Jahre alt, hörte ich ihn eines Tages schreiend auf eine schöne Zigeunerin weisen: ›Wer Profiriţa anrührt, wird totgeschlagen. Ab heute wird sie nicht mehr arbeiten!‹
Wir wußten, was das zu bedeuten hatte. Ich glaubte, auf der Stelle antworten zu müssen, und zog meinen Hut: ›Herr! Mögen die glücklichen Tage deiner Herrschaft endlos sein wie die Zahl der schönen Mädchen, die du haben könntest, aber laß mir Profiriţa! Sie gehört zu mir und will es so!‹
Ich sagte das in einem Atemzug, und sofort stimmte die Zigeunersippe ein Geheul an, wie es auf Beerdigungen

üblich ist. Die Frauen raufen sich die Haare, und die Männer spuckten unmutig aus: ›Pfui! Dummer Zigeuner! Er wird ihn töten!‹

Mein Herr Vater stieg die Treppe herunter und fragte: ›Hast du Profiriţa bereits berührt?‹

›Nein!‹

›Dein Glück!‹

Darauf zum Verwalter: ›Zieh ihm fünfzig Hiebe über!‹

Profiriţa warf sich ihm zu Füßen und bat ihn mit der ganzen Zärtlichkeit ihrer fünfzehn Jahre, mir zu verzeihen, aber das Herz dieses Vaters blieb hart, und ich erhielt meine Strafe. Ich spürte nichts, denn währenddessen konnten meine Augen wenigstens in die Profiriţas sehen, die Flammen sprühten.

Ich sollte sie so bald nicht wiedersehen. Sie wurde einer alten Zigeunerin anvertraut, die die Körper jener Mädchen pflegte, welche für das Bett des Herrn bestimmt waren, und ich mußte mit zehn anderen Sklaven, Männern und Frauen, am nächsten Morgen unter der Bewachung eines mit einer Peitsche bewaffneten Büttels fortziehen. Wir waren dem Superior eines weit von Calafat entfernten Klosters als *danie* geschenkt worden. Dort kamen wir nach einer Woche Fußmarsch an. Man hatte den Ehemann von seiner Frau getrennt, die Mutter von ihrem Kind, den Bräutigam von seiner Braut und war unseren Schreien und Tränen gegenüber hart geblieben, wie bei Schafen, wenn man sie von ihren Lämmern trennt.

He! Verehrungswürdige Bojaren! Wißt ihr eigentlich, daß von allen Übeln, unter denen wir zu leiden hatten, der

Peitsche, der Kette, den Eisenhörnern und der Vergewaltigung, uns diese Trennungen am härtesten trafen?
Ewig verflucht seien vom Vater zum Sohn bis ins Grab die Gottlosen, die uns dergestalt gefoltert haben!

Zwei Jahre lang überwachte uns das Kloster strengstens. Keine Möglichkeit, uns bei den Feldarbeiten auch nur einen Schritt zu entfernen, um ein Bedürfnis zu erledigen, ohne sofort angerufen und geschlagen zu werden. Als man sich schließlich sicher war, daß die Herzen der neuen Herde alles vergessen hatten, ließ man uns wie die anderen frei umherlaufen.
Aber ich hatte meine Profiriţa nicht vergessen. Tag und Nacht sah ich nur sie. Meine Brust brannte, bis es mir vorkam, als schütte jemand glühende Asche darauf. Und eines Tages schwang ich mich in den Sattel eines guten Stallpferdes und verschwand wie eine *năluca*[1].
Ohne Atempause galoppierte ich durch Wälder und über Felder bis zum Morgen, als das arme Tier stürzte, um nicht mehr aufzustehen. Ich nahm ihm den Halfter ab, küßte seine Hufe und lief weiter. Aber schon sehr bald sollte ich mir auf eine andere Weise weiterhelfen können. Auf einer Wiese weidete eine schöne *herghelie*[2] unter der Aufsicht von zwei Zigeunern, die mit Knöchelchen spielten. Ich sagte mir: ›Tut mir leid für euch‹, kroch auf allen vieren heran und ergriff eine Stute bei der Mähne. Sie glaubte,

[1] Vision
[2] Pferdeherde

der Teufel sei ihr auf den Rücken gesprungen und brachte mich beinahe um. Die armen Zigeuner riefen mir zu: ›Halt! Man schlägt uns tot!‹

›Macht es wie ich!‹ rief ich ihnen zu und galoppierte flach auf dem Pferderücken liegend davon.

Am selben Abend strich ich in der näheren Umgebung des Landguts dieses Schuftes von einem Herrn umher. Es war im Monat der Kirschen. Profiriţa kannte meinen Kuckucksruf. Ich spitzte die Lippen und schickte einige durchdringende Rufe in die Nacht... Vergebliches Warten... Ich pfiff wieder... nichts.

›Sie hat mich vergessen und vergnügt sich mit dem Bojaren‹, dachte ich mir.

Das Herz wurde mir zum Sterben schwer. Von der Müdigkeit und dem Hunger überwältigt, sank ich zu Boden und ließ den Pferdehalfter los – geh doch zum Teufel!

Ich überlegte, Feuer an das Haus zu legen und mich dann in einen Brunnen zu stürzen. Aber, lieber Gott! Wie war es schön zu leben! Ich war zwanzig Jahre alt und liebte das Leben wie alle Zigeuner. Und schließlich, warum sollte ich so schnell an Profiriţas Glück glauben?

Bei diesem guten Gedanken fielen meine Augenlider zu, und ich schlief auf dem Feld ein.

Mühsam erwachte ich, das Gesicht von den Tränen meiner Profiriţa gebadet. Lange schon weinte sie an meiner Brust.

Schlaftrunken nahm ich sie in die Arme. Sie roch nicht gut. Ich befühlte ihre Hände und Füße. Sie waren rissig und aufgesprungen.

›Bist du nicht mehr mit dem Bojaren zusammen?‹ fragte ich sie.

Das arme Mädchen klagte: ›Einen Monat, nachdem du weggegangen bist, hat er mich zur Arbeit zurückgeschickt. Aber nicht deshalb beklage ich mich, sondern, daß er mich zum Krüppel gemacht hat … Ich habe etwas am Unterleib. Ich krümme mich vor Schmerzen. Heute abend glaubte ich, sterben zu müssen. Deshalb auch konnte ich nicht sofort losgehen. Und du? Du bist aus dem Kloster geflohen? … Auf dich warten Hörner und Kette!‹

Ich gab ihr keine Antwort. Krank wie sie war, liebte ich sie noch mehr und konnte gar nicht aufhören, sie umschlungen zu halten. Profiriţa holte mir etwas zu essen. Ein Heuschober schützte uns, bis das Siebengestirn im Westen unterging, dann gingen wir Hand in Hand der Donau zu. Auf dem Weg fand ich meine Stute wieder. Sie ließ sich am Halfter nehmen und erwies mir einen letzten Dienst, denn ich gab sie dem Fährmann, der uns dafür über den Fluß setzte. Wir waren jetzt in Vidin. Auf bulgarischer Erde. Noch immer die Türkei.

Als ich bei Tage das Gesicht meiner Profiriţa richtig sah, bekam ich es mit der Angst zu tun. Sie war nicht wiederzuerkennen. Abgemagert, die Augen fiebrig und tief in den Höhlen liegend, farblose Lippen, ihr Gang schleppend und gebeugt. Alle hundert Schritte mußte sie sich am Straßenrand hinsetzen.

Bei einer dieser Pausen sah uns der *chehaia*[1] Leonti und

[1] örtlicher Vertreter der Pforte

sprach uns an. Dieser Lump, der mich unglücklicher als je zuvor machen sollte.
Er saß in einem Wagen. An seiner Seite eine junge, schöne Bulgarin, die zum Herzzerreißen traurig aussah. Ich vermutete, daß er einer der Großen aus Vidin war, stand auf und nahm die Mütze ab. Er hielt an und winkte mich heran.
Ein alter Kerl mit wildem, verbittertem Blick. Sein Gesicht von der Syphilis entstellt. Er mißfiel mir sehr.
›Wer bist du, und was macht ihr hier?‹ fragte er mich auf türkisch.
Es war sein Recht, so zu fragen, denn was haben schon zwei Zigeuner am Wegesrand verloren? Sieht man jemals Esel oder Ochsen ohne Herrn herumlungern? Und wenn man sie sieht, dann schleppt man sie mit sich, Zigeuner wie Vieh.
So auch er, nachdem ich ihm zur Antwort gab: ›Wir sind hier seit heute morgen ... meine Frau ist krank ...‹
›Folgt mir hinter dem Wagen!‹ rief er mir böse zu.
Der Wagen setzte sich im Schrittempo in Gang. Während wir hinterhergingen, sagte ich zu Profiriţa: ›Ich glaube, wir sind vom Regen in die Traufe gekommen.‹
Genau so war es. Wir waren in den Händen eines Henkers. Mein Vater, dieser Hund, machte junge Mädchen schwanger oder krank und ließ sie dann im Stich. Der *chehaia* Leonti aber tötete sie durch die Hand eines Unbekannten.
Eine Woche verging. Wir wußten weder, was wir tun sollten, noch was uns erwartete. Bei unserer Ankunft im Hof hatte mir der *chehaia* eine Hütte zugewiesen.

›Dort werdet ihr bleiben. Keine Arbeit im Augenblick. Du wirst deine Frau pflegen. Danach wirst du mir einen *Dienst* erweisen, und ihr könnt wieder eurer Wege gehen.‹

Ich glaubte an eine Glückssträhne und küßte den Saum seines Kleides. In den nächsten Tagen begannen wir uns jedoch über die Traurigkeit im Hof zu wundern, wo nicht ein Sklave sang oder tanzte und alle Dienstboten herumschlichen, ohne auch nur ein fröhliches Wort zu tauschen.

Als der Tag der ›Dienstleistung‹ kam, oh mein Gott, wurde ich beinahe ohnmächtig. Ich, der riesige Zigeuner, den ihr vor euch seht!

Er rief mich eines Abends zu sich, drückte mir eine Börse und eine Seidenschnur in die Hand und sagte: ›Hinter jener Tür befindet sich das junge Mädchen, das du im Wagen gesehen hast. Ich fahre heute abend weg und komme nicht vor morgen um dieselbe Stunde wieder. Und dann will ich diese Frau tot vorfinden! Du wirst sie erdrosseln. Tust du es nicht ...‹

Ich hörte nichts mehr. Mein Kopf drehte sich. Ich sank auf den Fußboden, wo die mitternächtliche Stunde mich stumpfsinnig und unfähig, einen klaren Gedanken zu fassen, überraschte.

Meine erste Regung war es, mich in Sicherheit zu bringen, aber keine Tür und kein Fenster war offen! Da schrie ich: ›Mămuca-a-a-a! Warum hast du mich nicht abgetrieben? Ich Armer! Ich Ärmster der Armen!‹

Ich wühlte in meinen Taschen nach Börse und Strick und öffnete behutsam die verfluchte Tür einen Spalt weit. Ein großes, luxuriöses Zimmer. Auf einem Diwan die junge Bulgarin. Sie sprang hoch, stand aufrecht und schön wie eine *Cosinzeană*[1] und rief mir auf türkisch zu: ›Ich liebe!‹ Dieses Wort traf mein Herz tiefer als ein Dolch. Ich sah ihren Hals und dachte: ›Du liebst, und ich soll dich erdrosseln!‹ Und ich ergriff mit beiden Händen einen Schürhaken und hieb ihn mir mit aller Kraft gegen die Stirn, hier an diese Stelle.

Das Blut strömte mir über das Gesicht. Das junge Mädchen näherte sich mir, fiel auf die Knie und kreuzte die Arme über der Brust. Dann warf sie sich auf den Diwan und schluchzte hemmungslos, ein einziges Wort auf den Lippen: ›Dimitri . . . Dimitri . . . Dimitri . . .‹

Ich setzte mich an die Schwelle der offenen Tür. Dort fand mich der *chehaia* Leonti.

Er kam auf Zehenspitzen und warf einen Blick auf den Diwan. Die Bulgarin rührte sich nicht. Sie lag mit dem Gesicht nach unten. Ihr Kopf war von einem Tuch umhüllt, vielleicht war sie eingeschlafen.

Ich stand auf. Der *chehaia* starrte mich an, als wollte er sagen: ›Was, sie hat dich vor ihrem Tod geschlagen?‹

Als einzige Antwort ließ ich den Kopf auf die Brust sinken. Aber als er zum Diwan ging und die Hand ausstreckte, um zu prüfen, ob ich ihm den ›Dienst‹ erwiesen hätte, da streckte ihn mein Fausthieb auf den Schädel zur Erde.

Das war alles. Und sicherlich hat er seinen Teil abbekommen.

[1] Tochter der Sonne, Heldin der rumänischen Volkssage

In der düsteren Nacht verließen wir den Hof, in meinen Armen die ohnmächtige Bulgarin. Bevor wir uns an der Donau voneinander trennten, erzählte sie uns von ihrer glühenden Liebe zu Dimitri, von ihrer Entführung und ihrer Weigerung, dem Tyrannen nachzugeben. Als Erinnerung gab sie mir diese ›Constantinate‹[1].
Darauf setzte ich mit meiner Profiriţa wieder über den Fluß, und wir lebten zwei Jahre lang in den Wäldern.
Das Gold des *chehaia* Leonti verschaffte mir Waffen. Ich wollte Haiduk sein und einer Bande beitreten, aber vergebens lief ich durch die Berge. Ich fand keine. Stattdessen hatte ich das Unglück, einer *potera* in die Arme zu laufen, die ausgerechnet vom Neffen des Superiors jenes Klosters kommandiert wurde, aus dem ich geflohen war.
Wir verteidigten uns bis zur letzten Kugel. Profirita starb an meiner Seite. Mit Wunden bedeckt, wurde ich zum Kloster zurückgebracht, wo man mich wider Erwarten nicht aufhängte, sondern mir Eisenhörner aufsetzte und eine Kette an den Knöchel legte.
In diesem Zustand fand mich Domniţa von Snagov. Sie hat mich ... freigekauft und heute an diesen Tisch gesetzt.«

[1] Glückbringende Geldmünze mit dem Bildnis des heiligen Kaiserpaares Konstantin und Helena

VII

Wäre ich gläubig, würde ich meinen, daß Gott das Leid ganz dicht neben die Freude gestellt hat, um dem Menschen die Nichtigkeit seiner Existenz noch besser vor Augen zu führen und ihn mit dem Tod zu versöhnen. Oft habe ich während der fünf Jahre, die ich in Snagov lebte, daran denken müssen. Die größte Bitterkeit haben wir anläßlich der folgenden Begebenheit gekostet.

Kurz bevor die Todesstrafe endgültig abgeschafft wurde, brachte sie noch zwei Haidukenführer auf sehr unterschiedliche Art und Weise zu Fall: Jianu und Bujor, beide fast zur gleichen Zeit festgenommen und zum Tod durch den Strang verurteilt.

Bujor, Sohn eines Dorfpfarrers mit unbeugsamem Charakter, trat der gemeinen Unmenschlichkeit mutig entgegen und zahlte für seine Schuld. Jianu dagegen, der wilde Jianu, Sohn des großen Bojaren, wurde angesichts des Stricks weich und *kehrte zu Seinesgleichen zurück, so wie das Wasser eines Flusses zwangsläufig wieder in sein Bett zurückkehrt,* wie unser Sprichwort sagt.

Die Komödie wurde geschickt in Szene gesetzt – die Ehre des Haiduken war gerettet. Bekanntlich sagt eine alte und heilige rumänische *datina*[1], daß einem zum Tode Verurteilten Leben und Freiheit gewährt werden, wenn sich in dem Augenblick, in dem der Räuber für seine Verbrechen büßen muß, eine Jungfrau bereitfindet, ihn zu heiraten.

[1] traditionelle Regel

Ein Pope erteilt ihnen am Fuße des Galgens den ehelichen Segen. Der Henker wird ihr Trauzeuge.
Die Jungfrau, die sich bereiterklärte, Jianu zu heiraten, war die Ehrendame einer *domniţa*, nicht der von Snagov, sondern einer richtigen *domniţa*, der Tochter des Fürsten, der über die Walachei gebot.
Und so war es Jianu vergönnt, das Ende seiner Tage damit zu verbringen, seine Haidukenerinnerungen in Seidenpantoffeln und Hemdsärmeln in einem Palast spazierenzutragen.
Nicht jedem sind starke Schultern gegeben. Und im Rumänischen heißt es sogar, daß *es viel Mühe kostet, sich eine zarte Haut zu erhalten.*

Diese beiden Verluste, einer schmerzlicher als der andere, riefen unter den Haiduken große Enttäuschung hervor, vor allem, da Bujor verraten worden war. Das Vertrauen in Snagov schwand, weil die Gefährten es für nutzlos hielten, auf Umwegen das Herz des Bojaren zu erreichen. Viele von ihnen verließen unsere beiden tapferen Freunde Groza und Codreanu, bildeten eigene Räuberbanden und überfielen Gute wie Böse, je nachdem, wer ihnen gerade in die Finger geriet.
Dann aber nahm unser Handel mit ausländischen Waren plötzlich eine unerwartete Wendung: Die neue Lebensform machte ganze Handwerkerzünfte arbeitslos, die seit Jahrhunderten den Bedarf mit ihren Produkten gedeckt hatten.
Ein Wutgrollen erhob sich und nahm bedrohliche Aus-

maße an. Mit Knüppeln bewaffnete Banden zogen durch die Straßen der Stadt, verprügelten die Juden, die sie für den Niedergang des Handwerks verantwortlich machten und zerschlugen die Fensterscheiben ihrer Geschäfte. Die Beamten, die uns die Handelsgenehmigungen erteilt hatten, wobei schwere Goldbörsen Vermittlerdienste leisteten, wurden zu Volksfeinden erklärt. Mehrere Persönlichkeiten des öffentlichen Lebens mußten zurücktreten.
An der Spitze der Unzufriedenen stand ein gewisser Arghiropol, der Abstammung nach Grieche und ein eingeschworener Judenhasser. Unterstützung fand er bei jener Klasse vulgärer und machthungriger Neureicher, die vom Volk *ciocoi* genannt wurden, weil sie die ehemaligen Dienstboten der durch sie ruinierten Bojaren waren.
Jene *ciocoi* waren unsere erbittertsten Feinde, und die Macht ihres Bündnisses wurde bald allen bewußt. Die Demütigungen und die Verachtung, auf die sie überall stießen, zwangen sie dazu, gegen ihre ehemaligen Herren Front zu machen. Das Geld, über das sie verfügten, diente ihnen mittels Bestechung dazu, sich in alle öffentlichen Ämter einzuschleichen. Über die Gefahr dieser Invasion ausgehungerter Wanzen war sich jeder im klaren, aber wir waren ihnen gegenüber machtlos. Eine privilegierte Klasse Blutsauger und Ausbeuter starb allmählich aus, und eine weit niedrigere Klasse trat an ihre Stelle. Wir sahen uns zwischen beiden gefangen, gleichermaßen verhaßt, gleichermaßen bedroht. Zwischen Leuten wie Arghiropol oder Daniel Crăsnaru gab es nur wenige vom Schlage des Abt Uhrich, die uns beistanden. Der Bauer war noch weit

entfernt von dem Tag, an dem er hätte sagen können: endlich werde ich glücklich sein! Und uns, die wir für das Wohl aller arbeitenden Menschen kämpften, hielt man für Vaterlandsverräter.

Gewiß, der Fortschritt vernichtete eine ganze Reihe von Erwerbszweigen, aber kann man sich etwas Schändlicheres denken, als dieses Unglück mit dem Ziel auszunutzen, daraus einen persönlichen Nutzen zu ziehen? Und wer stellte uns vor den Unzufriedenen an den Pranger? Es waren die *ciocoi*, diese Schurken, die als erste die fremden Sitten übernahmen, die wir eingeführt hatten. Für sie war Snagov ein ›Freimaurernest‹, und wir Werkzeuge ›des Judentums‹. *Mehr* wußten sie nicht. Noch nicht.

Dank des Argwohns, den Trăznilas Geschichte weckte, sollten sie auch noch den Rest kennenlernen.

An einem Herbstabend des Jahres 1858 gab Floricica ein Essen zu Ehren Frankreichs, das durch den Konsul und Abt Uhrich vertreten war. Vorher hatten sich große Ereignisse abgespielt. Die französische Tatkraft hatte unsere Rechte triumphieren lassen. Die Wahlen beider Diwane, bei denen ein Fürst als Thronnachfolger für beide Fürstentümer bestimmt werden sollte, waren in besonders skandalöser Weise verlaufen. Arghiropol, mittlerweile Kommandant der walachischen Miliz, und Daniel Crăsnaru, der große Intrigant aus der Moldau, taten alles, um die Parteigänger der »Union« aus dem Weg zu räumen. Das Zerrbild des Volkswillens, das aus diesen Wahlen hervorging, erregte den Unwillen von Oberst Cuza. Am Tag nach einer jener »Volksabstimmungen« reichte er wutschnaubend seinen Rücktritt ein. Der diplomatische Vertreter Frankreichs in Bukarest wie auch Abt Uhrich und Hood-Bey kümmerten sich darum, die Westmächte über dieses Komplott aufzuklären. Napoleon schaltete sich in Konstantinopel ein und drohte, seinen Botschafter zurückzurufen. Damit erreichte er, daß das für den Zaren günstige Wahlergebnis von der Hohen Pforte widerrufen wurde. Das Ergebnis der neuen Wahlen war annehmbar, und wir konnten jetzt die Verwirklichung der Hoffnung aller erwarten: die Vereinigung der beiden Fürstentümer. Das war auch der Wille Frankreichs. Und gerade an diesem Abend gingen wir die zahlreichen Anwärter auf den künftigen Thron durch.

Als wir beim Kaffee angelangt waren, entdeckten Hetman Miron und Floricica einen unbekannten Besucher, der in der Menge der Plaudernden stand und den Gesprächen lediglich zu lauschen schien. Niemand wußte zu sagen, wer ihn eingeführt hatte. Er war nach dem Essen gekommen und profitierte von jener rumänischen Gastfreundschaft, die jedem, der eintreten will, die Türen weit öffnet. Sein Benehmen war das der *ciocoi*, sein Schnurrbart der eines Griechen, und seine Frechheit verriet ihn als einen der Spitzel, die Arghiropol gelegentlich zu unseren Versammlungen entsandte. Dieser aber schien etwas Besonderes zu sein, denn dreist näherte er sich dem Kreis der engsten Vertrauten, in dem die Herrin und ihre französischen Gäste diskutierten. Von reifem Alter, dunkler Hautfarbe und überaus korrekt nach europäischer Art gekleidet, strich der Unbekannte um unsere Gruppe und zupfte

nervös an seinem buschigen Bart, den er wie die meisten Griechen jener Zeit als Schnauzer trug.
Wir waren nicht darauf gefaßt, daß er uns ansprechen würde, aber auf eine Frage des Hetman von der Moldau bezüglich der Kandidatur Cuzas warf er plötzlich mit scharfer Stimme ein: »Wer ist denn dieser Cuza? Wohl noch so einer von diesen mordenden Haiduken!«
Die Verblüffung über diesen Einwurf war so groß, daß wir verstummten und Floricica Zeit fand, einen heftigen Kraftausdruck Mirons zu ersticken. Abt Uhrich beeilte sich, in versöhnlicher Weise zu antworten: »Nun, mein Herr, ich glaube nicht, daß die Haiduken in diesem Land voller Mörder von Amts wegen zu den Blutrünstigsten gehören!«
»Wer sind Sie bitte?« fragte die Hausherrin.
»Ich bin Theophil Kiriacos, Hauptmann der *potera*!«
»Und wieso meinen Sie, daß das uns etwas angeht, *gerade uns*?«
»Für den Augenblick ... nichts ... meine Dame!«
»Und später?«
»Wir werden sehen ...«
Mit einem zynischen Lächeln zog sich der Hauptmann der *potera* zurück und verschwand unter den Anwesenden. Im selben Augenblick wurde Floricica von Trăznila nach draußen gerufen. Ich begleitete sie. Dem Zigeuner quollen die Augen aus dem nachtschwarzen Gesicht: »Domniţa! Ich habe hier den Mann gesehen, der mich gefangen hat ... Es ist der, der den Schnauzbart trägt ...«
»Der Neffe des Superiors von Orbu?«

»Genau der! Und er hat mich auch gesehen, als er hereinkam.«
»Hat er dich wiedererkannt?«
»Sehr gut! Er hat sogar gesagt: ›Ach, du bist auch hier? Dich suche ich schon lange!‹«

Floricica ergriff mich am Arm: »Schicke schnell fünf berittene Männer mit Ilie an der Spitze auf den Weg nach Bukarest, die gleiche Anzahl mit Spilca und Movila hoch nach Ploieşti. Ist *er* allein oder sind sie zu zweit, soll ihm der Schnauzbart geröstet werden. Sind es aber viele, ... macht nichts ... *Wir werden sehen* ... auf jeden Fall brauchen unsere Gefährten nicht länger als bis Mitternacht auf der Lauer zu liegen. Und entfernt jede Wache aus dem Hof, wenn die Gäste abfahren!«
Einige Minuten später war der Befehl ausgeführt, und ich nahm meinen Platz an der Seite des Abtes, der mir so sehr gefiel, wieder ein.
Kiriacos rauchte, eine Hand in der Hosentasche, und betrachtete eine Runde Kartenspieler. Zweimal setzte er einen Louisdor und gewann. Offensichtlich kannte ihn niemand. Ich wollte den Augenblick abpassen, an dem er wegging, aber der Schurke verschwand unbemerkt in der Nacht.
Gegen zehn Uhr war das Haus leer, die Lichter gelöscht und alles schlief. Im Herbst hatten wir keine Übernachtungsgäste.
Und nun warteten Floricica und ich auf dem Balkon im Lichte eines krankhaft bleichen Mondes auf die Rückkehr

der ausgeschickten Haiduken. Sie war so in sich gekehrt und nachdenklich wie die kahlen Bäume, die die nahende Härte des Winters spüren.
»Du fürchtest, daß wir verraten sind, wenn Kiriacos davonkommt?« fragte ich sie.
»Verraten sind wir bereits ... Und wir sind es noch mehr, ob er nun entkommt oder nicht, je nachdem, wie wir handeln werden.«
Floricicas Stimme klang entmutigt, und das wunderte mich, denn ich wußte, daß ihre Tapferkeit jeder Probe standhielt. Ich wollte mehr wissen.
»Und dann?«
»Und dann ... wir werden sehen ... Wir werden wie Haiduken enden. Daran zweifle ich keinen Augenblick. Früher oder später wird man alles erfahren, wir werden gefangen und verurteilt werden. Aber ich möchte wenigstens noch erleben, daß die Union siegt. Und falls möglich, mit Cuza auf dem Thron. Das wäre ein großer Schritt nach vorn. Ich glaube an das Herz dieses Mannes. Er wird sicherlich nicht alles tun, was er möchte, aber wer von uns kann schon seinen Traum wahrmachen? Das Leben eines Menschen kann vielleicht gerade eben eine Lehmfuhre zum Umstürzen bringen. Was den Rest betrifft, so ist die Zeit der große Handwerker. Schritt für Schritt läßt sie ein besseres Leben entstehen, während sie die Menschen tötet. Helfen ihr die Menschen dabei, geht es ein wenig schneller. Das ist unsere Aufgabe und alles, was wir dem Leben schulden. Wir schulden es ihm wirklich. Jeder schuldet es ihm.«

Ich betrachtete diese seltsame Mutter, die ich wegen ihrer Kühnheit und ihrer Jugend liebte und die mit ihren achtunddreißig Jahren noch frisch aussah. Ich dachte: Sie versteckt etwas vor mir.
Und sagte aufs Geratewohl: »Man sagt, daß du den Ehrgeiz hast, die Gattin Mirons, des künftigen Premierministers, zu werden. Ist das wahr?«
Ihr Gesicht blieb unzugänglich: »Nein, Irimio. Das ist nicht wahr ... Mein Ehrgeiz geht noch sehr viel weiter, als nur die ›Frau von X‹ zu sein. Ich bin mit einem großen Herzen geboren, das heißt, das Leid meines Nächsten klingt in meinem Herzen so gewaltig nach, daß ich nur dann glücklich sein kann, wenn ich Gutes tue. Meine Augen füllen sich mit dem tierischen Elend dieses Volkes, das gut ist wie jedes Volk, und es schmerzt mich derartig, als nähme mir jemand die Luft zum Atmen. Deshalb habe ich an dem Tag, an dem ich mich der Tyrannei der Mächtigen gewachsen fühlte, mein Glück und vielleicht sogar mein Leben aufs Spiel gesetzt, nur um dieses Herzensbedürfnis zu stillen – meinen Nächsten von einem Teil seiner Qual zu befreien.
Ach, könnte nur ein jeder spüren, wie süß dieser Ehrgeiz sein kann! Das Leben ist an sich schon reich genug an Leid, und so ist es wenigstens frei von dem schrecklichen Egoismus der Menschen.«

Floricica schwieg und blickte plötzlich unverwandt zu einer bestimmten Stelle im Wald. Der Himmel war wolkenlos. Wir konnten die Bäume klar wie am hellichten

Tag erkennen und sahen schon von weitem einen Menschen sich nähern, in dem wir bald Trăznila erkannten. Er trug etwas über der Schulter, eine Art Bündel. Es war in der Tat ein Bündel von vier Gewehren.

»Hast du ihn irgendwohin geschickt?« fragte mich Floricica.

»Nein, wo zum Teufel kommt er jetzt her?«

Der Zigeuner sah uns auf dem Balkon, als er in den Hof trat und rief sogleich: »Domnița ... Es ist erledigt! ... Ich habe ihm den Schnauzbart geröstet ... Sie waren zu zweit.«

»Wer? Wo? Wie?«

»Na, der Hauptmann der *potera*! Ihr habt es doch so angeordnet ... Und da die Straßen nach Bukarest und Ploiești bereits überwacht waren, habe ich mich auf gut Glück auf dem kleinen Weg, der nach Căldărușani zum Kloster führt, in den Hinterhalt gelegt. Diese Hunde lieben Klöster ... Und siehe da! Er kam mit seinem Adjutanten zu Pferd vorbei, ohne etwas Böses zu ahnen. Von meinem Graben aus habe ich ein Gewehr nach dem anderen auf sie angelegt: Piff! Paff! Die Gäule sind abgehauen. Die Reiter waren nicht tot, und ich mußte meine Sohlen ein wenig auf ihre Hälse drücken ...«

Gegen ein Uhr morgens kamen Ilie und Spilca mit ihren Männern wieder. Mit mürrischen Gesichtern gingen sie zum Pferdestall und brummten nacheinander verdrossen: »Der Schurke ist uns nicht über den Weg gelaufen! ...«

Geistesabwesend gab Floricica ihnen keine Antwort und sagte zu mir, bevor sie schlafenging: »Und jetzt ... ›werden wir sehen‹, wie er sagte!«

VIII

Januar 1859. Fürstenwahlen in den beiden Donaufürstentümern. Die Anspannung in den rumänischen Ländern hatte ihren Höhepunkt erreicht. Auch im Haus der Haiduken herrschte bange Erwartung, und das aus zwei Gründen. Zu der berechtigten Aufregung über das große Ereignis kam die Beunruhigung, daß die Behörden in Bukarest gerichtliche Untersuchungen mit dem Ziel anstellten, die Mörder der beiden von Trăznila getöteten *poteraşi* zu finden. Anstifter dieser Nachforschungen war zweifelsohne Arghiropol, der Freund des Hauptmanns der *potera*. Jede Spur in Snagov, die auf Haiduken hindeutete, wurde am Morgen nach dem Mord sorgfältig verwischt. Die Waffen wurden vergraben und die meisten Leute an einen anderen Ort gebracht. Der Polizei, die zur Untersuchung kam, zeigte Floricica ihr »gutbürgerlich« eingerichtetes Haus.

Die Lage war bedrohlich. Obwohl die Geschichte durch das Fieber der Wahlen in Vergessenheit geriet, konnte sie später wieder aufgegriffen werden und uns durch die Bestechungsgelder, mit denen Aghiropol die Zungen der Zigeunerdienstboten löste, vernichten.

»Komme was will«, sagte Floarea Codrilor. »Unsere Aufgabe ist es, bis ans Ende zu gehen!«

Dieses »Ende« war die Wahl Cuzas. Aber um gewählt zu werden, mußte er zuerst einmal für den Thron kandidieren. Und dieser Dickkopf von einem Oberst hatte sich zu Hause eingeschlossen, ohne ein Lebenszeichen von sich

zu geben. In dieser ersten Januarwoche warteten wir auf die Ankunft des Hetman Miron, seines engsten Freundes, der uns eine endgültige Antwort bringen sollte.
Der unermüdliche Abt Uhrich war zwei Monate vorher mit einem ausführlichen Bericht des französischen Konsuls über die Situation in den Fürstentümern nach Paris gereist. Er war zurückgekehrt und hielt sich in unserem Haus auf, als Miron plötzlich halb erfroren auftauchte.
»Und, ist alles in Ordnung?« fragte Floriçica direkt.
»Nichts ist in Ordnung!« gab der Hetman zurück und befreite sich von den Eisstückchen, die in seinem Schnurrbart hingen.
»Er meint, der Thron interessiere ihn nicht im geringsten, und es entspräche nicht seinem Charakter, sich diesem ›Rabenschwarm‹ anzuschließen, der ›über einen Kadaver herfällt‹, und im übrigen lohne es sich nicht, weiter in ihn zu dringen ... So sieht es aus! Ich habe eine ganze Nacht damit zugebracht, ihn von seiner Starrköpfigkeit abzubringen ... verlorene Mühe!«
Sprachlos sah Floricica zu, wie sich unser Freund erschöpft auf einen Diwan warf, dann brach es aus ihr hervor: »Diesen Starrsinn muß man brechen! Niemand hat das Recht, auf der faulen Haut zu liegen, wenn alle Welt leidet! Ich schäme mich für Cuzas Weigerung vor dem Abt, der aus seinem Vaterland mit allem, was wir für unseren Sieg brauchen, zurückgekehrt ist! Wie bitte? Er sieht, daß die Raben den Leib seines Volkes verschlingen, und es läßt ihn kalt?«
Sie wandte sich dem Abt zu, ergriff seine Hände und fleh-

te: »Mein Vater, würden Sie noch einmal Ihre Zuneigung zu dem rumänischen Volk unter Beweis stellen?«
Der gute Mann lächelte und senkte die Augenlider.
»Sprechen Sie, meine Tochter ...«
»Gut. In zwei Stunden machen wir uns auf den Weg nach Galaţi, um Cuza an seine Pflicht zu erinnern, und dabei denke ich an die unschätzbare Stütze, die Ihre Gegenwart für uns wäre. Sie haben Autorität und sind mit wichtigen Dokumenten ausgerüstet ...«
»Ich werde Sie begleiten, und um so lieber, als ich den Auftrag habe, nach Jaşi zu reisen.«
Nach dem Mittagessen trugen zwei Schlitten uns alle vier in demselben Schneegestöber davon.

Während der fünftägigen Reise durch den tiefsten Winter mußte ich oft daran denken, welch ein Fluch das Leben für Menschen und Tiere war, die beide von denen unterdrückt wurden, mit denen das Schicksal es besser gemeint hatte. Wirklich, es gibt keinen Grund, sich zu freuen über das Leben, das einem gegeben ist, wenn man eine mitleidende Seele hat.
Die Natur kennt kein Gewissen und bleibt Schmerzen gegenüber gleichgültig. Der Mensch hat angeblich eines, zeigt aber dieselbe Gleichgültigkeit. Angesichts dieser doppelten Gleichgültigkeit verflucht der Unglückliche seine Erzeuger und seinen Schöpfer.
Auf dem Weg durch die endlose, vom Schnee eingeebnete Landschaft, vom Sturmwind verwüstet und von Gott vergessen, habe ich diesen Unglücklichen gesehen. Wir ha-

ben seine Hütte betreten, und wir haben über ihn geweint, während seine Augen trocken blieben. Er weiß, daß seine Behausung regelmäßig von der Gleichgültigkeit der Natur begraben wird. Und er weiß auch, daß die Gleichgültigkeit der Menschen ihn am Tage mit den Seinen begraben liegen läßt. Daraufhin ist er so vorsichtig, sich am Abend mit seiner Schaufel einzuschließen. Am Morgen öffnet er die Tür seines Grabes, beginnt, erst ein Loch, dann einen Tunnel in den makellosen Hügel zu graben, der ihn mit seiner kalten Freigiebigkeit in die Knie zwingt. Und schließlich erscheint der ewig gleiche Mensch auf der anderen Seite des Hügels, ein Maulwurf auf zwei Beinen. Er stützt sich auf seine Schaufel, atmet die klare Luft ein und betrachtet den weißen Friedhof seiner schwarzen Existenz.

Stumm wendet sich der menschliche Maulwurf dann zum Grab derer, die ihn ernähren – seiner Kuh, seines Ochsen, seines Pferdes und seines Schafes. Da steht es noch schlimmer. Durch die Löcher im Dach hat der Schnee das zugeschüttet, was ein Stall sein sollte. Der Bauer spuckt in die Hände und gräbt seinen Schatz aus – gespenstische Tiergeister aus Haut und Knochen, die Haut von den Knochen durchstoßen, die Augen erloschen. Von der Schaufel angestoßen, stehen sie auf, den Rücken mit Schnee beladen, schwanken und brechen zusammen. Die Krippe ist zernagt und wird mit jedem Tag kleiner. Sie erfüllt wahrhaftig keinen Zweck mehr.

Der Helot des rumänischen Bojaren trägt einen Arm voll Maisstroh herbei, wirft es vor die Mäuler der gequälten

Tiere, sucht wieder sein Loch auf und denkt an die große Gnade des Allmächtigen.

Er ist nicht schlechter Laune, und tretet ihr bei ihm ein mit Brot, Branntwein und Tabak, dann wird er euch vielleicht eine kleine Geschichte erzählen, etwa so: »Es war einmal ein armer Mann, der wie ich mit einem Haufen Kinder gesegnet war. Als ihm nun seine Frau eines Tages einen neuen Sprößling schenkte, wußte er nicht mehr, an wen er sich wegen der Taufe wenden sollte. Er nahm das Kleine und ging in den Wald, um einen Zufallspaten zu finden. Da erschien ihm der Tod, in ein weißes Tuch gehüllt, die Sense in der Hand. Er sprach: ›Laß mich dieses Kind taufen, und ich werde dich reich machen!‹

›Sehr gut, Gevater Tod. Da hast du es!‹

Der Tod taufte es und sagte zu dem Vater seines Täuflings: ›Nun höre! Ich werde die reichsten Herren des Landes mit schweren Gebrechen und Krankheiten schlagen. Kein Arzt wird sie zu heilen vermögen. Du aber wirst ihnen sagen, daß sie in weniger als zwei Tagen nach deiner Beschwörung wieder auf die Beine kommen werden, wenn sie dir soundsoviel bezahlen. Fordere viel! Wenn man dich in das Krankenzimmer führt, wirst du mich vorfinden. Murmele einige unverständliche Worte, ich werde weichen, und der Reiche kann sogleich wieder aufstehen. Du jedoch wirst berühmt sein und vor Reichtum stinken. Aber – es gibt ein Aber! – Trittst du bei dem Kranken ein und siehst mich am Fußende des Krankenbetts stehen, dann wisse, daß der Mensch dir gehört. Du wirst ihn retten können. Siehst du mich hingegen an seinem Kopf stehen, so heißt das, daß er mir gehört. Er muß sterben. Versprich nichts und geh weg. Tu, was ich dir sage, und du wirst in kurzer Zeit sehr vermögend sein.‹

Der Mensch tat, wie der Tod ihn geheißen hatte, und wurde binnen eines Jahres so reich wie der Fürst selbst an Ländereien, Vieh, Dienern und Kutschen, bis er deren genaue Zahl nicht mehr kannte! Gevatter Tod stand am Fußende des Kranken, bis er die Zeit für gekommen hielt, daß sein Schützling reich genug war. Da stand er eines Tages am Kopf eines Sterbenden, eines alten Bojaren, der dem, der ihn heilen würde, die Hälfte seines Vermögens versprochen hatte. Der Neureiche sah den Tod aufrecht am Kopfende seines besten Kunden stehen und zog eine Grimasse.

›Laß mir, Gevatter, noch diesen einen hier, den letzten, und ich werde genug haben!‹ raunte er ihm leise zu.

›Unmöglich!‹ Der Tod schüttelte seinen Schädel.

Unser Bauer war über diese Weigerung außer sich, besann sich einen Augenblick und befahl darauf den Dienern: ›Hebt das Bett mitsamt dem Kranken und dreht es so, daß die Füße dort zu liegen kommen, wo jetzt der Kopf ist.‹

Der Tod verstand den Schabernack, den ihm sein Schützling spielte. Da er nicht nachtragend war, ließ er ihm den letzten Kranken. Im Gehen aber meinte er: ›Man mag den Armen Gutes tun wollen, doch der Mensch kann den Hals nie voll genug kriegen!‹«

Wir trafen Oberst Cuza an seinem Kamin an. Er reinigte gerade sein Jagdgewehr. Ein großer Windhund bellte freundschaftlich, als wir hereinkamen.
Floricica umarmte ihren alten Gefährten, mit dem sie Freuden und Hoffnungen geteilt hatte.
»Nun! So dankt ein Haiduk deines Formats also ab?«
Das Format des Obersten war in der Tat beachtlich, aber Floricica meinte wohl eher sein seelisches Format. Es prägte sein heiteres Gesicht, seine klaren Augen und seinen durchdringenden Blick und beeindruckte mich weit mehr. Eine starke Seele, tragisch verbunden mit dem schwankenden Herz der Leidenschaftlichen. Tatkraft, Liebe, Schwäche, Güte – alles das lag in seinem Mund mit den etwas vollen Lippen, hinter einem ehrlichen Schnurrbart, der sich mit einem dichten Kinnbart vereinte.
Cuza erwiderte nichts auf die Anrede seiner Freundin. Er half uns, uns unserer Pelze zu entledigen, bestellte Tee und rieb die blaß gewordenen Ohren von Abt Uhrich kräftig.
»Es ist ein Wahnsinn, in so einem Winter von Bukarest nach Galaţi zu kommen!« bemerkte er und nahm seinen Platz an der Feuerstelle wieder ein, worauf er fortfuhr, sein Gewehr zu reinigen.
»Außerdem kommt ihr zu einem ungünstigen Zeitpunkt. Morgen bei Tagesanbruch gehe ich auf Wildschweinjagd. Ihr werdet vier Tage allein sein.«
»Meinetwegen kannst du sogar auf Krokodiljagd gehen, entgegnete Domniţa von Snagov. Sichre uns erst deine Kandidatur für den Thron zu, und das ein bißchen schnell!«

Die trügerische Ruhe des Obersten schwand, seine Augen flammten und seine Stimme donnerte: »Ich, auf dem Markt der Henker? Ich mich um den Thron reißen? Niemals! Mir scheint, ich habe schon nicht wenig nachgegeben, als ich einwilligte, Präfekt und Militär zu werden. Genug davon! Die Herrschgelüste, die der Familie Cuza bereits einen Kopf gekostet haben, sind zuweit von dem Leben entfernt, das mir gefällt, als daß ich es heute dafür aufs Spiel setzen wollte ...«

»Das Leben, das dir gefällt!«

Floricica wandte sich an Abt Uhrich: »Nehmen Sie ihn nicht beim Wort, Monsieur l'Abbé! Ihr versteht es besser als irgendein anderer, einem Großherzigen eine Minute des Egoismus zu verzeihen! ... Sicherlich wird er morgen von einer schönen Frau zum Essen erwartet. Lassen wir ihm die vier Tage, um die er uns bittet, um auf ... Wildschweine Jagd zu machen!«

Und zu Cuza, der uns den Rücken zuwandte, um heimlich zu lachen: »Nun, Alexandru, gib zu, daß deine schlechte Laune daher rührt, daß wir dich zu einem Zeitpunkt überfallen, an dem du dich gerade auf ein Abenteuer vorbereitest!«

»Ich gebe alles zu, was du willst und was meinen Feinden gefällt, aber meine Weigerung, mich mit den Schurken einzulassen, die aus einem Fürsten ihr Wetterfähnchen machen, halte ich aufrecht. Überleg ein wenig! Einmal gewählt, wäre mein erstes Bestreben, den Bauern ihren Boden zurückzugeben und die lüsteren Mönche aus den Klöstern zu verjagen, nachdem ich zuvor die Ländereien säkularisiert hätte, die sie dem Volk gestohlen haben! Na schön! Vermag man das gegen die Meute alter und junger Kläffer? Denn, darüber müßt ihr euch im klaren sein, unsere heutigen jungen ›Idealisten‹ verbergen hinter einer Maske des Freisinns denselben Machthunger und dieselbe Gier wie ihre Eltern. Nicht umsonst sagt das Volk: *Was die Katze wirft, muß Mäuse fangen!* Ich bin nicht der richtige für diese Bande. Für Allgemeinwohl und Gerechtigkeit kann man nur wirken, wenn man ein einfacher Bürger bleibt. Die Macht verdirbt den besten Charakter.«

»Ach, hör doch auf mit deiner christlichen Tugend!« ereiferte sich Floricica. »Wir wissen heute, daß Allgemeinwohl und Gerechtigkeit der Macht bedürfen; um den Menschen zu zwingen, sich zu bessern. Sie müssen den Menschen, die sonst von der Bosheit beherrscht werden, auferlegt werden. Und aus eben diesem Grunde müssen die Guten in die Schranken treten und den Bösen die Macht streitig machen. Jeder gerechte und großherzige Mensch hat das Recht, offen herauszuschreien: ›Mir auch einen Teil der Macht!‹ Er muß sich deshalb nicht schämen, denn er handelt nicht eigennützig. Das ist das einzige Mittel, das den wahren Idealisten bleibt, wenn sie in der Welt das Reich von Allgemeinwohl und Gerechtigkeit errichten wollen. Für die Beschaffenheit der menschlichen Natur sind wir nicht verantwortlich. Gott hat erschaffen, was er wollte, an uns ist es, das zu tun, was uns zusteht! Und bleibt Gott gleichgültig gegenüber dem Blut, das sich über der Erde ausbreitet, dürfen wir es ihm nicht nachtun, denn wir sind es, die es schmerzt.«

»Aber was können wir, eine Handvoll uneigennütziger Menschen, gegen eine Welt des Hasses ausrichten?« rief Cuza aus.
»Sehr viel, mein Freund!« griff Abt Uhrich ein. »Auch der Menschensohn war anfangs allein. Und gewiß, er konnte zwar das Antlitz der Welt nicht ändern, aber sein Glaube hat weithin bewiesen, wie sehr die menschliche Seele nach Idealen dürstet. Sie hat es schon immer getan ... Und wird es immer tun ... Und alle Religionen haben dieses Verlangen nach Klarheit bestätigt. Das ist es, was uns wichtig ist – wissen, daß jeder Hauch von Güte, der diese egoistische Menschheit durchfährt, sie doch berührt, adelt und nach vorne treibt. Darf ich Ihnen dafür ein kleines Beispiel geben? Es müßte Ihnen ins Auge springen: Ihre Weigerung, die Wahlen für gültig zu erklären, die Sie zu überwachen hatten. Gut, Ihr mutiges Rücktrittsgesuch hat es Frankreich und England ermöglicht, die Machenschaften des Zaren zu durchkreuzen und zu vereiteln. Ohne Ihre Geste wäre in den Fürstentümern die unheilvolle russische Vorherrschaft aufrechterhalten geblieben. Ist das denn nicht ein schöner Erfolg für die Kräfte eines einzelnen? Und das ist noch nicht alles! Das Echo Ihrer edlen Revolte ist bis in die Herzen des Volkes gedrungen. Ich habe mit verschiedenen Bauern aus der Moldau gesprochen. Sie sagten mir: ›Unser Cuza? Das ist ein Haiduk!‹
Und ich komme zum Hauptpunkt meiner Mission. Ihr Haidukentum findet zum gegenwärtigen Zeitpunkt Frankreichs Gefallen. Es sieht in Ihnen einen starken Arm gegen

die russischen Ansprüche auf Konstantinopel und ist bereit, Ihre Kandidatur inoffiziell zu unterstützen und Ihnen, sobald Sie gewählt sind, die Anerkennung der Hohen Pforte zu verschaffen. Ich habe die Mitglieder des walachischen Diwans von dieser Neuigkeit in Kenntnis gesetzt, die Sie nicht zu kennen behaupten. Morgen reise ich in gleicher Mission nach Iaşi.
Hier zwei Briefe Ihrer Freunde Lamartine und Edgar Quinet. Lesen Sie, mein Sohn, und lassen Sie sich dahintragen, wo Ihr Platz ist, der Platz der historischen Pflicht.«

Nachdem er um eine Nacht Bedenkzeit gebeten hatte, kam Cuza am nächsten Morgen in aller Frühe zum Tee zu uns, bevor wir abfahren wollten. Er war im Jagdanzug und hielt ein Papier in seiner behandschuhten Rechten. Ach, die schöne stolze Brust, an die das rumänische Volk wenig später die aufrichtigste seiner Medaillen heften sollte, die der unvergänglichen Dankbarkeit dem einzigen Fürsten gegenüber, der bis zum Ende Haiduk geblieben war!
Er reichte Hetman Miron das Papier und sagte mit Bestimmtheit: »Da habt ihr meine Kandidatur. Aber ich werde um keine Stimme betteln, wem sie auch gehöre, und behalte mir das Recht vor, zurückzutreten, falls ich nur in einem der beiden Fürstentümer gewählt werden sollte.«

Eine Stunde später nahmen unsere drei Schlitten drei verschiedene Richtungen. Cuza ging auf die Jagd, Abt Uhrich und Miron eilten mit der Kandidatur nach Iaşi,

und Floricica und ich kehrten nach Snagov zurück, um den unschlüssigen walachischen Bauern noch einmal den Rücken zu stärken.
Bei der Abfahrt rief Floarea Codrilor Cuza zu: »Alexandru! Hüte dich vor den Wildschweinen, die du jagen willst! Sie haben fürchterliche Waffen zu ihrer Verteidigung und könnten dich tödlich verletzen!«

IX

Als wir auf halbem Wege zwischen Galaţi und Snagov in Buzău Rast machten, schrieb Floricica folgende Botschaft an unsere Freunde Groza und Codreanu:

Kommt so schnell wie möglich. C... hat seine Kandidatur angemeldet, und wir müssen uns außergewöhnlicher Mittel bedienen, damit er in beiden Ländern gewählt wird. In diesem Sinne werde ich in Snagov möglichst viele wahlberechtigte Bojaren versammeln. Kommt schnell, ihnen ein wenig Schrecken in die Knochen zu jagen!

Floarea Codrilor

Movila der *vătaf*, im Verlauf dieser Reise der Anführer unserer Begleitung, eilte los, um die schriftliche Mitteilung Vater Manole, dem Haidukenwirt, zu überbringen. Er war einer unserer treuesten und zuverlässigsten Mittelsmänner und hatte uns während unseres Winteraufenthaltes im Dunklen Tal verpflegt. In der Nähe des Dorfes

Lopătari, am Fuße des Bergmassivs von Buzău, unterhielt er eine Schenke, in der sich Schäfer, Haiduken und Räuber ständig trafen, ohne einander Fragen zu stellen.
Vater Manole und sein Sohn waren unsere Boten und wußten bei Tag und bei Nacht zu sagen, wo sich unsere Gefährten aufhielten, hätten sich aber eher in Stücke schneiden lassen, als es zu verraten. War diese Treue auch aufrichtig, so war sie doch nicht unbelohnt. Wir vergaßen indessen nicht, daß die feindlichen Machthaber noch fettere Belohnungen zahlen konnten. Verloren wir dies einmal aus den Augen, so riefen es uns jene unverzüglich wieder in Erinnerung, wie am Tage unserer Rückkehr nach Snagov, an dem wir erfahren mußten, daß zwei Haiduken, und nicht gerade die müdesten, während unserer Abwesenheit verschwunden waren.
Diese unangenehme Nachricht bestürzte uns sehr. Der Mensch muß wirklich weit dümmer als das Tier sein, wenn er so tief sinken kann, nachdem er lange Jahre seine Selbstlosigkeit unter Beweis gestellt hatte!
Floricica bedauerte sie.
»Die Unglücklichen! Woran fehlte es ihnen bei uns? Und wo hätten sie mehr Freundschaft finden können? Vorausgesetzt, unsere Freunde kommen so schnell und so zahlreich wie möglich!«
Die beiden Anführer kamen tatsächlich ziemlich schnell, in einer Nacht, als es plötzlich getaut hatte und der Boden völlig aufgeweicht war. Aber die Zahl ihrer Männer ging gerade an die vierzig Gewehre.
Sie sahen erbärmlich aus. Seitdem unser Handel vor fast

zwei Jahren ins Stocken gekommen war, lebten die zur Untätigkeit verurteilten Haiduken während der sechs langen Wintermonate unter der Erde in feuchten und ungesunden *hrubas*, in denen sich Menschen und Tiere aneinander wärmten.

Vor allem Groza hatte ein aufgequollenes Gesicht und geschwollene Knie. Seine Tapferkeit war dieselbe geblieben, er litt ohne zu klagen. Auf die Bitten seiner Kindheitsfreundin, sich zu schonen und pflegen zu lassen, erwiderte er: »Bah! Das lohnt nicht mehr! Heute oder morgen, so oder so, werde ich eh von dem Arzt geheilt, der uns, ohne Breiumschläge aufzulegen, von allen Schmerzen befreit. Aber ich werde an jenem Tag wenigstens nichts zu bereuen haben. Ich habe auf meine Art gelebt und habe viel Gutes und viel Schlechtes vollbracht, alles zu seiner Zeit. Die Nachkommen der Bojaren werden meinen Namen ›bis in die neunte Generation‹ mit Ehrfurcht nennen, während der Bauer vielleicht für meinen Seelenfrieden ein Gebet an seinen Gott des Hasses und der Gleichgültigkeit richten wird.«

Der Verrat der zwei von Arghiropol gekauften Haiduken überraschte ihn in keiner Weise.

»Auch damit müssen wir rechnen ... Selbst der blühendste Wald hat dürre Zweige. Aber sollten sie euch in die Hände fallen, seid ohne Erbarmen und zieht ihnen die Haut bei lebendigem Leib ab! Schuldiger als der Bojar ist nur der verräterische Haiduk!«

»Und du, mein guter Joakim?« rief Floricica aus, umschlang den Hals des Kantors und drückte ihm zwei heiße

Küsse auf die Wangen. »Du kommst mir ein wenig traurig vor! Bist du unglücklich? Und warum, zum Teufel, solltest du es sein? Jene finsteren Tage liegen weit hinter uns, in denen die Bojaren seraphische Gesänge von dir forderten, dich mit kalten Schmuckstücken überschütteten und dir die weltliche Liebe versagten, die du so vermißtest. Hast du noch nicht die kleine Freundin gefunden, die dir erlaubt, die festen Äpfelchen ihrer Brust zu küssen? Sag, lieber Joakim, mein Geliebter! Erinnerst du dich, daß ich dich, kaum fünfzehn Jahre alt, meine Brüste küssen ließ?«
Der alte Kantor fing an zu weinen. Seine blau angelaufene Nase tropfte, seine Backen hingen schlaff, und seine trüben Augen traten aus den Höhlen.
»Nein ... Floricica ... nein!« stammelte er. »Nichts von alledem. Ich bin heute noch so, wie meine Mutter mich in die Welt gesetzt hat. Jeder Wurm begegnet seiner Gefährtin, und gemeinsam erfahren sie das Leben. Ich kenne es nicht, ich lebe wie ein Schwein, das mit sechs Wochen kastriert wurde. Ich habe gelebt, ich bin alt geworden, und ich werde wie ein kastriertes Schwein sterben! Auch das Haidukenleben verweigert mir das, wovon Gott mir zu kosten nicht gestattet hat.«
Joakim hob die Arme: »Aber Herr, du, der du im Herzen jeder Kreatur bist, wisse, daß ich niemals daran gedacht habe, mir das, was du beschlossest mir zu verweigern, gewaltsam anzueignen oder mit Schmuck zu kaufen! Und auch als gesetzloser Haiduk habe ich ebensowenig meine Hand nach der Frau ausgestreckt, die sich im *codru* verirrt hat, wie ich das Gewehr nahm, um irgendeine deiner

Schöpfungen abzuschlachten! Du hast es so gewollt... Dein Wille geschehe, Herr, aber ich leide unsäglich darunter, nicht das ganze Leben zu kennen, wie du es deinem winzigsten Wurm zugestehst!«

Joakims Klagen, Grozas Krankheit und die Traurigkeit, die auch Codreanu und die gesamte Haidukenbande bedrückte, ließen uns ahnen, daß alles menschliche Streben sich eines Tages seinem Ende zuneigt. Und draußen sah es wie in unseren Seelen aus. Ein Wald von schwarzen, tropfnassen und kahlen Ästen. Ein schwerer, erdrückender Himmel... Raben zu Tausenden...

Oh, diese Sinnlosigkeit unserer Kämpfe!

Dieselbe Verwirrung herrschte in den Köpfen der Politiker. Freunde wie Feinde befanden sich in aufgeregtem Widerstreit über die Bande der Kandidaten, einem Dutzend Fürsten jeden Kalibers und schmieriger Bojaren, die alle bereit waren, ihre Seele für eine sechsmonatige Regierungszeit dem Teufel zu verschreiben. Die Vereinigung der Fürstentümer kümmerte sie so wenig, daß sie begeistert der Zerstückelung ihres Vaterlandes in zwölf, vierundzwanzig oder sechsunddreißig Parzellen zugestimmt hätten, vorausgesetzt, für jeden von ihnen hätte sich ein kleiner Thron gefunden!

Glücklicherweise deckten sich die Interessen des Auslands – insbesondere die Napoleons III. – nicht mit den Ansprüchen der Möchtegernfürsten. Man muß aber auch anerkennen, daß es, wie in jeder menschlichen Angelegenheit, in beiden Wahlversammlungen eine Handvoll uneigennütziger Bojaren gab, die aufrichtige Patrioten waren. Sie behielten ihr Ziel im Auge und wußten, was sie wollten, während die anderen, je nach der Argumentationsweise der Partei, unter deren Einfluß sie standen, ihre Meinung änderten.

Ich habe sie gesehen, die einen wie die anderen, bei jener letzten großen und ausschlaggebenden Versammlung in Snagov. Sie fand zwei Tage nach der Ankunft der Haiduken statt, die wir zur Unterstützung unserer gemeinsamen Sache gerufen hatten.

Die Debatten und Appelle dauerten bis Mitternacht. Der Name Cuza wurde stets mit denselben Argumenten von der Mehrheit der unschlüssigen Wähler abgelehnt.

»Wir kennen ihn nicht ... Wir haben ihn noch nie gesehen ... Wir wissen nicht, was er zu leisten imstande ist ... Und schließlich heißt es, er sei ein wenig wetterwendisch und würde mit denen unter uns, die einen großen Besitz haben, autoritär und sogar brutal verfahren ... Er könnte uns über den Kopf wachsen und uns alles nehmen ... Das wollen wir nicht ... Wir müssen vorsichtig sein ...«

Unsere verläßlichsten Stützen, Abt Uhrich und Hetman Miron, waren in Iaşi, und so mühte sich Floricica alleine damit ab, die starrsinnige Uneinsichtigkeit der Bojaren zu brechen, die nur eines wollten: ihre Privilegien um jeden Preis wahren. An jenem Abend war sie von engelhafter Sanftmut und Güte – kein hartes Wort und kein Zorn, nur flehentliches Bitten.

»Zeigt ein wenig guten Willen in dieser historischen Stunde! Profitiert von der großherzigen Hilfe, die von außen zu uns kommt und zeigt euch eurer Aufgabe gewachsen. Die Unabhängigkeit und die Zukunft der Fürstentümer hängen von der Entscheidung ab, die ihr in dieser Woche treffen werdet. Und Cuza ist der einzige, der in diesem Augenblick in der Lage ist, alle Streitigkeiten zu beschwichtigen und sich über Ehrgeiz und persönliche Interessen hinwegzusetzen, um das vereinigte Rumänien von morgen zu schmieden. Fürchtet nicht, daß er euch enteignet, denn er ist wie ihr Bojar und Großgrundbesitzer.

Sicher, wir müssen Opfer bringen! Aber vergeßt dabei nicht, daß das Stück Erde, von dem ihr euch trennen werdet, dem Leibeigenen zusteht. Indem ihr es ihm zurückgebt, zeigt ihr nur die elementarste Gerechtigkeit – auch der Bauer hat ein Anrecht auf eine Heimat!«

In ihrer Unfähigkeit, ein aufrichtiges Argument zu finden, fielen die Bojaren von den hohlsten Tiraden in mürrisches Schweigen. Mitternacht rückte näher.

In diesem Augenblick kündete uns ein bekannter Glokkenklang und das plötzliche Stillstehen eines Pferdes das unverhoffte Eintreffen des Kuriers aus Iaşi an.

Alles erhob sich. Ein junger Bauer mit wachen Augen kam mit einem versiegelten Brief in der Hand, zog seine Mütze und rief mit Leidenschaft aus: »Es lebe Cuza! Es lebe die Moldau!«

Floricica brach in Tränen aus, schloß den Bauern in ihre Arme und las, nachdem sie das Siegel erbrochen hatte, schluchzend:

Alexandru Ioan I. Cuza

Fürst der Moldau

einstimmig gewählt am 17. Januar 1859

Miron

Kaum hatte sie zu Ende vorgelesen, lagen sich schon unsere Freunde und ein Teil der zaudernden Bojaren in den Armen. Auf einmal öffnete sich die große Flügeltür gewaltsam, und Trăznila schrie: »Groza! Codreanu! Die Haiduken!«

Der Haufen der Vogelfreien stürzte mit den beiden Anführern an der Spitze zur allgemeinen Überraschung in die Versammlung. Selbst wir waren sprachlos, denn wir hatten den Überfall weder geplant noch erwartet. Aus vierzig Leibern brüllte es: »Es lebe Alexandru Ioan Cuza, Fürst des Rumänien von morgen!«

Grozas Blicke blitzten, während er die folgenden Worte skandierte: »Es leben auch die walachischen Bojaren, die Cuza morgen ebenfalls wählen werden! Und Unglück über die, die ihn nicht wählen werden! Unglück über ihre Kinder! Feuer und Säbel werden uns unverzüglich rächen!«

Freunde wie Feinde glaubten an einen Alptraum, drehten sich stumm um und liefen zu ihren Pferden und Wagen. Die feuchte Nacht verschlang sie und ihre Gedanken.

Was würden sie tun?

Würden sie Cuza wählen?

Erst eine Woche später sollten wir es erfahren, und ach, unter welchen Umständen![1]

X

Begeistert ging Floricica durch das von Tabakrauch erfüllte Zimmer, küßte Mirons Brief und sagte wieder und wieder: »Er ist gewählt ... Endlich ist er gewählt ... Iaşi hat seine Pflicht getan ... Bukarest wird dem Beispiel der Moldau folgen, daran ist nicht mehr zu zweifeln ... Aber ...«

Sie ballte die Fäuste und starrte ins Leere: »... bei allen Heiligen des Himmels! Sollten sich die Walachen als Idioten erweisen, dann ... du hast es richtig gesagt, Groza, Unglück über sie! Ich werde alles verkaufen, ich verkaufe mich selbst, und wir werden die Gewehre finden, die wir

[1] Ein Zeugnis der von mir berichteten Ereignisse findet sich in der *Histoire des Roumains et de leur civilisation* von M. N. Iorga (französische Ausgabe, Bukarest 1922). Nachstehendes ist dokumentarisch: »... all die, die unfähig waren, die höhere Macht zu erkennen, die manchmal eingreift, um die Handlungen der Menschen weit über deren eigene Absichten hinaus zu lenken, müssen sich sehr gewundert haben, als *er* am Tag nach seiner Kandidatur am 17. Januar 1859 einstimmig zum Fürsten gewählt wurde. Sie wären noch weit erstaunter gewesen, wenn man ihnen gesagt hätte, daß dieser in Bukarest unbekannte neue Fürst der Moldau alle anderen mächtigen Kandidaten, die sich dort den Sieg streitig machten, schlagen würde.
Am 24. Januar (alten Stils) wurde er jedoch in jener anderen Wahlversammlung mit derselben Einstimmigkeit gewählt. Ohne noch lange zu zögern, nahm Cuza an.«

brauchen, um in einer Nacht den Starrsinn all derer, denen nichts und niemand in keinem Augenblick ihres Lebens heilig ist, in Blut zu ertränken!«

Wir waren nur unserer sieben, sie, Groza, Codreanu, Ilie, Spilca, Movila und ich. Die Bande war nach der Ablösung der Posten schlafengegangen.

Keiner sprach ein Wort, und sicherlich hatten wir auch zu denken aufgehört, denn bei der plötzlichen Frage Ilies zuckten wir alle zusammen: »Könnt ihr mir sagen, worauf wir jetzt und hier warten?« Überrascht und hellhörig geworden, sahen wir uns an. Ilie fuhr mit Nachruck fort: »Ja, was erwartet uns nun? Cuza wird seinen Thron besteigen. Unsere Bojarenfreunde nehmen ihre Plätze ein. Und wir Haiduken? Hält man uns etwa die Posten der Unterpräfekten frei? Erwartet uns nicht eher die Passionswoche der Haiduken? Und was würdet ihr dann zu einer Legion von Freunden sagen, die uns, wie Petrus, die Hand auf dem Herzen, mehr als dreimal vor dem ›Volksgericht‹ von zwölf *ciocoi* verleugnen?

Ich für meine Person möchte die Freundschaft dieser braven Bojaren lieber nicht auf die Probe stellen. Dem Menschen des Gesetzes seine Gesetze, dem Haiduken den *codru!* Ich packe meine Siebensachen.«

»Ich denke, wir machen es genauso!« sagte Groza. Und zu Floricica gewandt:

»Es sei denn, Floricica Codrilor weiß sich durch die Domniţa von Snagov beschützt?«

Grozas Ironie traf eine offene Wunde.

»Nein, Freund ... Zweifle nicht an meiner unbedingten

Treue. In Snagov bin ich wie im *codru* die Haidukin geblieben, die du kennst. Und müssen wir eines Tages vor das ›Volksgericht‹ treten, von dem Ilie spricht, dann wirst du sehen, daß Floarea Codrilor und Domniţa von Snagov ein und dieselbe Feindin menschlicher Ungerechtigkeit sind, und daß diese Feindin beim Schwurgericht der *ciocoi* nicht mehr Schutz genießt als ein Trăznila.
Um den Bauern zu dienen, habe ich mich auf das beschränkt, was meine Zeit mir zu tun gestattet. Aber mein Herz eilt meiner Zeit voraus. Wenn ich das diplomatische Haidukentum dem *codru* vorzug, so darum, weil ich erfahren habe, daß die Menschen unserer Zeit die Herzen, die ihrer Zeit voraus sind, für verrückt halten. Aber nicht deshalb werde ich Trauer tragen! Ich habe eben nicht in der richtigen Zeit gelebt! Die Wahrheit liegt in meinem Herzen!«
Groza nahm die Hände seiner Freundin: »Verzeih mir, Floricica, ich wollte dir nicht weh tun . . .«
»Schon gut, mein Freund . . . Aufrichtigkeit ist heiliger als alles Göttliche. Die Götter wechseln alle tausend Jahre und sind von Volk zu Volk verschieden, die Aufrichtigkeit aber spricht zu allen Menschen der Welt seit Anbeginn in derselben Sprache.«

Es war vielleicht drei Uhr morgens, als eine Wache bei uns eintrat und das Wort an uns richtete: »Wißt ihr eigentlich, was da draußen los ist? Na, dann macht mal das Fenster auf!«
Floricica öffnete es hastig.

Kalte Rauchschwaden drangen in das Zimmer. Nebel.
»Er ist zum Schneiden dick«, meinte der Gefährte. »Wir können keinen Meter weit sehen und rennen uns die Köpfe an den Bäumen ein. Noch schlimmer ist, daß wir uns über eine Meile weit verraten, denn wir müssen wie Esel husten!«
»Nun«, sagte Groza, »wenn ihr hustet, dann hustet der Feind ebenso und verrät sich dadurch, es sei denn, er trägt eine Sonne unterm Hemd!«
»Ja, aber er könnte uns beim Husten eine Ladung Kugeln ins Gesicht spucken!« knurrte der Haiduk.
»Du hast recht. Ruf die Leute zusammen und laß sie hinter den Fenstern der Galerie Stellung beziehen. Die Morgendämmerung wird vielleicht den Nebel verscheuchen, und wir können uns davonmachen.«
Die draußen postierte Wache wurde eingezogen. Nur Trăznila wollte um das Haus streichen. Er fuchtelte mit seinen baumdicken Armen herum: »Ich habe ein ungutes Gefühl ... seit zwei Tagen saust es in meinen Ohren, und mein linkes Auge zuckt so, daß es mir weh tut. Ich glaube, unser Stündchen hat geschlagen ... mein Herz sagt es mir. Während ihr weg wart, sind wieder und wieder allerlei Leute wie zufällige Spaziergänger gekommen und gegangen. Dabei haben sie das Haus so genau betrachtet, als wollten sie es kaufen. Ilie hat sie auch gesehen. Jeder konnte sie sehen. Was wollt ihr? Jetzt kennen *sie* uns und wissen, wer wir sind. Heute nacht habe ich es ihnen ja auch laut genug in die Ohren gebrüllt: Groza! Codreanu! Die Haiduken! – Reicht das nicht etwa?«

Es reichte. Wir alle wußten es und brauchten uns nichts vorzumachen.
Was wir ebensowenig wie Trăznila wußten, war, daß sich Arghiropol an der Spitze einer wahren Armee bereits in unserer Gegend aufhielt.
Weit vor Mitternacht war er schon in Căldăruşani. Der Nebel kam ihm sehr zustatten. Er schloß uns in weitem Umkreis ein, und seine Leute näherten sich schrittweise, ohne zu husten oder zu niesen. Und als wir sie doch noch hörten, war es bereits zu spät: alle unsere Fluchtwege waren abgeschnitten.
Wir wurden uns der Umzingelung erst durch das dumpfe Geräusch der Pferdehufe auf der durchweichten Erde bewußt. Sofort sprangen wir zu unseren Gewehren. Die vierzig Männer aus den Bergen, wir zwanzig aus Snagov und weitere zwanzig aufgeweckte Zigeuner. Das machte insgesamt achtzig Armpaare, die etwas zu verteidigen hatten, ihre Freiheit nämlich, nichts als die heilige Freiheit! Alecachi, Marinula, Evghenia und ein Dutzend Zigeunerdienstboten hielten sich bereit, unsere Gewehre in dem einzigen Zimmer, das wir zu diesem Zweck erleuchtet ließen, einer Art Verschlag, nachzuladen.
»Du, Joakim«, sagte Floricica zum Kantor, »wirst für uns singen! Du bist der Psalmensänger unserer letzten Nacht in Snagov. Sing, mein Guter, das ist mehr wert als zu schießen! Und nimm dich vor den Kugeln in acht!«
Wenig später hörten wir in dem undurchsichtigen Nebel, der an den Scheiben wie Watte klebte, das Wiehern von Pferden und menschliche Stimmen, die sich nicht einmal

mehr die Mühe gaben, leise zu sprechen. Die Kette der Miliz konnte nur etwa hundert Meter von uns entfernt sein. Sie hatte die Form eines Hufeisens.
Das Haus lag oben auf der Anhöhe eines steilen Abhangs, der jäh zum See hin abfiel. Nur diese Seite war frei. Aber wo die Pferde hinausführen, ohne gehört zu werden? Die Schlinge wurde so eng, daß wir uns einem Gemetzel ausgeliefert hätten, wenn wir zu flüchten und dabei die Pferde wie Blinde am Zügel zu führen versucht hätten.
»Es müssen um die vierhundert sein!« sagte Groza, nachdem er draußen eine Runde gedreht hatte.
»Und es ist keine gekaufte *Potera*, meinte Floricica, sondern es sind Milizsoldaten, rumänische Soldaten! Wie traurig das ist ... Ich möchte als erste in dem Massaker fallen.«
»Es wird kein Massaker geben, und niemand wird fallen, denn hier in diesem Nebel gebe ich die Befehle!«
Diese Antwort aus dem Dunkeln kam von Joakim. Der in allen Zimmern verstreute Haufen der Haiduken, bereit, das Feuer auf die Belagerer zu eröffnen, wartete schweigend auf eine Erklärung des unsichtbaren Kantors. Eine Kerzenflamme zuckte, und Joakim erschien als Pope verkleidet in einer fadenscheinigen Soutane, eine Stola um den Leib und einen speckigen *potcap* auf dem Kopf.
Wir glaubten, er sei verrückt geworden. Er blieb stehen und betrachtete uns mit seinem guten Gesicht: »Nein, kein Massaker! Hört! Eure Pferde sind dort hinter dieser Tür ... Sie warten darauf, in euren Salons mit den teuren Teppichen wie einstmals die dicken Bojaren und die Di-

plomaten empfangen zu werden. Laßt sie durch diese schönen Räume laufen, führt sie durch die Tür heraus, die sich über dem Abhang zum See öffnet, sitzt auf und rettet euch schwimmend dem Ewigen entgegen, dem an eurem Untergang nichts liegt!«
In diesem Moment brach draußen ein ohrenbetäubender Lärm los. Unter dem Brüllen der Kühe, Kälber und Schafe schrien die Dienstboten, an die fünfzig Männer, Frauen und Kinder, wie nur Zigeuner schreien können: »Feuer! Feuer! Rettet euch! Das Haus brennt!«
»Hast du Feuer gelegt, Joakim?« fragte Floricica.
»Ich habe Feuer an die Nebengebäude gelegt, um Lärm und Verwirrung zu stiften. Aber nehmt die Gelegenheit um Gottes willen wahr! Zu den Pferden! Haut ab! Sie sind bereits im Hof!«
»Und du?«
»Ich gehe zum ...«
Das Ende seines Satzes war nicht mehr zu hören. Ein gewaltiges Pfeifen durchdrang unsere Ohren, und darauf zersprangen die Fensterscheiben durch schreckliche Gewehrsalven in tausend Stücke. In die kurze Stille vor der zweiten Salve dröhnte Arghiropols Stimme: »Sie haben das Feuer aus taktischen Gründen gelegt! Gebt auf den See acht! Schießt!«
Ein erneutes Pfeifen. Das Haus erhielt eine neue Ladung! Einige Schreie aus dem Dunkel der Zimmer verrieten uns, daß wir Verletzte hatten. Wütend wollten Groza und Codreanu den Befehl zum Feuern geben, aber Joakim hinderte sie daran und führte die Pferde herein. Wie ein Bär

lief er umher, die Kerze in der Hand: »Ihr seid verloren, sobald ihr das Feuer erwidert! Zum See! Schnell! Ich gehe ...«
Floricica zog den Kantor in ihre Arme: »Küß mich, Joakim! Und leb wohl!«
Die Haiduken stürzten zum Wasser, jeder auf seinem Pferd mit seinen Waffen und seiner Hoffnung auf Glück. Die Zigeuner und anderen Dienstboten wurden zurück zu ihrer Sippe geschickt. Sie wußten sich besser als wir zu retten, mischten sich unter das Vieh und brüllten mit ihm um die Wette.
Die Feinde wagten nicht, in das Haus einzudringen und es im Sturmangriff zu nehmen. Um jedoch einen möglichen Angriff abwehren zu können, beschlossen unsere Anführer, als letzte das Haus zu verlassen.
Ach! Schmerzliche Gedanken zernagten in dieser Warteminute mein Herz, während von allen Seiten Gewehrfeuer prasselte. Ich dachte an unseren Bruder, den rumänischen Milizsoldaten, diesen Bauern, für dessen Glück wir uns in die Höhle des Löwen begeben hatten, und der uns nun den Tod entgegenspuckte, den Arghiropols genauso ergeben wie den Haiduken gegenüber gleichgültig!
Ich war einer jener Menschen, die Kieselsteine mit der bloßen Hand zerdrücken, die auf Schnee wie auf Watte schlafen, Oliven zwischen ihren Kiefern zermahlen und darauf warten, alle schönen Zigeunerinnen der Welt zu lieben. Ich habe von meinem Nächsten nicht verlangt, mich zu ernähren und gab mich auch nicht dazu her, seinen Esel zu spielen. Ich glaube, das ist Würde. Welche

Brüderlichkeit gab es schon zwischen diesem Tier, das auf uns schoß, und mir, daß ich ihm mein schönes Leben opfern sollte? Der Haß ließ mich auf einmal niederknien, bereit, in den Haufen zu schießen. Aber Floricica zu meiner Rechten hinderte mich augenblicklich daran: »Nein ... nicht einfach so ... *Er* ist dazu verpflichtet. Außerdem hat er Angst. Er ist tausend Jahre hinter dir zurück. Verzeih' ihm!«

Nur etwa zehn Gefährten war es zwischen den ersten auf den See gerichteten Salven gelungen, durchzukommen. Wir kauerten ängstlich geduckt auf dem schlammigen Abhang, den das Haus vor den Kugeln schützte, als plötzlich Pfiffe auf allen Seiten die Einstellung des Feuers geboten.
Arghiropol fragte: »Was ist?«
»Da ist ein Pope aus Snagov, der meint, daß die Haiduken seit gestern abend auf der Flucht sind!«
»Bring ihn her!«
Die Feuersbrunst in den Dienstbotengebäuden hatte weder den Nebel gelichtet noch den Schauplatz weiter erhellt, aber es hatte sich dennoch eine einigermaßen transparente rotglühende Feuerstätte gebildet, so daß wir um uns herum undeutliche Schatten zu Fuß und zu Pferd erkennen konnten, sicherlich die Befehlshaber.
Dort fand der gute Joakim den Tod.

Während man ihn mit tastenden Schritten vorführte, stimmte er einen Psalm an und übertönte mit seiner verzweifelt kraftvollen Stimme die Geräusche der Haiduken, die sich schwimmend entfernten.

»Ewiger! Vernimm meine gerechte Sache. Erhöre mein Rufen und neige dein Ohr der Bitte, die ich ohne Falsch an dich richte! Möge mein Recht in deiner Gegenwart zutage treten, mögen deine Augen die Gerechtigkeit meiner Sache betrachten ... Du hast mein Herz geprüft und hast es in der Nacht besucht. Du hast mich geläutert und hast doch nichts gefunden. Mein Denken geht nicht weiter als meine Sprache. Was die Taten der Menschen angeht, so habe ich mich davor gehütet, die Wege der Gewalt zu gehen, so wie dein Wort es gebot.«

»Heul' nicht so laut, du Dummkopf!« brüllte Arghiropol. »Man kann ja gar nichts mehr hören. Was sagst du da? Was willst du?«

»Ewiger! Errette mich durch deine Hand vor diesen Menschen, deren Reichtümer von dieser Welt sind, und denen du den Bauch mit deinen Vorräten füllst, dergestalt, daß sogar noch ihre Kinder satt davon sind und ihren Kindeskindern etwas übriglassen. Ich aber werde dein Antlitz in Gerechtigkeit schauen und werde gesättigt sein von deinem Bild, wenn ich wieder auferweckt werde.«

»Verrückter Pope! Schweig still und sag mir schnell, warum du hier bist!«

»Ich bin gekommen«, sagte Joakim – und es waren seine letzten Worte –, »dich diesen Spruch Salomons wissen zu lassen, der da sagt: ›Von drei oder vier Dingen erzittert die Erde, denn sie kann sie nicht tragen: Den Knecht, wenn er König wird ...‹

... Das ist das erste, das die Erde erzittern läßt und das sie nicht tragen kann. Das ist es, was dich betrifft: ›Den Knecht, wenn er König wird!‹ Verstehst du, Arghiropol? Ein *ciocoi*-Knecht wie dich, wenn er König wird ... die Erde erzittert!«
Eine Detonation. Floricica weinte. Das Pfeifen der Gewehrsalven setzte aufs neue ein, aber wir waren bereits weit im Meer des Nebels und im kalten Wasser, aus dem unsere Leiber und die Hälse unserer Pferde auftauchten, die sich wie Drachenköpfe langstreckten.
Als wir ein wenig später, vor Kälte am ganzen Leibe zitternd, der Uferböschung folgten, stieg eine hohe Rauchsäule, von purpurnen Flammen durchzogen, steil in den Himmel über dem Haus der Haiduken auf. Ein Zeichen, daß Gott in seiner Allmacht die Güte hatte, unser verzweifeltes Opfer anzunehmen.

Danach

Vom Schicksal getrieben

Im Aprilmonat jenes Jahres hielt Floricica nach einer langen Krankheit, die sie beinahe dahingerafft hätte, wieder Einzug in unsere Lieblingswälder der Bâsca und sang lauthals:

> He, Codru, feiner Blätterwald!
> Laß mich dich durchschreiten
> Mit den vierzehn an meiner Seite
> will ich dir kein Leid tun!

Taumel eines verzweifelten Herzens ... Wir hatten keinen Anlaß, besonders glücklich zu sein.
Die Gesundheit der armen Frau war für immer dahin, und durch die Fahnenflucht einiger Haiduken waren wir sogar noch weniger als die »vierzehn«, von denen in dem Lied die Rede war. Herzlich wenig für drei Anführer, die noch am Morgen nach dem Unglück von Snagov jeder über zwanzig Bewaffnete verfügten. Doch kein einziger war uns ums Leben gekommen, abgesehen von dem freiwilligen Opfer Joakims.
Aber das größte Verhängnis im Leben des Haiduken ist es ja gerade, dieses Leben retten zu wollen. Wäre es ihm wichtiger, hätte er dem Leben nicht die Gefahr vorgezo-

gen. Aber wer es schließlich soweit bringt, die Todesverachtung in sich triumphieren zu lassen, verliert das Gleichmaß des Lebens und kann keine Zugeständnisse mehr machen.

Er ist ein Verzweifelter. Alle Kreuzzüge werden mit Verzweifelten geführt, aber das ist weder von Vorteil für die Krieger noch für die Sache, um derentwillen sie in den Krieg gezogen sind. Denn der tausendjährige Baum des Lebens trägt wie jeder Baum nur dann Früchte, wenn man ihn sengt – um ihn von den Raupen zu befreien, wie man sagt.

Ihrer Gewohnheit, reiflich zu überlegen, getreu, wollte Floricica die »Raupenschere« der Vernunft ansetzen und sagte zu den Haiduken: »In eurem Haß gegen die Unterdrücker seid ihr bereit, Feuer an die Welt zu legen und euch selbst mit zu verbrennen. Irrtum! Es ist unnütz, sich selbst töten zu wollen oder sein Leben damit zu verbringen, die Läuse auf dem Körper seines Nächsten zu töten, denn dieser läßt sie, sobald ihr ihm den Rücken kehrt, wiederkommen. Bringt ihm bei, sich mit seinen eigenen Händen zu waschen, und ihr werdet sehen, daß die Läuse von selbst zugrundegehen.«

Während ihrer Krankheit, einer bösartigen Lungenentzündung, hatte sie genug Zeit, lange mit uns zu sprechen. Wir hatten in einer befreundeten Unterpräfektur Schutz gefunden, wo wir den Rest des Winters verbrachten und Floricica mit Hingabe pflegten.

Unsere Gefährten, die wußten, daß sie leidend war, hörten ihr ehrerbietig zu, gaben ihr mit einem Kopfnicken recht, hüteten sich aber sehr wohl davor, ihre wahren Absichten zu enthüllen. Doch sobald sich im *codru* die ersten Knospen zeigten, verschwanden fünfundvierzig Haiduken eines schönen Morgens, ohne uns Lebewohl zu sagen. Sie machten sich auf, in den Landstrichen des Donaudeltas ihr Räuberunwesen zu treiben. Einen der Flüchtenden, Buzdugan, habe ich besonders vermißt: Einen Mann von beispiellos heftigem Temperament, dessen Güte aber über seine Wutausbrüche stets die Oberhand behielt. Außerdem hatte er eine schöne Stimme und konnte wie kein zweiter einem Akazienblatt die unerhörtesten Töne entlocken. Die Mädchen waren alle verrückt nach ihm. Dazu war er ein hübscher Kerl und verachtete das Geld.

Unter welch traurigen Umständen sollte ich ihn eines Tages wiederfinden!

Wir verbrachten den Sommer mit Streifzügen an der Bâsca und durch die Berge des Penteleu. Floricica blühte wieder auf und sog die reine Tannenluft mit tiefen Zügen ein. Sie trank frische Eselsmilch und folgte dem Lauf der politischen Ereignisse. Sie war nur noch der Schatten jener Anführerin, die vor fünf Jahren an der Spitze von zwanzig Männern von diesen Bergen herabgestiegen war. Ihr schöner Körper war verzehrt. Ihre großen schwarzen Augen, einst sanft und zärtlich, brannten jetzt im Fieber und sprühten seltsame Blitze.

Zum ersten Mal, solange ich sie kannte, spürte ich in meinem Herzen die Liebe eines Sohnes. Ich liebte sie leidenschaftlich. Da ich wußte, daß die Nachrichten aus Bukarest ihr Momente der Freude bereiteten, organisierte

ich einen speziellen Kurierdienst, der zweimal täglich mit Briefen kam, mal von Miron, mal von dem guten Abt Uhrich, mal von Cuza selbst. Das Lesen der Briefe, die Überlegungen, die sie daran knüpfte und die kurzen Antworten, die sie schrieb, erfüllten sie mit Zuversicht.
»Ich habe nicht mehr lange zu leben«, sagte sie. »Aber ich habe wenigstens erlebt, daß die Hoffnung, für die ich seit zwanzig Jahren kämpfe, Früchte zu tragen beginnt. Die Fürstentümer sind unter der Regierung eines Mannes vereint, der nicht all das tun wird, was er möchte, aber das, was in seinen Kräften steht. Miron ist sein Berater, und das heißt nicht wenig. Zu zweit haben sie genug Tatkraft, die Zauderer auf ihre Seite zu bringen oder auch auf sie zu verzichten, falls es nötig sein sollte. Und was den Rest betrifft – mein Gott, ich habe nie von einem Paradies auf Erden geträumt.«
Nachdem Arghiropols Anschlag uns aus Snagov vertrieben hatte, hatten Cuza und Miron Floricica einen sicheren Zufluchtsort in Bukarest angeboten. Sie weigerte sich, dorthin zu gehen, weil sie es nicht riskieren wollte, den Staatschef und seinen Premierminister durch einen Skandal in der Öffentlichkeit bloßzustellen. Sie wurden bereits von sämtlichen *ciocoi* beschuldigt, über unsere Haidukenumtriebe informiert gewesen zu sein; von Banditen hätten sie sich zur Macht verhelfen lassen. Nicht nur gegen Ende seiner kurzen Amtszeit, sondern schon bei seinem Regierungsantritt nannten die neureichen Knechte Cuza einen Usurpator.
Der »Usurpator« beachtete dies jedoch nicht. Da er wußte,

was auf ihn zukam, arbeitete er Tag und Nacht an der Ausarbeitung der Gesetze, die seinen Namen denen der aufrichtigsten Fürsten hinzufügen sollten, die die Rumänen im Lauf der Jahrhunderte verehrt haben. Unvergessen in der Erinnerung unserer Bauern werden Cuzas berühmte Auftritte in den Schenken, auf den Märkten und Volksfesten der Dörfer bleiben, wo er sich in der Verkleidung eines Schäfers oder eines Viehhändlers persönlich davon überzeugen wollte, wie seine Gesetze gehandhabt wurden. Wenn er dann mit den Einheimischen trank und den Wirt bat, ihm eine *oca* nach Cuzas Maß zu bringen, dann wehe dem Betrüger, der »mit der kleinen *oca*« erwischt wurde! Abgesehen einmal von der Geldbuße oder Gefängnisstrafe machte Cuza den Schuldigen zum Gespött des Dorfes: Er knöpfte plötzlich seine verschlissene *gheba* auf, zeigte seine Fürstentunika und zwang ihn, mit dem falschen Gewicht um den Hals auf allen vieren von seinem Ausschank zur Bürgermeisterei zu laufen, wo er dann eingesperrt wurde.

Gerechter Gott! Würden alle Völker von solchen Persönlichkeiten regiert, seien es Fürsten oder Kaiser und Despoten, welcher vernünftige Mensch würde dann nur noch an sich selbst denken!

Gegen Anfang jenes Septembers besuchte uns Cuza, begleitet von Miron, in unserem Winterquartier.

Wir hielten uns damals in Lopătari auf. Die frühe Kälte hatte Floricica veranlaßt, den hohen Penteleu zu verlassen und in der gemütlichen Unterkunft von Vater Manole

Zuflucht zu suchen. Dieser mit uns befreundete Gastwirt führte mit seinem Sohn ein lustiges Bärendasein am Rande eines bedrohlichen Waldes. Er konnte uns alle unterbringen, denn jetzt waren wir nur noch unserer fünf – Floricica, Groza, Ilie, Movila und ich.
Codreanu und Spilca hatten mit fünf weiteren Haiduken eine ihnen am Herzen liegende alte Rache stillen wollen. Sie waren bereits im Juni aufgebrochen, trafen in Dragosloveni auf die *potera* und wurden bis auf den letzten Mann niedergemacht. Trăznila war nicht dabei. Dem Koloß gelang es nach aufreibender Suche dank zahlloser in den Bergen aufgestellter Fallen, eines schönen kleinen Bären habhaft zu werden, den er mit großer Geschicklichkeit zähmte, ohne das Tier dabei zu verblöden. Darauf zogen beide, der eine so fröhlich wie der andere, »in die Welt hinaus«, ihr Brot zu verdienen. Der Mensch ließ das Tier, und das Leben den Menschen tanzen.
Trăznilas Fortgehen betrübte Floricica mehr als das aller anderer. Sie liebte die Kraft und die gute Laune des Zigeuners.
»Jedes Mal, wenn er mit mir redete, fühlte ich mich genauso von Leben erfüllt wie er«, sagte sie uns an dem Tag, als der Fürst uns besuchte, und blickte von ihrem Fenster auf das herbstlich gefärbte Buchenblattwerk.
Ihr fahles Gesicht bewegte die beiden Freunde. Seit dem Tag, an dem Floricica Cuza in Galaţi, bevor wir uns trennten, geraten hatte, er solle auf die Waffen der Wildschweine achtgeben, hatten sie sie nicht mehr gesehen. Um den schmerzlichen Eindruck zu vertreiben, den ihr Äußeres

hinterließ, kam sie auf jenen Scherz zurück: »Jetzt hast du es mit Wildschweinen zu tun, die auf eine andere Art gefährlich sind! Armer Freund! Du mußt dich jetzt mit den *ciocoi* herumschlagen, den Feinden, die du am meisten verachtet hast. Ich bedaure dich, aber es ist deine Aufgabe. Du stehst erst am Anfang. Meine Aufgabe ist glücklicherweise erledigt.«

Cuza und Miron waren wie einfache Bürger gekleidet, saßen auf ihren Schemeln und schienen mehr über Floricicas traurigen Zustand als das Gesagte nachzudenken. Der Fürst grollte: »Ich mache mir Vorwürfe, daß ich dich seit dem Beginn deiner Krankheit nicht mehr besucht habe. Ich hätte dich gewaltsam in ein Sanatorium in der Schweiz bringen lassen. Miron hat mir nichts davon gesagt, daß du so schwer krank bist.«

»Ich wußte es selbst nicht«, verteidigte sich der andere. »In ihren Briefen schreibt sie immer nur von einer Erkältung. Ich glaube, seit dem 24. Januar liebt sie uns nicht mehr.«

»Ganz im Gegenteil. Ich wollte euch nicht von eurer Arbeit abhalten, euch die nur allzu wahrscheinlichen üblen Nachreden und vielleicht einen großen politischen Ärger ersparen. Ihr seid Staatsmänner. Ich bin eine Gesetzlose.«

»Ich muß dich nicht vor dem Strafgesetzbuch verteidigen, sondern ich höre auf das, was mein Gewissen mir sagt und bin frei zu handeln, wie es mir gefällt!« antwortete Cuza.

»Auf jeden Fall«, meinte Floricica, »hätte ich es nicht ertragen, das Land zu einer Zeit zu verlassen, in der mein Hunger nach Neuigkeiten so groß war. Und schließlich habe ich immer daran geglaubt, daß ich im *codru* enden würde.«

Nur zwei Arten von Gräbern sind würdig, großmütige Herzen aufzunehmen, die Meere und das Dickicht des *codru!*

Vater Manole, überaus stattlich in seiner Nationaltracht mit schneeweißen Hemdsärmeln, kam mit einer *oca* Wein, Räucherspeck und Brot und goß unsere Gläser voll. Er hatte etwas auf dem Herzen, verhaspelte sich aber dabei.

»Was ist, Manole?« fragte Cuza.

»Ihr müßt wissen, Hoheit, daß die Führer, die Euch hergebracht haben, den Mund nicht haben halten können.«

»Das ist nicht schlimm.«

»Wir danken für Eure Nachsicht, aber Ihr werdet dennoch Unannehmlichkeiten bekommen . . .«

»Und das wäre?«

»Vater Ion ist da. Kennt Ihr ihn? Vater Ion, unser letzter *răzeş*[1], der Alte von Lopătari. Er ist da mit einem Sohn, einem Enkel und einem Urenkel . . .«

»Sag ihnen, sie sollen hereinkommen.«

Vier Haidukentypen traten ein. Groß wie Eichen, das Herz auf den Lippen und das Gewissen im Blick. Sie nahmen ihre Mützen ab, die auf hellbraunen bis silberweißen Haaren ruhten, und riefen wie aus einem Munde: »Du sollst leben, Hoheit!«

»Wir danken für euren Wunsch. Auch ihr sollt leben!«

Cuza ging auf sie zu, schüttelte ihre Hände und blieb dann

[1] freier Gemeindebauer

stehen: »Sprich, Vater Ion«, sagte er. Der Greis zog die Augenbrauen hoch. Seine Rede war ebenso klar wie sein Blick.

»Hoheit! Ich bin ein Nachkomme rechtschaffener Menschen ... Mein Vater scheute sogar davor zurück, einem Hund Unrecht zu tun ... Das ist mein Erbe, und ich bin stolz darauf. Und nun werde ich mit zweiundneunzig Jahren von einem Bojaren, ja, einem richtigen Bojaren, geohrfeigt, der zum *ciocoi* geworden ist, seitdem die Unterwürfigkeit wieder zu hohen Ehren gekommen ist. Der Kerl, der meine Wange geschlagen hat, ist der Besitzer unseres Landes und sitzt im Landrat. Vor einem Monat bin ich zu ihm gegangen, um mich über einen Diebstahl zu beschweren, den sein Pächter zu meinem Schaden beging, und er hat mich geohrfeigt. Hoheit, ich bitte dich, mir Gerechtigkeit zu verschaffen!«

Cuza trat einen Schritt näher, nahm den Kopf des *răzeş* zwischen beide Hände und küßte ihn auf die Wangen: »Der Fürst küßt die Stelle, die der *ciocoi* geschlagen hat und wäscht die Beleidigung ab. Das, Vater Ion, ist die einzige Gerechtigkeit, die ich dir gegen diese Heuschrekken gewähren kann, die bald stärker als ich und stärker als das Recht sein werden!«

»Möge es dir wohlergehen, Hoheit!«

»Laßt es euch auch wohlergehen, meine Freunde!«

Als der Tag sich neigte, erhoben sich Cuza und Miron, um aufzubrechen. Der Sohn des Gastwirts näherte sich schüchtern dem Fürsten.

»Hoheit, da ich nicht zweimal im Leben einem Mann wie

Euch begegnen werde, bitte ich Euch in einer Sache, die mich quält, um Aufklärung ...«
»Worum geht es?«
»Also, nachdem, was unsere Alten erzählen und was ich selber während des Krimkrieges erlebt habe, verstehe ich, daß die Großmächte sich immer untereinander bekriegt haben, um ein kleines Volk wie das unsere in Besitz zu nehmen und es abwechselnd zu unterjochen. Aber die unterjochten Nationen sterben trotzdem nicht, wie man an uns Rumänen sehen kann. Rußland und die Türkei sind es zufrieden, wenn sie sich wieder an dem Punkt befinden, wo sie waren, ehe sie anfingen, sich zu bekriegen. Warum also bekriegen sie sich überhaupt?«
Cuza überlegte einen Augenblick und meinte dann: »Mein Junge, du bringst mich in Verlegenheit. Aber ich werde mich aus der Affäre ziehen und dir antworten, daß die Großmächte es wie die zwei Männer tun, die die Kröte gegessen haben. Kennst du die Geschichte?«
»Nein, Majestät, ich kenne sie nicht ...«
»Dann höre!

Zwei Bauern verließen eines Tages ihr Dorf, um auf den Markt der nächstgrößeren Stadt zu gehen. Der eine führte eine Kuh mit sich, die er verkaufen wollte. Der andere hatte nichts als seine Arme, mit denen er nicht allzuviel anzufangen wußte. Als sie an einem Tümpel entlanggingen, zeigte der Mann mit der Kuh auf eine ekelerregende Kröte und sagte zu seinem Weggefährten: ›Schau! Wenn du diese Kröte ißt, soll meine Kuh dir gehören!‹

Den Verrückten gefällt es, zu provozieren, und immer haben sie es dabei mit noch Verrückteren zu tun, die sich auf die Herausforderung förmlich stürzen. Der Gefährte, ein Faulpelz, der von der Hand in den Mund lebte, dachte bei sich: ›Es muß entsetzlich sein, eine lebendige Kröte zu essen, vor allem, wenn man sie ungekocht ißt. Aber für eine Kuh lohnt sich wohl die Mühe!‹ Und er packte die Kröte und sagte zu dem anderen Verrückten: ›Du gibst mir die Kuh direkt danach?‹

›Sobald du die Kröte gegessen hast!‹

Da biß der andere zu, kaute schnell und schluckte gleich herunter. Aber es drehte sich ihm der Magen. ›Himmelherrgott! Das wird hart!‹ Beim zweiten Bissen erbrach er beinahe seine Eingeweide und setzte sich vor Ekel schwitzend ins Gras.

Als der Besitzer der Kuh sah, daß der andere beinahe bei der Hälfte der Kröte angekommen war, sagte er sich: ›Da haben wir's! Er wird sie aufessen, und ich werde meine Kuh verlieren!‹ Und geriet seinerseits ins Schwitzen. Der, der die Kröte aß, war jedoch nach drei heruntergewürgten Bissen am Ende seiner Kräfte und stellte folgende Überlegung an: ›Nein, ich werde doch nicht mit ihr fertig, aber wenn ich den Rest hinwerfe, dann wird der andere sich über mich lustig machen, und ich habe mich umsonst geplagt!‹

›Weißt du was, mein Alter?‹ gab er von sich. ›Wenn du die andere Hälfte der Kröte essen willst, dann will ich dir deine Kuh lassen!‹

Der jämmerliche Provokateur wartete nur darauf: ›Wie du

willst, mein Freund. Wenn dir damit gedient ist, bin ich einverstanden.‹

Und er schluckte den Rest der Kröte mit dem gleichen Ekel herunter. Darauf setzten die beiden Verrückten ihren Weg fort und erbrachen sich fortwährend. Der eine führte seine Kuh, und der andere wußte nichts mit seinen Armen anzufangen. So wie sie waren, bevor sie die Kröte unter sich geteilt hatten.«

Nach der Abfahrt unserer beiden Freunde konnte Floarea Codrilor der »Domniţa von Snagov« noch Lebewohl sagen, bevor sie selbst aus dem Leben schied. Wir wußten es nicht, aber es war offensichtlich, daß dies ihre Bestimmung war: Bis zum Ende weigerte sie sich, sich ihrer Krankheit entsprechend pflegen zu lassen und ein sicheres Quartier an einem anderen Ort als im rumänischen Dickicht aufzusuchen.

Sogar den Winter wollte sie bei Vater Manole verbringen, der alles tat, damit es seiner Kranken an nichts fehlte. Wir begannen gerade, uns darauf einzustellen, als wir an einem kalten und regnerischen Oktobertag die Nachricht erhielten, Arghiropol sei mit einer *potera* unterwegs, um uns festzunehmen.

»Nun gut«, sagte Floricica, »dann gehen wir eben ... Das rumänische Land ist weit.«

Ja, das rumänische Land ist weit, aber für uns begann es eng zu werden. Das Dunkle Tal und seine Bärengrotte, die uns vor sechs Jahren an einem ebensolchen Oktobertag aufgenommen hatte, boten uns nun von neuem Unter-

schlupf. Eine armselige, für eine Kranke unzumutbare Zuflucht.
Drei Maultiere wurden mit dem Nötigsten für den Bau der zwei Hütten beladen, die wir errichten mußten. Eine Hütte für die, die uns zu sterben drohte, und eine für uns vier Männer. Uns allen war es eng ums Herz. Sogar die Pferde waren traurig. Floricica zu Pferde sah aus wie ein Gespenst – das Gespenst der Entsagung.
Bei unserem Aufbruch nahm der gute Wirt ihre Hände, führte sie an seine Lippen und brach in Tränen aus: »Ihr habt das Gute für die Menschen gesucht, und nun jagen sie euch überall fort!«
»Das ist Gerechtigkeit, Vater Manole. Auch ich habe Jagd gemacht und sogar manche aus dem Leben gejagt!«
Sie setzte sich an die Spitze dieses siegreichen und erbärmlichen Zuges und murmelte, den Blick auf die dunstigen Bergspitzen gerichtet: »Da oben ist vielleicht der einzige Ort, wo der Mensch noch gut bleiben kann ...«

Diesen Worten – den letzten aus ihrem Munde – folgten zwei Stunden ununterbrochenen Aufstiegs, während dessen wir schweigsam und trübsinnig blieben und uns einer dem anderen tausend Meilen entfernt fühlten. Als unsere Kolonne dann die Bâsca durchquerte, sahen wir Floricica auf ihrem Pferd schwanken und, ohne einen Laut von sich zu geben, in das schlammige Wasser stürzen.
Wir sprangen in das steinige Flußbett, ich hob sie hoch und trug sie ans Ufer. Leidenschaftlich preßte ich sie an meine Brust, aber ich umarmte nicht mehr als ein Herz,

das aufgehört hatte zu schlagen. Rosiger Schaum stand vor ihren blauen Mundwinkeln.
Ich begrub meine Mutter an der Wurzel einer großen Tanne, in deren Stamm ich ein Kreuz ritzte als Zeichen der Leiden der Menschen und des Mitgefühls für das Schicksal, das sie sich mit ihren eigenen Händen schaffen.

Bei uns sagt man: »Wenn der Kater alt wird, wird er Mönch«. Gewöhnlich bringt es der Haiduk nicht zu alten Knochen, aber geht der Stern seines Haidukenlebens für immer unter, was ziemlich häufig vorkommt, dann wird er Schäfer.

So ist es auch uns gegangen, und wir sind alle vier Schäfer geworden. Groza, Ilie, Movila und ich. Wir haben uns auf der siebenbürgischen Seite der Karpaten eine kleine Schäferei eingerichtet, mit wenig Schafen und noch weniger Sorgen, aber mit sehr, sehr vielen quälenden Erinnerungen!

Groza kostete die bittere Süße dieser Erinnerungen aus, wenn er seine steifwerdenden Glieder im Sommer an die Sonne und im Winter an das Herdfeuer schleppte. Ilie und Movila beherrschten ihre Gefühle besser und zogen flötespielend mit der Herde auf die Weide. Sie kümmerten sich allein um alle Aufgaben der Schäferei, während ich – ach, Elend der menschlichen Seele! – auf den Gipfel des Penteleu kletterte und die anrief, die an der Wurzel einer mit einem Kreuz gezeichneten Tanne lag: »He Floricica! Meine hübsche Mutter! Es ist nicht wahr, daß sie besser sind, die Menschen, die in der heiteren Einsamkeit der Berge leben! Und wären sie es, ich wollte nichts von ihrer Güte wissen, meine tapfere Domnița von Snagov! Sie wollen nichts von der Welt wissen, weil sie der Welt nichts zu

geben haben. Sie ertragen die Einsamkeit, weil sie sie nicht beunruhigt. Sie sind schweigsam, weil sie nichts zu sagen haben. Für sie ist der Wald Brennholz, der unbändige Wildbach Wasser zum Waschen ihrer Hemden und der über dem Abgrund vorspringende Felsen ein riesiger unnützer Kieselstein.
Ich will dir noch sagen, großherzige Freundin, daß ihr erster Gedanke beim Anblick eines Menschen, der im Sommer ihr Nest erklimmt, ist, ihn für einen Bösewicht zu halten.

Und so war es auch, als wir an einem Julinachmittag einen Menschen empfingen, der bis zu unserer Schäferei geklettert war. Er blutete gewaltig aus einem riesigen Loch, das eine Handvoll Schrot ihm in den Rücken gerissen hatte. Und wir verstanden, daß es ein Bösewicht war, auf den ein Wohltäter geschossen hatte. Zwei ebenso unehrliche Gesellen halfen ihm, sich fortzubewegen. Jeder drückte mit einer Hand die Wunde zu, die sie mit angesengten Tüchern verstopft hatten.
»Christen!« stöhnte er. »Wer ihr auch seid, ich liefere mich euch aus. Aber gebt mir zu trinken. Ich leide mehr unter dem Durst als an meiner Verletzung. Sei drei Stunden klettere ich hier hinauf, ohne einen Tropfen Wasser!«
Der uns so anflehte, war Mândreanu, ein berüchtigter Kirchenräuber, den wir dem Namen nach kannten. Die Schußverletzung über seiner rechten Niere war derartig groß, daß man sich fragen mußte, wie er einen halben Tag damit hatte leben und marschieren können. Er trank;

dann begann sein Todeskampf, und noch in derselben Nacht hauchte er seine Seele aus. Sein gedrungener und bleischwerer Körper sollte hinter unserer Schäferei allmählich verwesen.

Die Geschichte dieses Mannes war eher komisch als tragisch. Er hatte niemals getötet, noch verwundet oder eine Waffe getragen. Ohne die Drohung, sieben Jahre Militärdienst leisten zu müssen, hätte er sich gewiß nicht mit dem Dorfrat angelegt. Dann aber vergiftete der verfluchte *arcan*[1] seine Jugend.

Zur Zeit des *arcan* flüchtete er sich jedes Jahr mit den Burschen seiner Gemeinde in die Berge. Schließlich kam er von dort nur noch hervor, um für seinen Lebensunterhalt zu stehlen. Seine Opfer waren ausschließlich Heilige. Er beraubte sie ihrer goldenen und silbernen Gewänder. Von Beruf war er Schlosser. Die Türen der Gotteshäuser konnten ihm nicht standhalten. Und was die Märtyrer des christlichen Glaubens angeht, so haben sie ja schon immer alles mit sich machen lassen.

Mândreanu war immer allein gewesen. Er war immer gut zurechtgekommen und hatte auch kein Bedürfnis nach Kumpanen. Da führte ihm das Schicksal eines Tages zwei über den Weg, und was für welche! Es waren dieselben, die ihn halbtot zu uns geschleppt hatten und die uns nun die Wechselfälle ihrer unfreiwilligen Reise in das Haidukenleben erzählten.

[1] gewaltsame Aushebung zum Militärdienst, Menschenjagd mittels eines Stricks

»Ein Jahr ist es jetzt her, da waren wir noch Soldaten und einer Gefängniswache zugeteilt, als man uns Mândreanu brachte. Man saß über ihn Gericht, und er wurde zu zehn Jahren Zuchthaus verurteilt. Wir zwei wurden ausgewählt, seinen Transport während eines ganzen Tages zu übernehmen. Zufrieden zogen wir los, denn zum einen ist man immer zufrieden, wenn man über die Felder spazieren kann, und außerdem war Mândreanu ein fröhlicher Aufschneider, der alle Wächter während seiner zweimonatigen Untersuchungshaft mit seinen Späßen erheitert hatte. Unterwegs amüsierte er uns noch weit mehr mit seinen Geschichten von Kirchen, Popen und geklauten Heiligenschätzen.
›Na klar!‹ sagte er. ›Die beraubten Heiligen sind mir nicht im geringsten böse, denn sie haben in Lumpen gelebt und die Reichen verflucht, die sich mit Schmuck behängten. Was ist also mein Verbrechen?‹
Dann bat er uns, die schweren Eisen um Hände und Füße ein wenig zu lockern. Wir dachten uns: ›Der Ärmste! Es muß ihm weh tun. Los, machen wir ihm einen Arm und einen Fuß frei! Wir sind zu zweit, haben das Gewehr in der Hand – wie soll er uns da entkommen?‹ Und wir befreiten ihn zur Hälfte. –
Er war brav. Auf dem Weg kannten ihn alle Wirte. Wir aßen und tranken ... und nahmen ihm die restlichen Ketten ab, die er sich um den Hals hängte. Wir machten mit erhitzten Köpfen in einem Maisfeld halt, zündeten uns Zigaretten an und warfen die Waffen ins Gras. Jetzt waren wir drei gute Freunde, aber er hieß immer noch Mân-

dreanu und bemächtigte sich schnell unserer Waffen, worauf er sich rückwärtsgehend entfernte.
›Du machst Witze, Mândreanu!‹ riefen wir.
›Keineswegs, Freunde! Ich gehe!‹
›Unglück über uns! Bruder! Du willst doch nicht, daß wir im Gefängnis enden müssen!‹
›Gewiß nicht, das würde mir keine Freude machen!‹
›Na also!‹
›Also . . . kommt mir mir! Kirchen gibt es genug! Ich werde euch das Metier beibringen!‹
Nun, wir waren betrunken und sind mit ihm losgezogen, in diesem Monat ist es genau ein Jahr her. Er hat uns nie zum Diebstahl gezwungen, aber wir standen trotzdem Schmiere, und das Geld wurde immer in drei gleiche Teile geteilt. Er war ein gerechter Mensch und ein guter Freund. Jetzt, wo er tot ist, wissen wir nicht, was wir machen sollen.«

Ein Bauer hatte Mândreanu dabei überrascht, wie dieser gerade eine Kirche ausplünderte. Er hatte ihm aus nächster Nähe mit seinem Jagdgewehr eine Ladung in den Rücken gejagt und Alarm geschlagen. Aber den Flüchtenden war es dennoch gelungen, ihre Verfolger irrezuführen.
Wir boten den beiden »Witwern«, wie Groza sie taufte, einen Lebensunterhalt, indem wir ihnen Gelegenheit gaben, sich um unseren Hof herum nützlich zu machen.
Im übrigen kamen sie uns gerade gelegen, denn erwies sich auch Movila als ein sehr guter Schäfer, so war Ilie nur

ein recht mittelmäßiger, und Groza und ich waren herzlich schlechte. Man liebt nicht ungestraft die ganze Welt und das Leben. Man fühlt nicht das Herz vor Leidenschaften, Haß und Liebe lodern, noch die Augen nach neuen Bildern dürsten, um sie für immer mit demselben Winkel der Welt abzuspeisen, so schön dieser auch sei!

Nach fünf Jahren Geduld und brennender Sehnsucht wurde uns übel beim Anblick der Schafe, die wir schoren, und beim Betrachten des Horizontes, den wir zur Genüge kannten, und wir entschlossen uns an einem strahlenden Maitag des Jahres 1864, Movila zu verlassen. Ilie, nicht umsonst ein Weiser, stellte folgende weise Überlegung an: »Wir wissen, was wir aufgeben, aber wir wissen nicht, was uns erwartet. Das weiß nur Gott.«

Gott ...

Unsere Feinde, die uns überall suchten, wußten es auch. Und noch besser wußten es vielleicht die einfachen Herzen der beiden Frauen, die uns das Schicksal eines Tages über den Weg führte, als wir unsere Schafherde auf dem Markt von Slobozia verkauften und alle drei in ihrer Herberge in der Nähe dieser Gemeinde um gastfreundliche Aufnahme baten.

Von einer Falle konnte nicht die Rede sein. Schon gar nicht von Bosheit. Aber hätte es dort hundert Fallen und tausend Boshaftigkeiten gegeben, wir wären doch mit den Füßen, den Händen und dem Kopf wie Blinde und Taubstumme hineingetappt. Denn unsere Herzen weiteten sich vor Stolz, als wir uns den walachischen Tälern und Ebenen näherten und nach fünf Jahren Abwesenheit erfuhren, daß Cuza die Erwartungen und Hoffnungen, die das rumänische Volk bei seiner Wahl in ihn setzte, bei weitem übertroffen hatte. Er hatte das große bäuerliche Grundeigentum geschaffen, die kirchlichen Besitztümer säkularisiert, die Verwaltung von allen korrupten Elementen befreit und dem Land eine Verfassung nach dem Vorbild Belgiens geschenkt.

Welches Glück, irgendwo einen guten und unbestechlichen Menschen zu entdecken! Auch zehn Jahrhunderte voller Gemeinheit können nicht verhindern, daß fünf Jahre Gerechtigkeit in den Herzen eines Volkes Glaube und Hoffnung wachsen läßt. Wo sind sie, die gerechten Herrscher? Hundert Nationen wären bereit, ihnen zu folgen!

Wir betranken uns sinnlos und fanden, daß die Wirtin Lina und ihre Tochter Mariţa Geschöpfe waren, die unseren lange unterdrückten Wünschen in ungeahnter Weise entgegenzukommen wußten. Fünf Jahre Abgeschiedenheit in zwölfhundert Meter Höhe! Obwohl Lina um die vierzig Jahre alt war, waren ihre Hüften und Brüste doch fest wie die ihrer Tochter. Ihre Wangen waren so prall, daß man hätte meinen können, ein Haar würde ausreichen, sie zu zerkratzen.

Sie liebte es gar nicht, wenn sie »Mutter« genannt wurde, sondern bestand auf »ţaţa«[1]. Groza verliebte sich Hals über Kopf in ihren weißen, gestärkten und stets sauberen Unterrock, den der hochgeschürzte Rock mehr als zur Hälfte

[1] volkstümliche Höflichkeitsanrede für eine ältere Frau

sehen ließ. Ich meinerseits verfiel rettungslos Mariţas heißen Augen. Auch Mariţa war nicht gerade eine Novizin in den ... menschlichen Dingen. Ilie beschränkte sich seinerseits darauf zu sagen: »Paßt auf! Diese Frauen sind dumm, und die Dummheit richtet noch schlimmere Dinge an als die Intelligenz.«

Sie waren dumm? Meine Güte, was hat man von der Intelligenz, wenn sie zwei Haiduken, die es eilig haben, zu lange zappeln läßt? Wir zogen ihr die Armut des Geistes vor, die uns gerade zur rechten Zeit zu trösten wußte. Zudem war *ţaţa* Lina eine feurige Anhängerin Cuzas, lobte das Werk des großen Fürsten über alle Maßen und gab jedem einen aus, der in ihre Kneipe trat und schrie: »Lang lebe Cuza!« Das machte sie uns sympathisch und ließ uns schließlich auch die Herzen der beiden Frauen erobern, denn eines Abends – mein Kopf war von der Leidenschaft wie auch von dem guten Wein benommen – vertraute ich Mariţa an, wer wir waren und was uns die Wahl unseres Idols gekostet hatte. Eitelkeit, du bist der Grund allen Übels, das über die Menschen kommt! Und Ilie sollte wieder einmal recht behalten.

Nicht sofort. Aber die Dummheit läßt nur dann eine Gelegenheit verstreichen, wenn sie bei einer anderen um so besser ihre Unermeßlichkeit unter Beweis stellen kann. So hatten wir wenigstens die Muße, zwei Monate das Glück zu genießen, das man in der Einsamkeit der Berge nur schwerlich antrifft, und wir berauschten uns an unseren Gesängen in den Vollmondnächten:

Komm Lina, laß uns den Olt überqueren!
Wir ändern unsere Sprache und Kleidung,
Laß uns ohne Trauschein leben
und sagen, daß wir Geschwister sind!

An einem Sonntag gegen Ende Juni war *ţaţa* Linas Schenke voller verschiedener Leute – Bauern, Kuhhirten, Schäfer, Popen, Offiziere und sogar ein Unterpräfekt. Viele Freunde und viele Feinde Cuzas. Angeheiterter als gewöhnlich, unterhielt die Wirtin ihre Gäste mit folgender Anekdote über den Fürsten:

Cuza inspiziert eines Tages ein kleines Gefängnis auf dem Lande. Der Gefängnisdirektor läßt seine Gäste auf dem Hof der Reihe nach antreten. Ein Dutzend Nichtsnutze, davon die meisten wegen Betrugs verurteilte Schieber. Der Fürst beginnt zu fragen: »Was hast du angestellt?«
»Nichts, Euer Hoheit!«
»So. Und du?«
»Nichts, ich schwöre es!«
»Na, so was!«
Er geht weiter in der Reihe.
»Sag mir dein Vergehen!«
»Ich wüßte nicht was . . .!«
»Und deines?«
»Ich bin auch unschuldig!«
Dieselbe Antwort von einem Ende bis zum anderen. Bis Cuza zum letzten Gefangenen kommt: »Und du? Was hast du getan?«

»Gestohlen, Euer Hoheit!«
»Du hast gestohlen?«
»Ja, zwei Hühner!«
»Und was suchst du hier unter all diesen ehrlichen Leuten? Mach, daß du fortkommst, Schurke!«
Und dem Direktor befiehlt er: »Setzen Sie diesen Menschen augenblicklich vor die Tür!«

Freunde wie Feinde Cuzas lachten gemeinsam über diesen Scherz, der demjenigen zugeschrieben wurde, der zu diesem Augenblick der meistgeliebte und zugleich verhaßteste Mann Rumäniens war.
Ja, sie lachten, und die Wirtin strahlte vor Glück. Aber ihre Dummheit hatte nur auf diesen Gipfel der Glückseligkeit gewartet, um sich vor der Nase des Unterpräfekten wie ein Kohl zur vollen Blüte zu entfalten. Und so schob sich *ţaţa* Lina hinter die Bank, auf der wir zu dritt saßen, zeigte uns stolz den Kunden und klopfte uns dabei auf die Schultern: »Ich glaub' euch, daß Cuza ein ganzer Mann ist ... aber wenn wir ihn heute an der Spitze unseres Landes haben, dann verdanken wir es Haiduken wie diesen hier!«
»Da haben wir's! murmelte Groza. Sie hat sich verplappert!«
Ilie pfiff leise vor sich hin und kratzte sich unter der Mütze.
Der Unterpräfekt seinerseits pfiff überhaupt nicht, sondern schrie plötzlich: »Auf sie, Kinder!«
Diese »Kinder« machten wie zufällig mehr als die Hälfte der Kundschaft aus. Nichts unterschied sie von den

Stammgästen, aber sie waren nichtsdestoweniger richtige *potera*ș*i*, die ein raffiniert eingefädeltes Komplott hergeführt hatte, um ţaţa Lina und uns zu beweisen, daß Cuza nicht alles war in unserem Land.
Ohne Waffen und Pferde blieb uns nichts übrig, als uns angesichts der zwölf auf uns gerichteten Pistolen fesseln zu lassen, zur großen Verzweiflung der Wirtinnen, die heulend um sich schlugen, um uns zu Hilfe zu kommen. Beide waren treu. Keine Falle. Nicht einmal Bosheit. Aber die Dummheit der einfachen Herzen richtet weit Schlimmeres an als die List der Boshaften.
Den Rest besorgen Eitelkeit und glückselige Freude.

Wir wurden abgeführt. Auf der Polizeiwache von Slobozia verbrachten wir die Nacht.
Am nächsten Morgen bei Tagesanbruch kam Lina in den Gefängnishof und schrie wie eine Besessene: »Und wenn ich alles bis aufs Hemd verkaufe, ich hole euch da heraus! Oh, ihr verfluchten *ciocoi*! Euch werd' ich's zeigen!«
Die Polizisten legten unsere Hände und Füße in Eisen, um uns in die Hauptstadt des Bezirks zu überführen. Sie gafften die Wirtin an und scherzten: »Verteufelte Haiduken! Alle Wirtinnen lieben sie ...«
»Weil sie gut zu zielen wissen!«
Unsere Kolonne setzte sich bei Sonnenaufgang in Bewegung. Die Hitze wurde bald zum Ersticken unerträglich. Die Zeit der Dürre. Kein Tropfen Wasser seit nahezu zwei Monaten. Die versengten Pflanzungen ließen nichts mehr erhoffen. Nur der Mais konnte sich vielleicht noch erho-

len und den Bauern zum Teil entschädigen, wenn rechtzeitig ein tüchtiger Regen einsetzte. Daher waren jede Menge Prozessionen mit Fahnen, Heiligenbildern, Weihrauchgefäßen und Reliquien unterwegs.

Auf unserem Weg trafen wir einen dieser maskierten Umzüge. Es war ein Triumphzug, denn gegen Mittag ergoß sich tatsächlich ein sturmflutartiger Regen auf die menschliche Dummheit und auf unsere armen, von Schlamm, Staub und Schweiß ausgedörrten Leiber.

Eskortiert von sechs berittenen Gendarmen, schleppten wir mit blutenden Füßen erbärmlich an einem undankbaren Schicksal und unseren schweren Eisen, als wir der Prozession begegneten. An der Spitze heulten die Popen ihre Dankesgebete. Als sie an uns vorüberzogen, durchbohrten sie uns mit ihren Blicken. Die ihnen folgende Menge, der Abschaum des heiligen und schönen Erdenlebens, übertraf die Popen. Im Vorbeigehen murmelten die Leute: »Banditen! Mörder!«

Groza wütete: »Nein, nein! Herrgott nochmal! Wir sind weder ›Banditen‹ noch ›Mörder‹! Wir sind *Haiduken!* Ihr Bestien! Gesindel! Abschaum! Was für ein Glück, daß ich nie mit eurer Unterstützung gerechnet habe, sonst müßte ich mir jetzt das Hirn zerquetschen!«

Die so angeschrienen senkten die Köpfe und zogen Litaneien kauend ihres Weges.

Mehr als eineinhalb Jahre waren seit dem Tag unserer Festnahme verstrichen, und wir schmachteten immer noch in den Eisen. Jeder war in einem feuchten Loch isoliert, ohne abgeurteilt zu sein und ohne etwas von dem Schicksal zu erfahren, das ihn erwartete. Das Untersuchungsverfahren ging seinen alltäglichen Trott und häufte auf unsere Rücken alle Verbrechen und Räubereien der letzten zwanzig Jahre, deren Urheber unentdeckt geblieben waren.

Groza war zu einer unförmigen Masse geworden und konnte nicht einmal mehr die Augen öffnen. Der zweite Winter verkürzte seine Leiden, und er ging von dannen, um Domniţa von Snagov zu berichten, daß unser Kampf nicht umsonst gewesen war, und daß wenigstens Cuza sich des Vertrauens der Haiduken würdig erwiesen hatte.

An einem trüben Morgen Mitte Dezember holte man ihn aus seinen Eisen und gestattete Ilie und mir, ihn im Gefängnishof, wo man ihn mit dem Gesicht zum Himmel hingelegt hatte, ein letztes Mal anzusehen. Bauern, die gekommen waren, um den Häftlingen ihre Erzeugnisse zu verkaufen, umringten den leblosen Körper des unbeugsamen Haiduken und beteten, als plötzlich einer unter ihnen, ein Greis mit sanftem Blick, seine Mütze zog und mit fester Stimme sagte:

»Brüder und Christen! Seht ihr diesen Mann? Ohne die Hilfe, die er mir einst zukommen ließ, wäre ich lange schon tot. Vor zehn Jahren mittlerweile wurde der beste und tapferste meiner drei Söhne mir vom *arcan* entrissen. In den sieben Jahren seines Militärdienstes konnte ich auf keine Unterstützung rechnen, denn seine zwei Brüder waren undankbar. Alt und krank ging ich allmählich alleine in meiner Hütte zugrunde, bis ich eines Tages auf diesen Menschen traf – Gott möge seine Sünden vergeben! Er bat mich, ihm meinen Kummer zu erzählen. Ich gestand ihm meine Verzweiflung. Er kam, weil er mir helfen wollte, denn er hatte von den Leuten gehört, daß ein armer Greis verlassen hoch über dem Dorf in den Wäldern lebte. An jenem Tag legte er mir soviel Geld in die Hand, daß ich ein Jahr davon leben konnte. Zweimal im Jahr kam er wieder. Solange wie mein Sohn durch den verfluchten Militärdienst von mir ferngehalten wurde. Jedesmal ließ er mir Geld zurück, mehr als ich brauchte, soviel, daß ich sogar etwas davon dem armen Soldaten schicken konnte. Und einmal im Sommer kam dieser Wohltäter begleitet von dreißig Burschen. Sie rissen meine heruntergekommene Hütte nieder und bauten an einem einzigen Tag eine neue. Mögen ihm die Pforten des Himmels offenstehen!«
Der Greis lief in den Eßraum und kehrte mit einer Kerze wieder, die er am Kopfende des Toten entzündete, worauf er neben ihm niederkniete und seine auf der Brust liegende rechte Hand küßte.
Noch am Tag von Grozas Beerdigung, als mein Herz über sein trauriges Ende klagte, sollte mir eine seltsame Freude

widerfahren. Ja, seltsam, denn freuen wir uns auch, einen guten Freund wiederzusehen, so sind wir doch nicht gerade beglückt, ihn durch das Tor eines Gefängnisses kommen zu sehen. Und trotzdem freute ich mich, den guten Buzdugan wiederzusehen, den Gefährten glücklicherer Tage, den fröhlichen Spieler, der junge Mädchen mit einem Akazienblatt verzaubern konnte und der uns nach dem Unglück von Snagov im Stich gelassen hatte, um Gott weiß wo auf Raub auszugehen. Er war so fröhlich wie eh und je, obgleich in Ketten.

»Was, ihr seid auch da?« rief er vor seinen Bewachern aus und warf sich erschöpft auf die Pflastersteine im Hof.

Im ersten unbewachten Augenblick flüsterte er uns zu: »Bald werdet ihr frei sein! Lina hat es mir vor einem Monat gesagt...«

Sie brachten uns in die Zellen zurück. Schreckliche Tage und schlaflose Nächte mußte ich nun mit dem ständigen Gedanken an diese Hoffnung verbringen – *Wir werden bald frei sein!* Konnte man das Versprechen der Wirtin ernstnehmen? Was wußte die Unglückliche über unsere Lage?

Sollten wir etwa freigesprochen werden? Ein Wahnsinn, überhaupt daran zu denken! Wollte sie das Gefängnis mit einem Heer nur in ihrer Vorstellung vorhandener Haiduken wie im Märchen stürmen?

Ich gab mich Spekulationen hin, besonders nachts, wenn ich mit offenen Augen ins Finstere starrte, während die Wachposten nacheinander schrien: »Nummer-r-r-r-r 1! Alles in Ordnung!«

Zwei Wochen Angst folgten Grozas Tod ... Dann, am 1. Januar 1866, öffnete sich die Tür meiner Zelle. Ilie trat ein und mit ihm ein Herr, der am Vorabend eingetroffene neue Gefängnisdirektor. In ihm erkannte ich einen jungen Bojaren, einen »Cuzisten«, wieder, einen alten Freund aus Snagov.

Er drückte unsere Hände und sagte leise: »Sobald ich eine geeignete Wache ausgesucht habe, werdet ihr von hier fliehen können. Das wird in wenigen Tagen sein. Wir werden einen kleinen Ausbruch inszenieren, um den Schein zu wahren. Dann erkläre ich meinen Rücktritt. Cuza schickt mich, um euch vor der lebenslänglichen Haftstrafe zu retten, die die *ciocoi* für euch vorgesehen haben. Ihr müßt wissen, daß der Thron unseres Freundes bedenklich wankt. Er hat nicht mehr lange Zeit, eine Frage von Wochen.«

Ich sagte: »Hier ist noch ein Freund von uns, Buzdugan, den Sie mit uns gehen lassen müssen.«

»Buzdugan ist kein Haiduk!«

»Doch! Unter Floricicas Befehl hat er mit uns gekämpft. Seitdem hat er geräubert, aber nur, weil er verzweifelt war.«

»Gut, ihr werdet euch also zu dritt davonmachen. Und ihr habt fünf Tage, um euch unauffindbar zu machen. Danach erkläre ich euch für entflohen, und ihr müßt auf euch selbst achtgeben! Selbst Gott kann euch dann nicht mehr retten!«

In einer eisigen Nacht bei Nordwind und Schneegestöber entkamen wir als Bergbauern verkleidet, die Köpfe in riesige Mützen gehüllt, jeder ein Gewehr unter dem Pelz. Ein Frost zum Steinesprengen. In der düsteren Einöde hörte man aus der Ferne Wölfe heulen. Feindlich und drohend tat sich die Erde vor unseren Schritten auf, als wollte sie uns jeden Augenblick verschlingen.
Nie war mir das Leben so schön erschienen.

Aber warum, lieber Gott, tut sich die Erde nicht eher auf, um den Egoisten und Nichtswürdigen zu verschlingen? Das dachte ich an jenem schrecklichen Wintertag, als wir – drei arme, halberfrorene Ausbrecher – in der »Haiduken«-Schäferei in Siebenbürgen ankamen, und von einem häßlichen, engherzigen und geizigen Movila empfangen wurden! Ach Welt! Du tust mir mit deiner Häßlichkeit nicht weh. Es ist dein gutes Recht, und du übst es neunvon zehnmal aus. Aber willst du mit deiner Häßlichkeit auch den zehnten Teil des Lebens vereinnahmen, dann nein! Dieses Stückchen gehört mir, laß es los! Es will auch leben!
Movila! Movila! Das ist es also, was du vom Leben wolltest. Tausend Schafe scheren und melken? Zehn kümmerlich bezahlte Bauernjungen für dich arbeiten lassen? Einen dicken Bauch, einen fetten Nacken, eine Ehefrau mit einer Aussteuer, Papiere, die in Ordnung sind, und du als der große *baci*[1]? Deiner Meinung nach mangelt es der Welt also am meisten an Käse, Schafen und Wolle? Aber was zum Teufel suchtest du dann im Haidukenleben und warum hast du nicht schon immer das getan, was seit jeher die Satten den Movilas zu tun gestatten, die vom Leben nichts anderes verlangen, als ein dicker *baci* zu sein?

[1] Käsereibesitzer

Anfang April verließen wir den verpesteten Hof und Siebenbürgen, um nach Rumänien[1] zurückzukehren. Im Februar hatte ein Militärputsch Cuza gestürzt. Die *ciocoi* waren die Herren des Landes. Nicht mehr die Bojaren, sondern ihre Knechte, also weit schlimmer! Und im Tal der Bâsca klang schon das neue Haidukenlied:

Grünes Renettenblatt!
Mitten auf dem Weg denk' ich:
Was tun? Was arbeiten,
mein Brot zu verdienen,
meine Kinder zu ernähren?
Wohin ich auch gehe
und was ich auch tue,
die *ciocoi* verfolgen mich!
Die Angst vor dem Unterpräfekten,
das Gespenst der Steuern
ließen mich den Weg ins Dorf
und die Griffe des Pfluges vergessen.
Ich nahm den Weg ins Gehölz,
den Pfad des *codru.*
Denn besser ist's, Haiduk zu werden,
als unter Zwang zu leben.
Es sei so, wie Gott es gefällt!

[1] Siebenbürgen gehörte damals zu Österreich-Ungarn (Anm. d. Hrsg.)

Wir standen an Floricicas Grab. Ich rief ihr zu: »Domniţa von Snagov! Hörst du meinen Schrei? Wir kommen von da oben, wo der Mensch so bleibt, wie Gott ihn erschaffen hat, und hier im Tal fängt alles wieder von vorne an! Dreizehn Jahre ist es jetzt her, daß wir an diesem Ort, wo deine Gebeine ruhen, die Ballade vom Haiduken Gheorghiţa hörten und du sagtest, daß ›alles in dieser Welt mit einem Haidukenlied endet‹. Ja, alles geht damit zu Ende, aber mit einem Haidukenlied beginnt auch alles. So ist das Leben!«
Buzdugan wollte in einem Dorf in der Nähe Wein holen. Ilie streckte sich im Schatten von Floricicas Tanne aus. In der letzten Zeit sprach der gute Weise nicht mehr; er blieb in sich gekehrt. Er war sehr alt geworden und nahm kaum noch etwas zu sich. Ich verließ ihn, um ein wenig trockenes Holz zu suchen, denn wir wollten Schaffleisch rösten. Aber kaum war ich etwa fünfzig Schritt gegangen, als plötzlich ein Knall die Luft erschütterte. Ich blieb wie angewurzelt stehen, während mir alles mögliche durch den Kopf schoß, nur nicht der Gedanke an einen Selbstmord des Mannes, der nie in seinem Leben verzweifelt war.
Ich ging jedoch sofort zurück und sagte mir: »Sicher hat Ilie den Schuß aus Versehen abgegeben!«
Es war kein Versehen, denn ich fand ihn mit zertrümmertem Schädel im Koma, das Gewehr zwischen den Beinen. Von weitem sah ich Buzdugan wiederkommen. Er flötete auf einem Akazienblatt. Zwei Kürbisflaschen mit Wein schlenkerten an seinen Armen hin und her. Ich lief ihm entgegen, warf mich in seine Arme und weinte.

»Mein Bruder Buzdugan! Jetzt sind wir allein! Aber wir sind jung und gut. Gemeinsam wollen wir der Welt das Beste unserer Jugend und unserer Güte geben.«

Nachwort

Domniţa von Snagov sollte der vorletzte Band der *Haiduken* und der *Geschichten um Adrian Zograffi* sein. Ein weiteres Werk, *Groza*, sollte nach meinem Plan den letzten Band bilden. Ein Vorfall hat meine *Haiduken*, die ich eigentlich geschlossen erscheinen lassen wollte, um ihr logisches Ende gebracht.

Was vorgefallen ist, muß ich hier öffentlich bloßstellen. Also:

Nach zehnjähriger Abwesenheit von Rumänien bin ich im Sommer 1925 in meine Heimat gefahren, die unter Mitwirkung von Frankreich, dem wieder andere edle und hochherzige Völker geholfen hatten, zu »Groß-Rumänien« geworden war. Was ich während der zwei Monate, die ich mich zwischen Dnjestr und Theiß aufhielt, gesehen, gelernt und empfunden habe, hat mich davon überzeugt, daß ich Wasser mit einer Hacke spaltete. Tatsächlich hat, während ich bestrebt war, die türkischen und griechischen Greuel zur Zeit der Besetzung zu schildern, die rumänische Regierung die Bevölkerung dieses Groß-Rumänien, das jetzt von niemandem mehr besetzt war, mit einer geradezu mittelalterlichen Roheit ausgerottet. Meine Geschichten von Schändungen und Metzeleien vor hundert Jahren verblaßten vor den Erschießungen von Kindern, Greisen, Frauen und Säuglingen, welche Offiziere der regulären Armee, die vom rumänischen Senat zu Na-

tionalhelden erklärt wurden, auf dem Boden Bessarabiens verfolgten und abschlachteten.
Ich kehrte mit gemartertem Herzen nach Frankreich zurück, doch ich sagte mir: Ich will dem Westen die Verbrechen gegen die Menschlichkeit verkünden, die sich die Henker des rumänischen Volkes zuschulden kommen ließen. Ich hatte mir geschworen, nicht eher wieder an Kunst zu denken, bevor ich nicht die Opfer gerächt hätte, die aus ihren Gräbern schrien: »Vor der Kunst ein wenig Erbarmen mit uns!«
Ich habe liebenswürdige Aufnahme in einigen Organen zweiten Ranges und bei der »Liga für Menschenrechte« gefunden; ich habe zwei oder drei Aufsätze geschrieben und eines Abends im Saal der »Sociétés Savantes« das Wort ergriffen. Das war alles. Aber ich konnte nur die Schrecknisse streifen, und unterrichtete Leute, die wußten, welch urkundlichen Beweis großen Stils ich der »großen Presse« liefern wollte, haben mir gesagt, daß diese »große Presse« viel wichtigere Dinge meiner Ware vorziehe.
Da ließ die Liebe zu meinem Werk nach, ich kürzte ab, was ich über die Vergangenheit zu sagen hatte, und ich muß gestehn, daß ich diesen Band mit wenig Begeisterung geschrieben habe.
Wozu sollte auch diese Begeisterung dienen? Um meinen Lesern Zerstreuung zu bieten? – Dazu bin ich nicht gemacht. Um sie zu rühren? – Ja, das möchte ich gern; aber ich sehe, daß der Westen mehr Rührung empfindet bei Perlenketten und den »unerhörten Solitären«, die die Amerikanerinnen in den Lokalen von Montmartre spazieren-

führen, bei sensationellen Einbrüchen, bei Gurus oder den Leuten, die sich für hunderttausend Franken in der Minute das Gesicht zerschlagen lassen. Kurz: bei alldem, was die Verdauung der Herren dieser Welt nicht stört. Das war es, was ich zu sagen hatte.

Panaït Istrati

Zur Schreibweise des Rumänischen

Panaït Istratis Nachbildung der rumänischen Aussprache mit Hilfe der französischen Orthographie wurde für die vorliegende Übersetzung nicht übernommen. Stattdessen fand die moderne rumänische Schreibweise Anwendung, die den Vorteil hat, daß sie den Lautwert recht exakt wiedergibt.
Folgende Buchstaben haben einen vom Deutschen abweichenden Lautwert bzw. existieren im Deutschen nicht:

Rumänisch		*Deutsch*
ă	=	unbetontes *e*
c	=	vor hellen Vokalen (e, i) *tsch*, vor dunklen (a, o, u) *k*
ch	=	*k*
g	=	vor hellen Vokalen *dsch*, vor dunklen *g*
gh	=	*g*
i		bleibt am Wortende stumm
s	=	scharfes (stimmloses) *s* (wie in »Haus«) bzw. *ß*
ş	=	sch
ţ	=	*ts* bzw. *z*
v	=	*w*
z	=	weiches (stimmhaftes) *s* (wie in »sausen«)

j = wie in jour

PANAÏT ISTRATI
KYRA KYRALINA

Roman
Mit einem Vorwort von Romain Rolland
Titel der Originalausgabe:
Kyra Kyralina
Aus dem Französischen von Elisabeth Eichholtz
KiWi 192

In *Kyra Kyralina* erzählt der Limonadenhändler Stavro drei Episoden aus seinem Leben, die aus dem verwöhnten Jungen Dragomir einen seelischen Krüppel und Narr gemacht haben: Die Geschichte seiner Kindheit, seiner Ehe und seiner 14jährigen Suche in den Ländern des Orients nach der Schwester, die verkauft und in einen Harem verschleppt worden ist.

KiWi Paperbackreihe bei Kiepenheuer & Witsch

Der Wunderrabbi

Jüdische Geschichten

KiWi 235

Diese Auswahl jüdischer Erzählungen versammelt einige der schönsten und charakteristischsten Texte aus der Literatur des jüdischen Lebens. Alle diese Geschichten verbindet der Griff ins volle Leben, den ihre Autoren wagen; es sind Erzählungen im Wortsinn – Geschichten voller Witz und Charme, voller Tragik und Ironie.

KiWi Paperbackreihe bei Kiepenheuer & Witsch

Ignazio Silone
Notausgang
Mit einem Vorwort
von Franca Magnani

Titel der Originalausgabe:
Uscita di sicurezza
Aus dem Italienischen von
Hanna Dehio
KiWi 241

Notausgang ist Silones literarische Autobiographie in Einzelausschnitten: die Kindheit in einem Bergnest der Abruzzen, der politische Lebensweg, die Begegnungen mit Stalin, Trotzki und Togliatti, das Exil in der Schweiz, die Rückkehr nach Italien, die Nachkriegsgesellschaft und der Kalte Krieg.

Heinrich Böll
Fürsorgliche Belagerung

Roman
KiWi 236

Heinrich Böll schildert in seinem vorletzten Roman drei Tage aus dem Leben des Zeitungsverlegers und Verbandspräsidenten Fritz Tolm, der mitsamt seiner Familie durch ständige Sicherheitsmaßnahmen »fürsorglich belagert« wird.